九叶传

霍俊明 ◎ 著

河北出版传媒集团
花山文艺出版社
河北·石家庄

图书在版编目（CIP）数据

九叶传 / 霍俊明著. -- 石家庄：花山文艺出版社，
2025. 4. -- ISBN 978-7-5511-7634-7
Ⅰ. I207.25
中国国家版本馆CIP数据核字第20244AT601号

书　　名：	九叶传
	JIUYE ZHUAN
著　　者：	霍俊明
选题策划：	郝建国　闫韶瑜
责任编辑：	郝卫国
责任校对：	杨丽英
封面插图：	曹辛之
封面设计：	陈　淼　祖晓晨
出版发行：	花山文艺出版社（邮政编码：050061）
	（河北省石家庄市友谊北大街330号）
销售热线：	0311-88643299/96/17
印　　刷：	保定市正大印刷有限公司
经　　销：	新华书店
开　　本：	787毫米×1092毫米　1/32
印　　张：	11.5
字　　数：	230千字
版　　次：	2025年4月第1版
	2025年4月第1次印刷
书　　号：	ISBN 978-7-5511-7634-7
定　　价：	58.00元

（版权所有　翻印必究·印装有误　负责调换）

序　风雨中众声独唱之树

十一年之前 2013 年的春夏之交，应《长江文艺》何子英主编的邀请我开始在《浮世绘》栏目撰写关于"九叶诗派"的传记性文章，当时刊发了六篇。此后，这些发表的以及未发表的文档被我一直封存在电脑之中，我的研究兴趣也发生了转向，它们甚至渐渐被我淡忘了。

三四年前，多亏花山文艺出版社总编辑郝建国先生的数次催促，我才下定决心重写关于"九叶诗派"的传记。

十一年间，"九叶诗派"的研究也发生了很大变化。其间，也出现了很多新的历史资料以及研究成果，而我对这些诗人、文本以及历史、诗学问题的认识也发生了巨大变化。郑敏先生还在世的时候，我与李青菘、彭明榜约好了去她家里。那时她老人家已经很消瘦，但是仍一如既往地关心和忧虑当下新诗的问题。我们此行目的本来是想请她题写"永远的摇曳"，但是她老人家就是不接话茬儿，反复追问我当下诗歌的发展状况。郑敏先生的女儿童蔚只能在旁边摇头微笑……

"九叶诗派"又名"中国新诗派"，因为陈敬容、曹辛之、唐湜、唐祈、辛笛等诗人与《中国新诗》的渊源更深，正如郑敏所说："'九叶'最早没有这个称呼。20世纪40年代曹辛之办了一个刊物叫《中国新诗》，他觉得西南联大的穆旦、袁可嘉、我、杜运燮这四个人的诗风和他们所要追求的类似，所以就说我们南北合起来算现代诗派吧。他就和袁可嘉联系，要求我们每人至少在《中国新诗》上发表一首，表示合起来吧。"

"九叶诗派"是中国新诗发展历程中并不多见的流派之一，以穆旦、陈敬容、袁可嘉、郑敏、辛笛、杭约赫（即曹辛之）、杜运燮、唐祈、唐湜为代表的现代性诗人不仅对新诗现代化的理论和实践做出了卓有成效且影响深远的探索，而且在特殊的年代里他们传奇性甚至悲剧性的命运遭际更是让人唏嘘感叹。

值得注意的是这九位诗人无论是在性格还是风格上都是存在差异的，所以我在此将他们比喻为"众声独唱之树"。他们往往又因为身份、求学背景、诗歌资源、创作经历以及诗风上（比如现代派与现实主义）的差异而被进一步区分为两个"阵营"——"西南联大诗人群"与"上海诗人群"，正如当事人唐湜所说："穆旦、运燮、郑敏、可嘉是战时西南联大同学，闻一多、冯至、朱光潜与沈从文的学生，闻一多的《现代诗抄》里就选有他们的一些诗；而辛笛、敬容、杭约赫、唐祈与我则立足于上海。各人有自己的创作经历与生活道路，我们能结合成九叶，完全是由于诗艺上的接近，因为我们大多在大学里学外国文学，不免受到一些西方现代派的影响。不过我们九人之间也有一些差别，前四人受西方现代派熏染较深，抽象的哲理思维与理性的机智火花较多，常有多层次的构思与深层的心理探索。而后五人则是在五四以来新诗的艺术传统中成长的，较多地接受了现实主义精神，有较多感性的形象思维，也有较多的中国风格。可我们也从西方现代派的艺术构思与创作手法上汲取了不少营养，大大加深并丰富了自己的现实主义。"（《九叶在闪光》）

1981年，这注定是被文学史格外铭记的年份。《九叶集》与《白色花》（收入牛汉、曾卓、阿垅、绿原、彭燕郊、鲁藜、鲁煤、化铁、孙钿、郑思、杜谷、罗洛、方然、冀汸、钟瑄、胡征、芦甸、徐放、朱健、朱谷怀等"七月诗派"二十人）在这一年先后出版，这诗界的"花""叶"进而引发学界巨大反响，更为重要的则是涉及出版人、诗人、批评家以及读者对这两个诗歌流派的差异性看法。十五年之后——1996年的岁末，唐湜赴京参加中国作协第五次全国代表大会。大会于12月16日至20日召开，江泽民等党和国家领导人接见与会代表，翟泰丰作题为《站在时代前列，迎接文学繁荣的新世纪》的工作报告。19日，大会选举第五届全国委员，巴金当选中国作协主席，马烽、王蒙、韦其麟、邓友梅、叶辛、刘绍棠、李凖、张炯、张锲、陆文夫、铁凝、徐怀中、蒋子龙、翟泰丰等为副主席，二十二人为主席团委员。对此，唐湜非常感慨，不由得联想到"七月诗派"与"九叶诗派"之间的艺术差别和不同待遇，"19日两会都进行了选举，中国作协选举出第五届全国委员一百八十名，后即宣布大会闭幕，由委员会再选举出德高望重的巴金为主席。40年代，诗坛两大流派：七月派还有较年轻的罗洛，上海作协党组书记，当选为委员，还有王元化是顾问，牛汉、绿原、鲁藜、曾卓、冀汸都是荣誉委员；九叶派只有辛笛是荣誉委员，我与袁可嘉只是代表，可嘉且赴美未回。我想是因为七月派人多，历史悠久，党员就有十几人，创作的主题也多接近政治主旋律；而我们九叶就似乎只能表现'多样性'了，且一向主张现实，艺术平衡论，创作接近政治主旋律的也较少吧！"（唐湜《京华访友记》）。

实际上，包括曹辛之在内的"九叶"诗人，他们认为在诗歌的艺术性以及现实性、政治性方面的体认以及实践与"七月诗派"是有明显差别的，甚至二者之间还存在着矛盾，"七月派的政治性是用他那种浅显的艺术形式表现出来，我们呢，我们的政治性是用我们所爱好的艺术形式表现出来，表现的形式有差异，对政治性的理解也不同。他们说'诗不可能是自我表现'（见绿原《白色花·序》）；我们呢，写诗要通过'自我'，诗中要有'我'。而'我'，是不可能脱离政治（社会生活）的。我们在诗中所反映的对生活的真实感情、我们的追求和向往，我认为这就是政治，何况我们有不少作品本身便是参加社会变革的斗争武器。我们和他人不同的，只是我们的作品不仅要求它的政治性,还要求它的艺术性,而两者又必须融合一起,成为完整的艺术品。七月派的诗的政治性,很多是浮在面上的,《白色花》中的诗,很多是标语口号的堆砌,比散文更散文的,与《九叶集》比较,可以说很多是大白话"。(曹辛之《致辛笛、唐湜、唐祈说"九叶"》)

显然,"九叶诗派"因 1981 年 7 月江苏人民出版社出版的诗歌合集《九叶集》而得名。《九叶集》的出版离不开曹辛之的反复协调与沟通,"那是 20 世纪 1979 年的秋天,整个国内空气开始缓和,大家都很活跃,我又重新开始写诗了。有一天,我接到唐祈的来信,说曹辛之邀请辛笛、陈敬容、杜运燮、唐祈、唐湜、袁可嘉以及我八位诗友(当时穆旦已去世)在北京聚会。这是我们平生的第一次集会,袁可嘉虽是我同学,但没什么往来。我们决定每人各选一组自己在 20 世纪 40 年代创作的诗作编一本诗集,好让后人了解我们当年的诗歌创作。可以说,没有曹辛之就没有九叶派。中国当时正急着与世界接轨,开

《九叶集》书影

始从文化的角度看问题了。曹辛之是编辑，意识很敏感，他认为，很久以来都只剩主流意识一种了，只知道诗歌为政治服务，中国的新诗也快六十年了，应该让1949以后的诗人知道，我们的诗歌曾走过什么样的道路。"（郑敏访谈《哲与诗的幽光》）

"九叶"的命名则来自辛笛。1979年12月12日袁可嘉在致辛笛的信中提及"九人诗选"的书名问题，辛笛复信建议命名为《九叶集》，"我们就作一点绿叶吧，九个人就九叶吧"。实际上在1979年7月，当时杜运燮等人已拟定了唐湜之外的八人诗选，书名也拟定为《探索——四十年代八人诗选》。唐湜最初没有进入诗选的原因是短诗太少而主要是长诗创作。两个月之后，经过重新讨论才增加唐湜进入这一诗选。

关于编选《九叶集》，还有一个有趣的插曲。

书当时已编好，在出版前唐湜去南京见到杨苡。杨苡建议诗风相近的方宇晨也应该加入进来。到上海后，唐湜向辛笛提起此事，辛笛说："那岂不成了'十叶派'!"考虑到书已编成，篇幅又有限制，此事只好作罢。

曹辛之则强调"九"并不是确指而是泛指，"我们九叶在当时的人数和影响，在国统区，不客气说是不'小'的，能与我们相提并论的，恐怕只有个'七月派'。作为诗刊，《诗创造》和《中国新诗》在当时也是办得最出色、时间最长、按期出版，从内容到形式和同时期的所有诗刊来比较，也是毫无逊色的。我们这个'九'字，不能单纯看作一个数字，它应该作多数解（泛指词）。"（曹辛之《致辛笛、唐湜、唐祈说"九叶"》）辛笛也持此看法，"'九叶诗派'其实是40年代后期一类诗人群体的代表，在《中国新诗》和《诗创造》期间，南北诗风相近的诗人作品多有彼此无形相通之处，所以'九叶'的'九'字也蕴含着我国习惯'九'代表多数的意思，不仅限于'九'个数而已。《中国新诗》和《诗创造》在当时那样的年代里团结了大多数诗人，为诗坛开创了一种新鲜的氛围与意境，注入了一股活力。"（《致"九叶诗派研讨会暨九叶文库入库仪式"主办单位的信》）

在《九叶集》这本九人20世纪40年代诗歌合集（主要是1945—1949年）的扉页上，辛笛、陈敬容、杜运燮、杭约赫、郑敏、唐祈、唐湜、袁可嘉联合写下一段话，致敬和缅怀已经辞世的另一个诗人穆旦，"在编纂本集时，我们深深怀念当年的战友、诗人和诗歌翻译家穆旦（查良铮）同志，在'四人帮'横行时期，他身心遭受严重摧残，不幸于1977年2月逝世，过早地离开了我们。谨以此书表示对他的衷心悼念。"《九叶集》的出版对于已经逝去的穆旦来说无疑是一次极其重要的文学史意义上的认定，正如他的夫人周与良在《九叶集》出版20年之际（2001年7月27日于美国克利夫兰市的一个书面发言）所说的："《九叶集》是新中国出版的第一本收录有穆旦诗的诗集，也是自1948年出版诗集《旗》三十余年之后第一本诗集发表穆旦的诗。三十余年的断层,对于读者重新认识穆旦发挥了无可比拟的作用。在《九叶集》的扉页上,八位诗友表达了对穆旦过早逝世的沉痛悼念。在当时尚未为良铮正式平反的情况下,对我及子女们也是极大的安慰。"(《地下如有知 诗人当欣慰》)

《九叶集》出版之际,孙玉石赠诗给"九叶诗人"。

> 成熟的季节里有多少春意
> 九片叶子飘来九个天地
> 湿润的路闪着湿润的眼睛
> 最甜的歌酿自最初的蜜
>
> 你们的歌是一曲绿色的梦
> 流过黄昏,流过寒冷的记忆
> 古刹的尘土封不住盼望
> 金黄的稻束挂满静默的谷粒
>
> ——《无题》

《九叶集》出版两年后,印数达 14500 册,可见其影响。《九叶集》的装帧设计出自曹辛之,但是出版之后遭到了一些人的批评:"望题生画,其不可之处不仅在于画不达义,还会导致作出不伦不类的画面,如……《九叶集》,画一棵树上长着九片叶子……看了这样的封面画,怎能不令人啼笑皆非;有的画面,离题又何止千里呢!"

（谈维《封面欣赏琐言》）为此，作为资深出版人和装帧设计师的曹辛之不得不进行回应："我是《九叶集》的装帧设计者，又是《九叶集》的作者之一。我从事美术设计和编辑工作已快五十年了，所设计的书籍和期刊封面虽已有一二千种，限于自己的水平不高，设计好的不多。但《九叶集》的装帧（从封面到正文版式），我自认为，以目前我国书籍装帧艺术来衡量，还颇有特色，设计质量（思想性和艺术性）也是不低的，因此《九叶集》在1981年度全国书籍装帧优秀作品评选中，获得了整体设计奖。当然，对文艺作品（也包括封面装帧）的欣赏，由于各人的气质、兴趣、习惯、经历、文化程度、艺术修养等不同，因此对作品的理解、感受和喜好也不会一样。把自己的看法写成文章发表出来，这对作者也是一种帮助。只是，希望能谈得具体些，譬如这张'画一棵树上长着九片叶子'为什么不宜作《九叶集》的封面图案？把道理讲清楚，才好帮助我提高设计思想，对从事装帧设计工作的同行，也可以从中得到教益。如果只是笼笼统统，含含糊糊，实在教人难以适从。"（《关于〈九叶集〉封面设计的来信》）

关于"九叶诗人"的历史背景、创作风格以及历史定位，在1980年1月袁可嘉所撰写的《九叶集》的序文中已经交代得非常清晰："九位作者作为爱国的知识分子，站在人民立场，向往民主自由，写出了一些忧时伤世、反映多方面生活和斗争的诗篇，内容上具有一定的广度和深度；

艺术上，结合我国古典诗歌和新诗的优良传统，并吸收西方现代诗歌的某些手法，探索过自己的道路，在我国新诗的发展史上构成了有独特色彩的一章。"

值得一提的是袁可嘉的这篇序文在发表时颇费周折，通过相关细节我们可以感受到当时文坛以及出版的大环境，"刚才敬容兄来，知悉丁芒同志要求暂缓发表《九叶集》序文，为此我已于今晚致函《读书》，要求缓发（原定七月号登出），此事不是我心急，而是他们意存观望，不肯及早敲定"（1980年6月3日袁可嘉致辛笛的信）。甚至在《九叶集》出版数年之后，胡乔木（1912—1992）都在关注其出版之后的相关情况，"三月二日下午，胡乔木同志约见敬容和我，主要是谈对《九叶集》的看法。他认为这几位作者政治立场是鲜明的，都在不同情况下'迎接解放'，艺术上也有创新。他问到出书后反应如何，有无受到冷遇。我们当据实以告，并提到此书印行和评论都受到限制、穆旦诗选未能出版等情况，他答应查问一下。他也问到'九叶'生活和工作情况，我们都一一作了简要的介绍"（1985年3月12日袁可嘉致辛笛的信）。

1982年的《中国出版年鉴》如此评价《九叶集》的意义：

"九叶"诗派是在光明与黑暗大决战的四十年代中诞生的。当时年轻的"九叶"诗人严肃地对诗歌发展道路进行了新的探索。他们突破了三十年代新月派和现代派的狭窄的小天地，也不屑去写徒有韵脚的分行排列的标语口号或顺口溜。他们在诗的构思立意、结构安排以及表现手法上吸收和借鉴古典诗词和民歌的传统营养外，还较多地吸收了外国诗歌和五四以来新诗各流派中的有益的东西。

《九叶集》的出版所引起的一些风波也印证了中国诗坛的复杂程度，比如涉及"七月派"诗选《白色花》及相关诗人，甚至曹辛之与牛汉还有过争论。1982年4月29日凌晨4时15分，曹辛之写完了给辛笛、唐湜和唐祈的一封容量极大的超长信件，这封信居然前后写了一个多星期。曹辛之在这封长信里面非常详尽地谈到了诗歌界和文化界对《九叶集》差别巨大的态度和反馈意见，其中涉及艾青、臧克家、卞之琳、贺敬之、巫宁坤、蒋天佐、严迪昌、邵燕祥、刘湛秋、楼肇明、赵毅衡、蓝棣之等人。

1984年，三联书店（香港）与《秋水》杂志社（美国）联合出版了《八叶集》。

《九叶集》出版十周年之际——1991年8月29日，杜运燮、郑敏、袁可嘉、曹辛之、唐湜举行了一个内部的交流活动。

毫无疑问，《九叶集》影响了几代诗人：

> 1981年中国诗坛出了两本重要的诗集，一本是《白色花》，另一本是《九叶集》。这两本诗歌集的出

版，让我们感到了中国文化艺术改革开放的气息。

《白色花》是牛汉和绿原两位先生编辑的"七月派"二十位诗人的合集，他们是胡风的文友或他编辑《七月》时的撰稿者。《九叶集》是九位与《中国新诗》和西南联大相关的诗人的合集，他们是九位对欧美文学有一定研究的青年学者，40年代成长起来的诗人。这两本书的作品和作者，对我的写作意识和诗歌观念变化有诸多启示。老一辈诗人的学识，他们的为文与为人，一直令我心怀敬意。（林莽《我们心中的一棵大树》）

2008年11月8日袁可嘉在美国去世，诗人阿西在评价袁可嘉先生的同时整体回溯了"九叶诗人"的意义和影响："《九叶集》出版的时代，是现在所有人怀念的时代，是被称为再也回不来的人文理想至高的年代。那时九叶默默不做莲花，他们的诗歌默默，他们是诗人也默默，他们的诗歌是汉语的，但他们诗人的身份却都是世界的。如果要纪念他们，那是要从庞德、艾略特、叶芝、布莱克、彭斯、哈代、埃利蒂斯这样的诗人成为汉语语言中的一分子开始的。我们如今尽享这些伟大诗人名字的时候，我们心里已经没有译文次于原文的迷信。"（《袁可嘉——世界诗歌的汉语身份》）

2003年3月13日的《新民晚报》刊登了一篇文章，说是在陕西发现了一棵极其罕见的树。当地人称这棵树为九叶树。树身是花栎木，树有九枝却枝枝迥异。其中三枝已经枯死，另六枝分别为桃树枝、柿树枝、青枫树枝、松树枝、栗树枝和花栎木枝。这简直就是对性格迥异、诗风繁复的"九叶诗人"的现实版演绎和历史见证的活化石。

在历史的峡谷和狂飙中这棵九叶之树发出持久的回响，这些特异的灵魂叶片也在斑驳的时间河流里泛着微光……

他们如同所有人一样，来到这个世界，又最终肉身消殒。这是每一个人单向度的生命运动轨迹和不可避免的宿命。

"诗人之死"是永恒而又难解的诗学话题，好友唐祈的突发病故引发郑敏的思考，她在 1990 年完成组诗《诗人与死》（共 19 首）。这是真正意义上的哀歌，也在深度对话、盘诘以及自审中洞开幽暗冷峻的生存之门。

拨转时光的指针，往昔似乎仍真切在目。

我的博士生导师吴思敬先生第一次见到唐湜是在 1985 年的元旦这天，骆寒超陪同唐湜来到王府井菜厂胡同 7 号院，隔着岁月的帷幕我们看看当时他们见面的情形："唐湜个子不高，身体微胖，学识渊博，平易近人，对诗歌理论饶有兴趣，我们很谈得来，此后唐湜先生来北京，或是为永嘉昆剧团联系来京演出，或是为联系出版他的著作，总会到寒舍一叙，聊兴大发，海阔天空，聊辛笛看淡金钱向国家捐出巨款，聊陈敬容'红颜薄

命'，也聊他自己，当年的英俊小生，现在是'人老珠黄'……就这样不知不觉聊到深夜。"（吴思敬《生为赤子·序》）

2001年8月7日，中国现代文学馆举行"九叶诗派"研讨会暨"九叶文库"入库仪式。

2003年11月29日，在北京的第一场冬雪中我和吴思敬老师骑着自行车去清荷园看望郑敏先生。她送我1991年在香港出版的诗集《早晨，我在雨里采花》，扉页上写下"霍俊明惠存"。当时我翻开诗集，看到的正是《诗人与死》这组诗，其时的震撼至今仍非常深刻。

是谁，是谁
是谁的有力的手指
折断这冬日的水仙
让白色的汁液溢出

翠绿的，葱白的茎条？
是谁，是谁
是谁的有力的拳头
把这典雅的古瓶砸碎

让生命的汁液
喷出他的胸膛
水仙枯萎

新娘幻灭

是那创造生命的手掌

又将没有唱完的歌索回。

"九叶"作为平凡而特异的生命体,一个个离开了尘世。

1977年2月26日凌晨3点50分,穆旦心脏病猝发离世,享年59岁,葬于北京万安公墓。

1989年11月8日22时40分,陈敬容在京辞世,享年72岁……讣告上写着:"根据本人遗愿:治丧工作一切从简,不开追悼会,不举行遗体告别仪式。兹定于1989年11月17日火化。"

1990年1月20日,唐祈因医疗事故去世,享年70岁。

1995年5月19日,曹辛之因心脏病在京去世,享年78岁。

2002年7月16日晚7时,杜运燮因心力衰竭病逝于北京宣武医院924病房,享年84岁。

2004年1月8日,辛笛病逝于上海中山医院,享年92岁。

2005年1月28日下午4时05分,唐湜于冬雨中在温州病逝,享年85岁。

2008年11月8日,袁可嘉在纽约去世,享年87岁。

2022年1月3日7时,郑敏在京去世,享年102岁。

本书也将以九位诗人辞世的时间为序分别予以论述

和呈现。

他们如一颗颗璀璨的流星穿越历史的天际，但是他们的诗文以及人格仍在人类的记忆深处熠熠闪光。翻开他们渐渐泛黄的诗歌卷宗和人生档案，时间和死亡对于生命个体的考验和淬炼更是让人感受到那一棵棵智慧之树永远都不会凋零。

诗歌之树永远鼓荡，永远年轻，永远歌唱。让我们一起在时代过于仓促的脚步中倾听那些未曾远逝的声音，那是时代风雨中众树独唱的声音，那是灵魂欣喜或战栗的声音，也是历史、现实以及人性交织的回声。

非常感谢刘福春老师、郑敏先生女儿童蔚诗姐以及曹辛之的家属提供关于"九叶诗人"的相关照片和手稿，感谢孙良好提供的关于唐湜的合影。

感谢花山文艺出版社为国内第一部"九叶诗人"的综合传记提供与广大读者见面的机会。

感谢《长江文艺》以及何子英老师在2013年《浮世绘》栏目刊发"九叶诗派"的部分文章。感谢《诗探索》《作家》《雨花》刊发相关文章。

> 2023年春于昌平叠翠山南麓
> 8月2日稿于北京连日大雨中
> 9月3日稿于乡下老宅
> 10月改订于怀雪堂
> 11月上旬雨中再改于团结湖
> 2024年夏改订于百子湾

目 录

穆旦
小传 ······················· 1
"我已走到了幻想的尽头" ········ 2

陈敬容
小传 ······················· 50
"是谁的手指敲落冷梦？" ········ 51

唐祈
小传 ······················· 94
半生风流半漂萍 ··············· 95

曹辛之
小传 ······················· 131
最初的蜜与萧然的迟暮 ········· 132

杜运燮

小传 ………………………………… 165
成熟的鸽哨与时代气旋 …………… 166

辛笛

小传 ………………………………… 209
三分春瘦七分人 …………………… 210

唐湜

小传 ………………………………… 246
孤独中驾一叶幻美的轻帆 ………… 247

袁可嘉

小传 ………………………………… 276
"凝视远方恰如凝视悲剧" ………… 277

郑敏

小传 ………………………………… 310
智性之花与"最后的诞生" ………… 311

◎ 穆 旦

小传：穆旦（1918—1977） 原名查良铮，笔名梁真、慕旦，浙江海宁人，生于天津。1935年考入清华大学外文系，1940年毕业于西南联合大学英文系并留校任助教。1942年参加中国远征军赴缅作战，任随军翻译官。1949年赴芝加哥大学英国文学系读书，1952年获得硕士学位。1952年底与妻子周与良回国，1953年任南开大学外文系副教授。政治运动中穆旦受到极不公正的待遇。著有《探险队》《穆旦诗集（1939—1945）》《旗》《穆旦诗选》《穆旦诗文集》《穆旦诗集手稿本》。译著有《青铜骑士》《波尔塔瓦》《高加索的俘虏》《加甫利颂》《欧根·奥涅金》《普希金抒情诗集》《普希金抒情诗一集》《普希金抒情诗二集》《普希金抒情诗选集》《普希金叙事诗选》《拜伦诗选》《拜伦抒情诗选》《雪莱抒情诗选》《布莱克诗选》《济慈诗选》《丘特切夫诗选》《云雀》《唐璜》《爱的哲学》《英国现代诗选》《穆旦译文集》《罗宾汉的故事》（未译完），以及《文学概论》《怎样分析文学作品》《文学发展过程》《别林斯基论文学》。

"我已走到了幻想的尽头"

> 只有痛苦还在，它是日常生活
> 每天在惩罚自己过去的傲慢，
> 那绚烂的天空都受到谴责，
> 还有什么彩色留在这片荒原？
> ——穆旦《智慧之歌》

1976年1月19日，入夜。穆旦为插队回来的儿子托熟人帮忙联系工作，于回家途中不慎骑车摔伤。回到家后，关于腿伤，穆旦并没有太在意。只是在疼痛难忍时他才让妻子周与良（1923—2002）将一块烧烫的红砖给他热敷止痛。此后一年的时间，穆旦饱受病痛之苦。尽管如此，他在给友人的信中还是急切地表达等自己腿伤痊愈之后要去山西和南方等地游玩的心愿。

1977年2月26日，凌晨3时50分。早春，微寒。

诗人、翻译家穆旦走完了痛苦而又丰富的一生，正如他自己所说"我已走到了幻想的尽头"。

临终前，穆旦留下的唯一遗物是一个小帆布提箱，里面存放的是他的《唐璜》译稿。在《献辞》中我们看到了这样的诗句："在诗人之列中足可称为表率。"我想，这同样适合评价穆旦的一生及其诗歌写作。

不幸之中的万幸。这部《唐璜》译稿在"文革"开始时险些被红卫兵一把火烧掉。"记得那年8月的一个晚上，一堆熊熊大火把我们家门前照得通明，墙上贴着'打倒'的大标语，几个红卫兵将一堆书籍、稿纸向火里扔去。很晚了，从早上被红卫兵带走的父亲还没有回来。母亲很担心。我们都坐在白天被'破四旧'弄得箱倒椅翻、满地书纸的屋里等他。直到午夜，父亲才回来，脸色很难看，头发被剃成当时'牛鬼蛇神'流行的'阴阳头'。他看见母亲和我们仍在等他，还安慰我们说：'没关系，只是陪斗和交代"问题"，红卫兵对我没有过火行动……'母亲拿来馒头和热开水让他赶紧吃一点儿。此时他看着满地的碎纸，撕掉书皮的书和散乱的文稿，面色铁青，一言不发。父亲一贯是惜书如金的，他的书总是保持得干净而整洁，常翻看的书都要包上书皮。他还常常告诉我们看书时手要干净，要爱护书不要窝角，此情此景怎能不刺伤他的心呢！突然，他奔到一个箱盖已被扔在一边的书箱前，从书箱里拿出一沓厚厚的稿纸，紧紧地抓在发抖的手里。那正是他心血的结晶《唐璜》译稿。万幸的是，红卫兵只将它弄乱而未付之一炬"（英明、瑗平《忆父亲》）。

1977年3月1日，穆旦遗体被火化，骨灰存放于天津东郊火葬场26室648号。

他死时,人们只知道这位名叫查良铮的人是一个"历史反革命",甚至包括他的子女在内都不知道他还是一位名叫"穆旦"的著名诗人、翻译家。

1979年,穆旦的复查结果下来,"根据党的有关政策规定,查良铮的历史身份不应以反革命论处"。

1980年,穆旦生前编定的《穆旦诗集》手稿在其父母家中被发现,该诗集分为《探险队》(1937—1941)、《隐现》(1941—1945)、《旗》(1941—1945)、《苦果》(1947—1948)等四个部分。

1981年11月19日,穆旦逝世四年多之后,南开大学发出《讣告》:"南开大学外文系副教授、诗人、翻译家查良铮同志,因患心脏病,抢救无效,于一九七七年二月二十六日逝世,终年五十九岁。定于一九八一年十一月二十七日下午三时在天津烈士陵园举行骨灰安放仪式。"

1981年11月27日下午3时,南开大学在烈士陵园为穆旦举行了骨灰安放仪式。南开大学副校长在讲话中说:"1958年对查良铮同志做出了错误的决定,1980年经有关部门复查,予以纠正,恢复副教授职称。"

1985年5月27日,穆旦的骨灰盒从天津程林庄骨灰安葬室取出。5月28日,上午,雨。穆旦骨灰安葬于香山脚下的万安公墓。墓碑上写着:"诗人穆旦之墓。"

碑文由周珏良撰写:

穆旦姓查名良铮,祖籍浙江海宁,生于天津,少而能诗。廿二岁毕业于昆明西南联合大学,为当时著名诗人,出版著作有《探险队》《旗》《穆旦诗集》等。后在美国芝加哥大学研究英俄文学,获硕士学位。祖国解放后,胸怀赤子之心毅然回国,任教天津南开大学,遭无端迫害无法进行创作,但仍含辛茹苦在困难条件下翻译大量英俄诗人拜伦、雪莱、济慈、艾略特、奥登、普希金等作品,为繁荣祖国诗坛做出重要贡献。

墓室中陪葬的是穆旦在最艰难的岁月中耗时十几年苦心孤诣翻译的《唐璜》。

周与良于2002年5月1日下午3时去世。9月21日,夫妇骨灰合葬。9月28日《北京日报》报道了这一消息:"几代人诵读过他在艰难岁月里翻译的普希金、拜伦、雪莱、济慈诗作,愈来愈多的青年人理解和喜爱他的现代诗,遗憾的是,他在1977年春天还未到来的时候就离开了我们,他就是穆旦。穆旦背后有一位坚韧无私、患难与共的知识女性、妻子周与良,为他平反申冤、出版遗著奔波。9月21日,他们的骨灰合葬在北京万安公墓,他们的四个儿女捧着母亲的骨灰,带着母亲生前的嘱托专程从美国、加拿大回到北京。穆旦的骨灰自1985年起安葬在万安公墓。从那时至今,他的墓穴中只同葬一部1981年出版的《唐璜》。"

为永远的谜蛊惑着的绿色火焰

穆旦如背负巨石的西西弗斯一样走完一条荆棘丛生、危险遍布的道路，甚至很多时候他是凛然走在悬崖边的一条不停抖动的钢索上。为此，他承受了常人难以想象的丰富的痛苦，正如他自己所言"你给我们丰富，和丰富的痛苦"。（《出发》）然而，也正是痛苦使得在时代的荒原上穆旦的诗歌和人格闪现出双重的光芒，他于肉身殒灭之后逐渐获得诗的荣光，尽管他必将为此而受难，"这就是诗人的道路，走在熄灭和再燃的钢索上。绝望是深沉的……然而诗人毕竟走了下去，在这条充满危险和不安的钢索上，直到突然颓然倒下"（郑敏《诗人与矛盾》）。

穆旦这位相当重要的20世纪40年代的"新生代"诗人，一生的诗作也不过一百五十多首，甚至在特殊而极端的年代里，"偏见和积习遮蔽了他的光芒"（谢冕语）。

20世纪50年代初期，回国之后穆旦的遭际和命运也正是中国当代知识分子命运的缩影。当2006年4月穆旦研讨会在南开大学召开的时候，我在黄昏缓步走到文学院小花园穆旦的雕像前。当夕阳的余晖镀亮穆旦的头部，在草木葳蕤的春天我想到的是二十四岁的诗人在2月时节所写的《春》（写于1942年，于1947年3月12日发表于天津《大公报·星期文艺》），想到这位欢乐而又苦恼、鼓噪的年轻人。

>绿色的火焰在草上摇曳,
>他渴求着拥抱你,花朵。
>反抗着土地,花朵伸出来,
>当暖风吹来烦恼,或者欢乐。
>如果你是醒了,推开窗子,
>看这满园的欲望多么美丽。
>蓝天下,为永远的谜蛊惑着的
>是我们二十岁的紧闭的肉体,
>一如那泥土做成的鸟的歌,
>你们被点燃,卷曲又卷曲,却无处归依。
>呵,光,影,声,色,都已经赤裸,
>痛苦着,等待伸入新的组合。

"绿色的火焰在草上摇曳",这属于青春的诗、欲望的诗、矛盾的诗,与此对应的是不可阻遏的生命力急遽燃烧的状态,"青春对诗人的诱惑是异常强烈的。绿茵因此也能吐出火焰,在春天里满园是美丽的欲望,二十岁的肉体要突破禁闭,只有反抗土地的花朵才能开在地上。矛盾是生命的表现,因此青春是痛苦和幸福的矛盾的结合。在这个阶段强烈的肉体敏感是幸福也是痛苦,哭和笑在片刻间转化"(郑敏《诗人与矛盾》)。

穆旦的同学王佐良认为《春》这首诗出现了新的思

辨、新的形象，总的效果是感性化、肉体化的。穆旦燃烧的《春》让我们想到的是另一位天才诗人狄兰·托马斯（1914—1953）的"通过绿色导火索催开花朵的力"。质言之，穆旦与狄兰·托马斯构成了互文和命运伙伴意义上的对谈关系，而早在西南联大时期穆旦就已经接触到了狄兰·托马斯的诗歌。

1953年11月9日，在酒吧连干十八杯威士忌后狄兰·托马斯深度昏迷，最终致死，年仅三十九岁。陈超早在20世纪90年代初就和这位被酒精焚烧一生的疯狂天才诗人狄兰·托马斯进行了极其深入的隔空对话，这是精神对谈，是灵魂之间的近乎宿命性的理解与天然亲近，"现在是春天，广阔的原野上，大河展开它远接天空的舞蹈，草丛摇曳它坚韧冲动的绿色火焰。我们的生命，从冬天冷凝的黑斗篷中奔出来，加入这喧嚣和骚动的自然合唱。我们的心被猛烈地搅动了，它猎猎招展像大树，它应和着第一阵爆裂的冰排……但是，我们感到了一种郁闷。因为，我们的语言和智慧，在天地之炉造化之冶中，显得那么无力，那么滞涩。我们能够想到和写出的诗句，背叛了我们的内心！它显得如此苍白，向度如此单一甚至单调。这时候，我们想到了那些优秀的诗人，我们渴望他们出来'代替'我们说话"（陈超《意象与生命心象》）。而这被第一个选中的替我们说出生命内在激动与隐忧，道出新生与毁灭的不是别人，正是狄兰·托马斯：

通过绿色导火索催动花朵的力
催动我绿色的岁月；炸裂树根的力
是我的毁灭者。
而我喑哑，无法告知佝偻的玫瑰，
同一种冬天的热病压弯了我的青春。

正如陈超所言，这是狄兰·托马斯对春天的独特感受和个性抒写。"他将强烈的感情和智性，结结实实地压进了一个意象：春天植物的根茎成为咝咝啸鸣着的绿色导火索。它迅疾地闪灼，不可阻碍地奔驰，催开最初的花朵，也炸开了诗人块垒峥嵘的内心。对春天生殖力和生命力的感受，对新生与死亡的对称和对抗，都在这简洁而具体的意象营造中体现出来。而且，这组意象的内涵，并非单一的。它涉及了自身内部的斗争和摩擦：'炸裂树根的力/是我的毁灭者。'新生和毁灭被结合为一体。当春天的复杂内涵被诗人用一支'绿色导火索'拎出来时，它就在瞬间照亮了我们的心智，催动我们感官和知性开放，我们在领受到迷狂的审美快感时，同时也击穿了事物的本质"（《生命诗学论稿》）。陈超这段话与狄兰·托马斯对诗歌的认识是相互打开的，"诗人的一大技艺在于让人理解潜意识中浮现的东西并加以清晰地表达；才智非凡的诗人的一大重要作用就在于从潜意识纷繁的无形意象中选择那些将最符合想象目标的东西，继而写出最好的诗篇"。

接下来，让我们拨转时光的指针回溯早年的穆旦。

1918年农历二月廿四日（公历4月5日），穆旦出生于天津西北角老城恒德里3号院。当时，穆旦和父母以及祖母、叔父、姑姑和堂兄弟等合住，堪忧的居住条件可见一斑。

穆旦，祖籍浙江海宁袁花镇，这里地处海宁市硖石街道东南14公里处。众所周知，查氏为海宁世家望族，当年康熙南巡时为查氏宗祠御赐"唐宋以来巨族，江南有数人家"对联。查良铮与作家金庸（本名查良镛）为同族叔伯兄弟，而金庸表哥就是新月派的大诗人徐志摩（金庸的母亲徐禄是徐志摩的堂姑妈）。

穆旦的祖父查美荫（1860—1915）曾任易州知州、直隶州知州以及天津和河间等府盐捕同知等职。然而存款银行的突然倒闭给查美荫以巨大的打击，年仅55岁就忧疾而终。穆旦的母亲李玉书（1892—1974）在20岁的时候出嫁天津。穆旦的父亲查厚墀（字燮和，号簦孙）早年毕业于天津法政大学。他不善交际、生性淡泊，除了做过法院等部门文书抄写工作之外大多时间赋闲在家，甚至于晚年吃斋念佛、不问世事。1977年10月，查厚墀因病辞世，而他的儿子穆旦则在半年前因心脏病早逝。

父亲人微言轻，所以经常遭受家族白眼的穆旦从儿时起就埋下了自立养家的愿望。年幼的穆旦性格倔强而独立，每逢过年过节家族祭拜祖先叩头跪拜的时候他却从不下跪磕头。父亲生性懦弱，但是却经常打骂妻子，在穆旦的记忆里母亲几乎是啜泣度日。穆旦是早慧的，也更早地感受到人世的苦痛。在天津城隍庙小学（北马路573号）读二年级的时候（1924），六岁的穆旦就在《妇女日报》（1924年3月16日）的副刊《儿童花园》发表了《不是这样的讲》："呜呜呜——呜呜呜——汽车来了。母亲挽着珍妹的手，急忙站在一边。见汽车很快过去了。珍妹忽然向母亲说道：'这车怎么这样的臭呢？不要是车里的人，吃饭过多，放的屁吧！'母亲摇摇手，掩着嘴笑道：'不是这样的讲。这汽车的臭味，正是他主人家内最喜爱的气味呢！'"

1929年，穆旦考入南开中学。此后，母亲最大的快乐就是儿子回家后一起围坐在小煤油灯下互相谈心。穆旦把学校的各种见闻都讲给母亲听，这成了她最大的安慰。由于战乱，南开校园甚至成了战场，在枪林弹雨中穆旦等学生不得不经常到校外避难。这也大大激发了穆旦等学子的爱国救亡热情，对此后穆旦投笔从戎有着很大的影响，而军队任职的经历也为穆旦在新中国成立后遭受批判和改造埋下了伏笔。

穆旦生性耿直，抱有家国情怀。在抵制日货时期，穆旦不允许母亲买日本进口的虾皮和海蜇皮等食物，如果母亲买来他不但一口不吃，甚至还会愤怒地把它们倒进垃圾桶。叔伯们因此私下里议论穆旦可能是个"赤色分子"，也从此事事都避让着他。由于受到校长张伯苓（1876—1951）的影响，南开中学新式而开放的教育环境使得穆旦不仅在英文等方面有了长足进步，而且这一时期蔡元培、梁启超、鲁迅、胡适、巴金、郁达夫、周作人、郭沫若、朱自清、冰心、俞平伯等新文学作家（南开中学高一和高二的国文教本大量收入这些新文学作家的作品）以及俄苏作家对穆旦的思想和文学产生了极其重要的影响。此时的穆旦已经感受到社会的灰暗并产生强烈不满的心理。他高中二、三年级写的诗歌（比如《前夕》《哀国难》《两个世界》《流浪人》《一个老木匠》）和评论文章就对社会不平以及民族危亡进行了较为深入的反思与批判：

  眼看祖先们的血汗化成了轻烟，
  铁鸟击碎了故去英雄们的笑脸！
  眼看四千年的光辉一旦塌沉，
  铁蹄更翻起了敌人的凶焰。

——《哀国难》

  值得注意的是穆旦最初的诗歌写作方式与同时代青年们直抒胸臆的浪漫化表达有所不同，而是更为深沉和内敛，所以在好友杜运燮看来写诗时的穆旦更像是一个"中年人"，甚至有时候像一位饱经沧桑的"老年人"。这也印证了诗歌是"知识成人"的艺术，而不是小孩拆表式的游戏。

"三千里步行"与西南联大岁月

1935年,高中毕业后穆旦同时被三所大学录取,他最终选择了清华大学外文系。8月21日,清华大学校长办公室186号通告公布了包括穆旦和王佐良、周珏良等在内的318名新生录取名单。

当时清华大学外文系课程设置的目的和培养目标是:"了解西洋文明之精神",造就国内所需要之精通外国语文之才,"创造今日之中国文学","汇通东西之精神思想而互为介绍传布"。然而,刚入学不久的清华学生在民族危亡之际面临着最为严峻的选择和历史考验。1935年"一二·九运动"爆发。清华大学救国会发表《清华大学救国会告全国民众书》,其中最著名的那句就是:"华北之大,已经安放不得一张平静的书桌了!"12月9日早上7时,穆旦跟随其他清华学生在大操场上集合出发。浩浩荡荡的队伍到达西直门的时候遭到警察驱逐,城门紧闭。不得不留下一部分学生在西直门城外向群众散发传单进行抗日宣传,另一部分学生则转向阜成门和广安门、

青年穆旦

西便门，途中亦受阻。城墙上是全副武装如临大敌的军警，学生们含着热泪高呼："中国人的城门已经不准中国人进入了！"穆旦和同学们在傍晚才得以返回学校。随后，平津的学生遭到当局大规模的搜捕和镇压。此后，穆旦还曾参加一二·一六运动，受到"大刀和水龙的驱逐"。

穆旦在清华时读到了《大众哲学》并参加了以左联为核心的统一战线群众团体"清华文学会"。此时，穆旦以"慕旦"之名在《清华副刊》、《清华周刊》、《文学》月刊等发表诗文。卢沟桥事变爆发后，清华以及北大部分校舍被日本兵占为马厩和伤病医院。1937年7月28日深夜至29日，侵华日军对南开大学、南开中学、南开女中、南开小学实施惨绝人寰的野蛮轰炸，这些校舍被夷为平地，唯余一片片的焦土。甚至重达一万三千余斤的刻有《金刚经》的南开校钟也被日本鬼子劫掠。穆旦听到这一惨绝人寰的消息后极为震惊和愤怒，也激发出他和同学们空前的抗日激情，正如南开大学校长张伯苓所说："敌人此次轰炸南开，被毁者南开之物质，而南开之精神，将因此挫折而愈益奋励。"

迫于极其严峻的抗战局势，1937年9月10日国民政府教育部颁发16696号令，宣布北京大学、清华大学和南开大学以及中央研究院即刻组建国立长沙临时大学（中央研究院后来因故未参加）。

在大半年的时间里，穆旦随着学校从北京到长沙

（长沙临时大学），又从长沙到昆明（西南联合大学），其间经历了三千五百多里难以想象的长途跋涉。

在组建长沙临时大学期间，威廉·燕卜荪（William Empson 1906—1984，两次在中国任教，分别是1937—1939在西南联合大学，1947—1952在北京大学）在衡山脚下的南岳圣经学院完成了一首二百三十四行的长诗《南岳之秋——同北平来的流亡大学在一起》。

> 我说了我不想再飞了，
> 至少一个长时期内。可是我没料到。
> 即使在暴风雨般的空气里，
> 被扬得四散，又落地播稻，
> 脑子里七想八想，不断旋转，
> 人们又在动了，我们也得上道。
> 我没有重大的个人损失，
> 不过这首诗可完成不了，
> 得到平原上才能偷偷写成。
> 我们在这里过了秋天。可是不妙，
> 那可爱的晒台已经不见，
> 正当群山把初雪迎到。
> 兵士们来这里训练，
> 溪水仍会边流边谈边笑。

当时学校从长沙迁往昆明的时候，穆旦参加的是步行团，美其名曰"湘黔滇旅行团"。对于生活在城市的学生们而言，这次在中国大地上的行走经历将是一生中最为宝贵的财富，尽管行进途中经受了诸多前所未有的困难。正如闻一多所说："那时候，举国上下都在抗日的紧张情绪中，穷乡僻野的老百姓也都知道要打日本，所以沿途并没有做什么宣传的必要。同人民接近倒是常有的事。"

穆旦等人步行团的行进路线为长沙—益阳—常德—芷江—新晃—贵阳—永宁—平彝—昆明。

当诗人真切地行走在大地、土路、丛林、山冈、峡谷中的时候，当看到那些真实的广大人民的生活，这些地点、场景以及各色人物就已经转换为激发情志的命运状态以及与现实和家国存亡密切关联的精神场域。

> 在清水潭，我看见一个老船夫撑过了急流，
> 　　笑……
> 在军山铺，孩子们坐在阴暗的高门槛上
> 晒着太阳，从来不想起他们的命运……
> 太子庙，枯瘦的黄牛翻起泥土和粪香，
> 背上飞过双蝴蝶躲进了开花的菜田……
> 在石门桥，在桃源，在郑家驿，在毛家溪……
> 我们宿营地里住着广大的中国人民，
> 在一个节日里，他们流着汗挣扎，繁殖！
> 　　　　　　　　　　　　——《原野上走路》

步行团自2月19日出发，4月28日到达昆明，其间步行路程为一千三百多公里。在行进途中穆旦经常与闻一多先生结伴而行，一边走一边谈论诗歌和文学。当时传为奇谈的则是穆旦在离开长沙前买了一册英汉词典，此后步行途中穆旦一边走一边背诵，背熟后就将该页撕掉。抵达昆明的时候，字典已被完全撕光，"在这支队伍中，有一个原是清华大学外文系的学生，有个举动引起周围同学的特别注意：他每天从一本小英汉词典上撕下一页或几页，一边'行军'，一边背单词及例句，到晚上，背熟了，也就把那词典的一部分丢掉。据说，到达目的地昆明时，那本词典也就所剩无几了。他就是穆旦，在学校里绝大多数同学只知道他叫查良铮"（杜运燮《穆旦著译的背后》）。正是因为边走边学，穆旦往往是最后一个才到达休整地点，"腿快的常常下午两三点钟就到了宿营地，其他人陆陆续续到达，查良铮则常要到人家晚飧时才独自一人来到"（洪朝生）。正是因为强烈的求知欲望以及艰苦付出的苦学精神，日后的穆旦才成长为一位杰出的诗人和翻译家。

终于到达昆明，还没来得及喘息和休整，因为校舍不足的原因，穆旦不得不再次随着联大文学院和法学院迁往昆明六百里之外的蒙自分校。1938年5月3日清晨，穆旦和其他师生再次起程。先步行至火车站，然后乘坐小火车，"开出昆明不远便进入山区，山高路险，曲折迂回，震动甚大。沿途凿山通道，大小隧道不可计数。烟煤为山洞所阻,尽入车内,以致车上烟尘扑面,空气污浊,令人不耐"(余道南《三校西迁日记》)。

5月4日,穆旦一行人抵达碧色寨。

滇越铁路是中国近代史上最早的铁路之一。1903年开始动工,历时7年才完成。不到五百公里的铁路有至少六万劳工葬身于此。突然有一天,曾经无比热闹、呼啸、热气腾腾的时代冷却了下来,"旧时代的铁,风一吹／就是一个窟窿。不知名的野花和青草／扛着它们的腿、胳膊和心脏／若获浮财,喜气洋洋,朝着天空之家／快速地运送,掉下一堆螺丝和轴承／像上帝餐床上落下的面包屑"(雷平阳《碧色寨的机器》)。

然后,师生们转乘小客车到达蒙自。一个月之后,陈寅恪写下《蒙自南湖》一诗,表达客居异地的落寞与惆怅。

景物居然似旧京,荷花海子忆升平。
桥头鬓影还明灭,楼外笙歌杂醉醒。
南渡自应思往事,北归端恐待来生。
黄河难塞黄金尽,日暮人间几万程。

穆旦于1940年发表在重庆《大公报》上的两首诗《出发》《原野上走路》就是对这段艰辛而难忘的"三千里步行"经历的回望。

我们起伏在波动又波动的油绿的田野，
一条柔软的红色带子投进了另外一条
系着另外一片祖国土地的宽长道路，
圈圈风景把我们缓缓地簸进又簸出，
而我们总是以同一的进行的节奏，
把脚掌拍打着松软赤红的泥土。

我们走在热爱的祖先走过的道路上，
多少年来都是一样的无际的原野，
（O！蓝色的海，橙黄的海，棕赤的海……）
多少年来都澎湃着丰盛收获的原野呵，
如今是你，展开了同样的诱惑的图案
等待我们的野力来翻滚。所以我们走着
我们怎能抗拒呢？O！我们不能抗拒
那曾在无数代祖先心中燃烧着的希望。

这不可测知的希望是多么固执而悠久，
中国的道路又是多么自由和辽远呵……
　　　　　　　　　　——《原野上走路》

　　读万卷书，行万里路，这一古训诚不欺人。这段异常艰苦的长途步行经历也改变了穆旦的诗歌观念和现实经验，一个年轻诗人的世界观也因此而改变。显然，穆旦经过现实的淬炼已经从当年的雪莱式的浪漫转化为深沉的现实感,"后来到了昆明,我发现良铮的诗风变了。他是从长沙步行到昆明的,看到了中国内地的真相,这就比我们另外一些走海道的同学更有现实感。他的诗里有了一点儿泥土气,语言也硬朗起来"(王佐良《穆旦:由来与归宿》)。

值得一提的是,穆旦在清华读书期间还有一段鲜为人知的爱情经历。

穆旦与万卫芳相识相爱,他在当时的诗歌中透露出些许的爱情信息,比如:"只有庭院的玫瑰花在繁茂地滋长,/年年的六月里它鲜艳的苞蕾怒放。"

万卫芳家境富裕,生于天津,时为燕京大学学生。万卫芳跟随穆旦一同南下长沙,并成为国立长沙临时大学外文系二年级借读生。吴宓在当时的日记中有约略记录:"燕京借读女生,查良铮借来此。"

按照穆旦好友杨苡(原名杨静如,1919年生于天津。1937年保送至南开大学中文系,1938年从天津辗转中国香港、越南等地到昆明西南联大学习)回忆,万卫芳与穆旦相识时已经有婚约在身,订婚对象为燕京大学的学生余某。长沙期间,也就是1938年初,万卫芳突然接到家里电报,说是母亲病危请速回。穆旦认为这是她家人的骗局,而万卫芳还是执意回到了天津并最终与该男子结婚。当时穆旦极其愤怒,整个楼道里都是他咆哮和嘶吼的声音。而万卫芳与丈夫后来定居美国并生下两个子女。穆旦留学美国时,万卫芳得到消息并写信给穆旦希望他去看她,但遭到穆旦拒绝。后来,万卫芳的丈夫因为精神分裂自杀,甚至更具悲剧性的是精神崩溃之际的万卫芳竟亲手杀死了自己的骨肉。

无论在长沙还是昆明,当时的办学条件都极其艰苦。晚上的时候学生们只能在极其微弱的菜油灯下读书,而一起议论时局国事则成为他们必备的功课,正所谓家事国事天下事,事事关心。正是因为与闻一多、陈寅恪、朱自清、吴宓、冯至、金岳霖、郑天挺、冯友兰、叶公超、威廉·燕卜荪等名师大家的朝夕相处,穆旦、袁可嘉、郑敏等"九叶诗人"无论是在人格还是在学养上都受益终身。尤其是燕卜荪及时地将欧美的现代派诗人叶芝、艾略特、奥登和狄兰·托马斯以及西方文论引介给这些学生,包括穆旦在内的现代派的诗风也逐渐开始显现,"在西南联大受到英国燕卜荪先生的教导,接触到现代派的诗人如叶芝、艾略特、奥登以及更年轻的狄兰·托马斯等人的作品和近代西方的文论。记得我们两人都喜欢叶芝的诗,他当时的创作很受叶芝的影响。我也记得我们从燕卜荪先生处借到威尔逊(Edmund Wilson)的《爱克斯尔的城堡》和艾略特的文集《圣木》(*The Sacred Wood*),才知道什么叫现代派,大开眼界,时常一起谈论。他特别对艾略特著名文章《传统和个人才能》有兴趣,很推崇里面表现的思想。当时他的诗创作已表现出现代派的影响"(周珏良《穆旦的诗和译诗》)。同学赵瑞蕻曾回忆穆旦这一时期学习和写诗的情形:"有多少次,在课余,在南湖边堤岸上,穆旦独自漫步,或者与同学们一起走走,边走边愉快地聊天,时不时地发出笑声,或者一个清早,某个傍晚,他拿着一本英文书……或别的什么书,到湖上静静地朗读。"(《南岳山中,蒙自湖畔——记穆旦,并忆西南联大》)

穆旦在西南联大期间曾参与青鸟社、高原社、南荒社、南湖诗社、冬青文艺社等文艺社团。因为校园时时遭受日本飞机的轰炸,穆旦和师生不得不经常"跑警报"躲进防空洞中。当时西南联大中文系学生汪曾祺对"跑警报"有着非常详尽甚至有趣的描述,连当时昆明城里做小买卖的一听到有警报就挑着担子到郊区来叫卖,"另一个集中点比较远,得沿古驿道走出四五里,驿道右侧较高的土山上有一横断的山沟(大概是哪一年地震造成的),沟深约三丈,沟口有二丈多宽,沟底也宽有六七尺。这是一个很好的天然防空洞,日本飞机若是投弹,只要不是直接命中,落在沟里,即便是沟顶上爆炸,弹片也不容易蹦进来。机枪扫射也不要紧,沟的两壁是死角。这道沟可以容数百人。有人常到这里,就利用闲空,在沟壁上修了一些私人专用的防空洞,大小不等,形式不一。这些防空洞不仅表面光洁,有的还用碎石子或碎瓷片嵌出图案,缀成对联"(《西南联大中文系》)。

接下来,我们再来看看1939年4月穆旦于防空洞里写成的抒情诗:

他向我，笑着，这儿倒凉快，
当我擦着汗珠，弹去爬山的土，
当我看见他的瘦弱的身体
颤抖，在地下一阵隐隐的风里。
他笑着，你不应该放过这个消遣的时机，
这是上海的《申报》，唉这五光十色的新闻，
让我们坐过去，那里有一线暗黄的光。
我想起大街上疯狂的跑着的人们，
那些个残酷的，为死亡恫吓的人们，
像是蜂拥的昆虫，向我们的洞里挤。
谁知道农夫把什么种子撒在这地里？
我正在高楼上睡觉，一个说，我在洗澡。
你想最近的市价会有变动吗？府上是？
哦哦，改日一定拜访，我最近很忙。
寂静。他们像觉到了氧气的缺乏，
虽然地下是安全的。互相观望着：
哦，黑色的脸，黑色的身子，黑色的手！
这时候我听见大风在阳光里
附在每个人的耳边吹出细细的呼唤，
从他的屋檐，从他的书页，从他的血里。

——《防空洞里的抒情诗》

最为重要的是穆旦的这首诗不只是对应了一段特殊的历史和遭遇，而是在诗歌技术、表现方式以及思想深

度上都达到了相当高的程度，尤其是诗人的个体主体性与诗歌多变的叙述空间构成了繁复的对应，"这首长诗混合了独白和对话、动作和背景描写。这是在毁灭性的洪水渐渐迫近下的一些生活片段。战争没有明显地详述出来，但是被刻画成某种模糊的恐惧，威胁着要扭曲生活的秩序和意义"（梁秉钧《穆旦与现代的"我"》）。

森林之魅与黑暗祭歌

1940年，穆旦从西南联大毕业。6月，西南联大校方第146次会议决定聘用查良铮为外国语文系助教，月薪九十元。这段短暂的教学经历却在穆旦心里埋下了一丝阴影，透过极其有限的材料我们可以感受到穆旦觉得自己并不适合当老师。这在他20世纪50年代于南开大学外文系任教期间同样的感受中可以得到再次印证。

在民族危亡时刻，在异常冷彻的1941年的12月，穆旦用灵魂深处激活的诗歌火种为岌岌可危的中华民族写下了痛苦而又坚卓的赞美诗。正如诗人振臂高呼的那样，"一个民族已经起来"。

　　一样的是这悠久的年代的风，
　　一样的是从这倾圮的屋檐下散开的无尽的呻吟
　　　和寒冷，
　　它歌唱在一片枯槁的树顶上，

20 世纪 40 年代的穆旦

它吹过了荒芜的沼泽，芦苇和虫鸣，
一样的是这飞过的乌鸦的声音，
当我走过，站在路上踟蹰，
我踟蹰着为了多年耻辱的历史
仍在这广大的山河中等待，
等待着，我们无言的痛苦是太多了，
然而一个民族已经起来，
然而一个民族已经起来。

——《赞美》

  1942年2月，杜聿明率军入缅甸作战并向西南联大致函，征求会英文的教师从军。3月，穆旦辞去西南联大教职，参加中国远征军。1955年10月，穆旦对自己参加远征军的原因有如下说明："1942年2月，由于杜聿明入缅甸作战，向西南联大致函征求会英文的教师从军，我从系中教授吴宓得知此事，便志愿参加了远征军。当时动机为：'校中教英文无成绩，感觉不宜教书；想做诗人，学校生活太沉寂，没有刺激，不如去军队体验生活；想抗日。'于是，我便和反动军队结了缘。在杜军中被派往军部少校翻译官，给参谋长罗又伦任翻译。当时和英军及美军常有联系，他们要了解远征军作战情形，我即为之翻译。"（《历史思想自传》）当时，穆旦任随军翻译，即将出征缅甸抗日战场。当时吴宓曾陪同穆旦去第五军办公处体检。3月3日，吴宓请穆旦吃午饭，共花费

18元，"饯其从军赴缅"。随后，穆旦以中校翻译官的身份跟随杜聿明中路远征军第五军新编第22师。部队进入缅甸野人山区一度迷失方向，最终是蒋介石派飞机空投地图和物资，部队才得以走出异常溽热而瘴气弥漫的雨季丛林。军队入缅作战半年后，正值东南亚雨季来临，致使军中因疫病流行和饥饿难耐而损伤大半。野人山和胡康河谷（缅甸语为"魔鬼居住"的地方）给穆旦留下了极其恐怖的梦魇般的记忆。尤其是六七月间，缅甸几乎整日倾盆大雨，穆旦所在部队当时正深处原始森林之中。蚂蟥、蚊虫以及千奇百怪的热带小虫数不胜数，因此疟疾、痢疾、回归热等传染病几乎不可控制。杜聿明将军对惨不忍睹的酷烈场景予以痛心记述："一个发高烧的人一经昏迷不醒，加上蚂蟥吸血，蚂蚁侵蚀，大雨冲洗，数小时内就变成白骨。官兵死亡累累，前后相继，沿途尸骨遍野，惨绝人寰。"（《中国远征军入缅对日作战述略》）密林深处留下的是触目惊心的一地白骨，仿佛活脱脱的难以置信的人间地狱，"在路的两旁，有些士兵身上爬满了蚂蟥，数以万计地围着在那儿啃食他们的尸体，其中有一位士兵眼睛、嘴巴还能动，他说：'军长，参谋长，救救我吧！'但是我们也无计可施，谁能赶得走那么多的蚂蟥，而把他救起呢"（朱浤源等《罗又伦先生访问记录》）。

当时穆旦的战马死了，传令兵也死了。穆旦只能拖着肿胀的腿在死人堆里艰难行进，有时近乎爬行。除了战争以及雨季、疾病的极端考验，最让穆旦等将士们难以忍受的则是饥饿，其中最长的一次挨饿长达十四天之久，"胡康河谷的森林的阴暗和死寂一天比一天沉重了，更不能支持了，带着一种致命性的痢疾，让蚂蟥和大得可怕的蚊子咬着。而在这一切之上，是叫人发疯的饥饿。他曾经一次断粮达八日之久"（王佐良《一个中国诗人》）。被逼无奈，穆旦和士兵不得不发了疯似的在山中和森林里寻找一切可以入嘴的东西，比如野果、蘑菇、芭蕉、老鼠、蛇、青蛙、蚂蟥、蚂蚁等，甚至有垂死的士兵竟然吞食动物的粪便。

穆旦随军在热带森林中步行四个月，终于九死一生到达印度。中国远征军入缅参战的总兵力约十万人，伤亡六万多人，其中很多是死在了撤退途中的野人山和胡康河谷。1943 年初，穆旦从印度辗转归国。1 月 25 日，穆旦再次遇到老师吴宓，"晚偕宁赴吕泳、张允宜夫妇请宴于其寓，陪查良铮。铮述从军所见闻经历之详情，惊心动魄，可泣可歌"。

此后，穆旦将入缅作战的残酷经历写进了《森林之魅——祭胡康河上的白骨》（《文学杂志》1947 年 7 月 1 日第 2 卷第 2 期，刊发时副标题为《祭野人山死难的兵士》）以及长诗《隐现》当中。

读着这些撕裂的祭歌和安魂曲，我们仿佛看到了胡康河谷以及野人山中的数万亡灵，任何人无不为之心惊胆战，痛彻心扉。

在阴暗的树下，在急流的水边，
逝去的六月和七月，在无人的山间，
你们的身体还挣扎着想要回返，
而无名的野花已在头上开满。
那刻骨的饥饿，那山洪的冲击，
那毒虫的啮咬和痛楚的夜晚，
你们受不了要向人讲述，
如今却是欣欣的树木把一切遗忘。
过去的是你们对死的抗争，
你们死去为了要活的人们的生存，
那白热的纷争还没有停止，
你们却在森林的周期内，不再听闻。
静静的，在那被遗忘的山坡上，
还下着密雨，还吹着细风，
没有人知道历史曾在此走过，
留下了英灵化入树干而滋生。

更为重要的是穆旦在《森林之魅》这首诗中面对了终极意义上死亡以及相关的深度探询，这是真正意义上的剧诗性质的"生命诗学"，"美丽的一切，由我无形的掌握，／全在这一边，等你枯萎后来临。／美丽的将是你无目的眼，／一个梦去了，另一个梦来代替，／无言的牙齿，它有更好听的声音。／从此我们一起，在空幻的世界游走，／空幻的是所有你血液里的纷争，／一个长久的生命就要拥有你，／你的花你的叶你的幼虫"。

回国后的穆旦没有再回大学任职，而是在曲靖（其间担任第五军汽车兵团少校英文秘书、国民政府军事委员会驻滇干部训练团第一大队中校英文秘书）、昆明和贵阳、重庆（中国航空公司）等地四处寻找他认为合适的工作。此间，穆旦生活一直处于不安定的状态。

透过穆旦写于1945年的诗作《风沙行》《流吧，长江的水》我们发现了一个名为"玛格丽"的女子形象。

> 流吧，长江的水，缓缓的流，
> 玛格丽就住在岸沿的高楼，
> 她看着你，当春天尚未消逝，
> 流吧，长江的水，我的歌喉。
> 多么久了，一季又一季，
> 玛格丽和我彼此的思念，
> 你是懂得的，虽然永远沉默，
> 流吧，长江的水，缓缓的流。
> 这草色青青，今日一如往日，
> 还有鸟啼，霏雨，金黄的花香，
> 只是我们有过的已不能再有，
> 流吧，长江的水，我的烦忧。
> 玛格丽还要从楼窗外望，
> 那时她的心里已很不同，
> 那时我们的日子全已忘记，

流吧，长江的水，缓缓的流。

在"流吧，长江的水"的复沓中我们看到了覆水难收的爱情。江瑞熙和同是"九叶派"的杜运燮认为这位女性形象的原型是当时穆旦在民航的同事曾淑昭，后来她嫁给了胡适的儿子胡祖望。穆旦在给友人的信中称曾淑昭为"女友"，当时穆旦也将周与良和梁再冰称为"女友"。穆旦在与杨苡的通信中谈到了他和曾淑昭有过一段失败的恋爱。穆旦在他的代表作《诗八首》中通过理智与情感的博弈，在极其焦灼的语调中抒发了身体和内心无法稀释的痛苦与折磨："你的眼睛看见这一场火灾，／你看不见我，虽然我为你点燃；／唉，那燃烧着的不过是成熟的年代。／你的，我的。我们相隔如重山！／从这自然的蜕变程序里，／我却爱上了一个被合并的你。／即使我哭泣，变灰，变灰又新生，／姑娘，那只是上帝玩弄他自己。"

正如穆旦所说"那是写在我二十三四岁的时期，那里也充满爱情的绝望之感"。

饥饿与病痛中的动荡岁月

1945年5月，穆旦辞去中国航空公司职务，其原因是"感觉它是商业机关，没有'前途'，人多陈腐"（穆旦《历史思想自传》）。

1945年9月3日,中国最终取得抗日战争的伟大胜利。11月21日,穆旦与207师师长罗又伦同乘一辆吉普车开始了为期四十天的北上之旅。一行人从昆明出发,途经普安、贵阳、芷江、安江、宝庆、湘潭、长沙、武汉等地。一路上丰富的见闻、破败的景象和民生的疾苦使得穆旦完成了十篇《回乡记》(包括《从昆明到长沙》《岁暮的武汉》《从汉口到北平》)。

在武汉期间,穆旦本打算乘船去上海,再由上海往北平。1946年1月初的寒冬,在一个朋友的介绍下穆旦乘飞机抵达北平,终于见到了阔别八年之久的父母以及亲人。此时,他们暂时租住在逼仄胡同里的一个大杂院。那一刻,北平在穆旦的眼里已经无比陈旧和落败,"宽宽的柏油路,矮矮旧旧的平房向后退去。迟缓的,冬日街上的行人向后退去。风吹沙土,长长的旧红墙和红墙里的大院落向后退去。北平仍是以前的北平,不过更旧了一点儿,更散漫了一点儿"(《回到北平,正是"冒险家的乐园"》)。时在北平的穆旦拜访了老师沈从文和冯至,他的《回乡记》得到了他们的交口称赞。此后,穆旦还结识了林徽因以及袁可嘉等青年诗人。他协助沈从文主编《益世报·文学周刊》。此时,穆旦还通过王佐良、周珏良认识了周与良。周与良的母亲是左道腴,父亲周叔弢(1891—1984)则是知名实业家、古籍收藏家、文物鉴定家,担任过天津市副市长、全国政协副主席等职。周与良兄妹众多,大哥周一良、二哥周珏良、三哥周艮良、四哥周杲良、五哥周以良、六哥周治良、七哥周景良、姐姐周珣良、妹妹周耦良。

穆旦与周与良开始交往的时间是在1946年。二人经常在燕京大学、北师大、米市大街女青年会、清华大学工字厅的周末聚会乃至周与良的家里相聚。大体就是喝茶、聊天、吃饭、跳舞、逛书店和看电影。第一次见面时，穆旦就问周与良是否爱看小说。当时，穆旦留给周与良的第一印象是"一位瘦瘦的青年，讲话也风趣，很文静，谈起文学、写诗很有见解，人也漂亮"。然而面对周与良这样一个大家庭，二人家庭背景和出身的差异常常使得穆旦在周家人面前落落寡合，经常是在一群人高谈阔论之时他却向隅而坐。由于物价飞速上涨，面对巨大的生活压力，穆旦不得不在1947年又前往沈阳、上海和南京等地讨生活。其间，穆旦曾在沈阳参与创办《新报》，但刊物不久即被当局查封。此时不仅穆旦一个人是饥饿的，整个中国都处于饥饿之中。

> 去年我们活在寒冷的一串零上，
> 今年在零零零零零的下面我们呼喘，
> 像是撑着一只破了的船，我们
> 从溯水的去年驶向今年的深渊。
> 忽地一跳跳到七个零的宝座，
> 是金价？是食粮？我们幸运地晒晒太阳，
> 00000000是我们的财富和希望，

又忽地滑下，大水淹没到我们的颈项。
然而印钞机始终安稳地生产，
它飞快地抢救我们的性命一条条，
把贫乏加十个零，印出来我们新的生存，
我们正要起来发威，一切又把我们吓倒。
一切都在飞，在跳，在笑，
只有我们跌倒又爬起，爬起又缩小，
庞大的数字像是一串列车，它猛力地前冲，
我们不过是它的尾巴，在点的后面飘摇。

——《饥饿的中国》

因为长期奔波加上严重营养不良，在南京时穆旦由肺炎转为肺结核，一度失业。按照郑敏的回忆，她一生与穆旦的第一次也是唯一的一次见面就是在南京。穆旦曾到郑敏在南京的家里看她并一起到新街口去喝咖啡。二人由下午谈到晚上，主要涉及诗歌和教育。当时郑敏通过穆旦的言谈举止意识到他是一个个性鲜明而又很有历史感的人，"这在二战后的中国，是一种优点。但是当历史正在选择道路时，个性强的个人的处境，往往并不如所想的那么容易"（郑敏《再读穆旦》）。

直到1948年6月，穆旦才在友人何怀德的引荐下到联合国粮农组织（FAO）南京办事处任译员。其时，在与友人杨苡和江瑞熙等人的聊天中尽管穆旦对自己给国民党办事并不那么不以为然，但是他反复劝年轻人要去解放区参加革命,而他认为自己已经三十岁了,"不再年轻了,不行了,没有条件去,也没钱去,他还有老母亲在北京"(杨苡等《"他非常渴望安定的生活"》)。在1948年往返于上海和南京期间,穆旦与巴金夫妇以及陈敬容、袁水拍、汪曾祺等人都有交往。尤其是上海霞飞坊(今淮海坊)59号巴金的居所简直成了一个沙龙,自此穆旦与萧珊结下了一生的友谊。穆旦等人一起谈诗论人生和国事,时间晚了就到美心去叫葱油鸡来吃,有时去喝咖啡,有时到国泰电影院看电影。

在黑夜中远行并回到风暴当中

1948年春天,周与良离开上海前往美国芝加哥大学留学。穆旦专门从南京坐火车赶到上海为她送别。滔滔黄浦江边,穆旦送给周与良几本书以及一张自己的照片。照片的后面,穆旦用钢笔抄录了自己的四行诗:

风暴,远路,寂寞的夜晚,
丢失,记忆,永续的时间,
所有科学不能祛除的恐惧,
让我在你的怀里得到安憩。

1949年初,穆旦在联合国粮农组织任职期间前往泰国曼谷工作。据穆旦自己所说,此行去曼谷的目的主要是积攒去美国留学的费用，好尽快与周与良见面。终于，在新中国成立前夕，穆旦抵达美国并在该年12月23日与周与良在杰克逊维尔结婚，"结婚仪式很简单。在市政厅登记，证婚人是杲良和另一位心理学教授。我穿的是中国带去的旗袍，良铮穿的是一套棕色西装。一般正式场合都穿藏青色，他不肯花钱买，就凑合穿着这套已有的西服。杲良订了一个结婚蛋糕。参加仪式的还有几位他的同事。我们住在大西洋岸边的一个小旅馆一周，然后返回芝城"（周与良《永恒的思念》）。那时的甜蜜之中他们不会想到，1953年历尽周折终于回到祖国后迎接穆旦的将是怎样一番非同寻常的命运。1965年，全家六口在天津一个小照相馆留下了一张合影，除了最小的女儿在微笑外，其他五个人表情都十分严肃。通过一个知识分子家庭的日常生活我们已然感受到大时代的风雨……

穆旦在芝加哥大学英文系攻读硕士学位，课余时间他依靠在邮局打工以维持家庭生计，"当时我们的生活十分艰苦，必须半工半读。每个中国学生都要做临时工。良铮为了少费时间多挣钱，不愿在大学里干活儿。当时在大学里做各种杂活，每小时报酬为八角至一美元。他选择了在邮局运送邮包的重体力活，每小时可拿两美元多，一般都是夜间工作。他说这样可节省时间，不影响白天上课。晚间去干活儿，总要到清晨三四点才回家"（周与良《怀念良铮》）。

异常艰苦的求学生活，参加抗日远征军的经历以及对祖国和亲人的怀念，穆旦一直有回国的强烈冲动。在回国问题上，穆旦经常与其他留学生甚至与周与良产生分歧，当时周与良已经博士毕业后在芝加哥大学生物物理研究所工作了，而穆旦还在邮局打零工。穆旦却一直坚持留学生应该最终回到祖国去，所以当时很多同学以及朋友都以为他是共产党。尽管穆旦没有亲眼看见和亲身体验新中国成立的气氛，但远在国外的他通过各种途径在思想上不断充实自己。为此，穆旦苦修俄文就是一个最好的证明。1950年，穆旦在芝加哥大学选修俄国文学，并背诵下整部俄语辞典。他时时关心新中国的情况，即使是在撰写学位论文的紧张阶段，他仍学习毛泽东的《新民主主义论》等文章。周与良和穆旦有过一起去中国台湾或印度任教的机会，但都被穆旦拒绝了。1952年12月，在穆旦多方争取与不断努力下终于与周与良离开美国。临行前，诸多好友来芝加哥车站为他们送行，在当时的照片上所有的人都很开心。1953年1月，穆旦夫妇经历诸多周折终于回到祖国，经深圳往广州、上海。在上海停留期间，穆旦见到了西南联大时期非常好的朋友萧珊。其间，穆旦同萧珊谈到他准备今后多翻译一些俄苏的文学作品，"她很惊奇地说：你不是搞英国文学的吗，又是诗人，怎么又想介绍俄国文学了？良铮告诉她，他在美国学习时，也学了俄语和俄国文学的课程，准备回国后，介绍俄国文学作品给中国读者。我记得当时他们谈得很高兴，萧珊同志还鼓励他尽快地多搞翻译"（周与良《怀念良铮》)。

1953年2月21日,穆旦填写了一份《回国留学生工作分配登记表》,社会关系分为"有哪些进步的社会关系"和"有哪些反动的社会关系"。其中"有哪些进步的社会关系",穆旦罗列了王佐良、巴金、杜运燮、袁水拍、江瑞熙、杨刚、梁再冰、李广田、周叔弢等九人;在"有哪些反动的社会关系"中他给出了四位国民党党员,即杜聿明、罗又伦、查良鑑、查良钊。

回国后的穆旦一直从事外文翻译和教学工作。受到萧珊的鼓舞,穆旦在北京期间开始夜以继日地翻译苏联文艺理论家季莫菲耶夫的《文学原理》。

穆旦最终选择了和妻子一起到南开大学任教。然而,平稳的日子很快就要结束了!

值得注意的是穆旦一直不太喜欢教书的职业,他甚至认为自己教学能力很差并且没有英文口才,所以在南开工作期间他经常"情绪消沉",甚至几次决定要辞去教职,但未获批准(穆旦《历史思想自传》)。当时,频繁的政治学习、各种小组讨论以及马列主义夜大学习更是让一向体弱的穆旦不堪其苦。此时的穆旦在政治运动和愈来愈浓烈的政治文化氛围中感到不适并且倍感孤独。在1953年写给萧珊的信中,他这样无奈地写道:"现在唯一和我通信的人,在这个世界上,只有你一个人。"

1954年,因参加过"中国远征军",穆旦被列为"审查对象",受到不公正待遇。同年11月,穆旦卷入南开大学"外文系事件"。"事件"缘起是穆旦和巫宁坤等为挽留创办南开英文系的老教授陈逵（1902—1990）发起召开了一次座谈会。11月19日，在《红楼梦》批判会上穆旦的发言被中文系教授李何林（1904—1988）强行打断，而招致了穆旦等人的不满。再加上外文系主任李霁野的"排外"和"不民主"遭到一部分老师反感，最终导致巫宁坤、穆旦、钟作猷、张万里和司徒月兰等五人联名写信。最终，校方将之定性为"组织小集团进行反对领导的活动"。11月25日，校方向天津市委递交《南开大学党总支委员会关于外文系事件的报告》。该报告指出这一事件的严重性："部分教师由于资产阶级个人主义作祟，因而他们的小集团活动还有一定的市场。"在该事件中一部分学生也被调动起来揭发检举穆旦等人的问题，比如有学生提到穆旦的迟到早退以及无故不去上课。在南开大学档案馆所藏的材料中，存有当时穆旦的亲属、朋友和学生对他的检举材料。甚至到了1955年，南开校方还专门组织了六次全体教师参与的关于"外文系事件"的座谈会。"事件"的结果是外文系暂时停办，陈逵、巫宁坤、张万里、蒋瑞琪、毕慎夫等被迫调离南开。巫宁坤此后命运坎坷，而在反右运动和"文革"期间穆旦却尽自己最大能力帮他一家在困苦中渡过难关。在1955年2月开始的"肃反运动"中穆旦成为肃反对象，被勒令交代问题，接受审查。每天上午8点，穆旦到外文系交代问题。穆旦分别于1955年10月和1956年

4月22日写成交代材料《历史思想自传》和《我的历史问题的交代》。在肃反运动期间，梁再冰（1947年春天穆旦与梁再冰相识，通过目前的资料来看二人书信往来极其频繁）也写了一份检举材料《关于我所了解的查良铮的一部分历史情况以及查良铮和杜运燮解放后往来的情况》。

1956年10月，南开大学对穆旦历史问题给出了一份《结论意见书》。

一、1942年2月参加远征军去缅甸任第五军少校英文翻译，1943年1月回国至同年10月在昆明赋闲，其间曾先后在伪军委会驻滇干训团（不到一个月），伪国际宣传处昆明办事处（一个多月）等短期工作。

二、1943年10月至1944年2月在重庆国民党中宣部主办之新闻学院学习四个月，主要内容为新闻业务。

三、1945年5月重回杜聿明军部工作，被派至伪青年军207师任中校英文秘书，1946年初随军去东北，在东北主要工作以伪青年军接收来的机器房子为罗又伦（青年军207师师长）办报，名称为《新报》，查任总编辑，直到1947年9月因派系关系报纸被陈诚查封为止。

四、1948年初曾在南京伪中央社任职一月。1948年底又在南京美国新闻处任职一月，无其他活动。

在"肃反运动"和"文化大革命"期间，穆旦的妻子也遭到了数次批斗。在此严肃的时代语境下穆旦虽然被迫停止了诗歌创作，但他仍不肯放下手中的笔，而是一直坚持翻译外国诗歌和文学，"他几乎把每个晚间和节假日都用于翻译工作，从没有夜晚两点以前睡觉"，"翻译中忘记吃饭，仅吃些花生米之类"（周与良）。在反右运动和大鸣大放中穆旦一直是持审慎的态度。1957年5月，穆旦来北京在西苑会见老友巫宁坤。穆旦和巫宁坤整个晚上都处于兴奋的交谈之中。当穆旦听说巫宁坤已经在会上"鸣放"过之后却不以为然。他说他谢绝参加任何鸣放会。后来，果真气候骤变，"和风细雨"变成了"暴风骤雨"。1957年穆旦所写出的诗歌为那个时代做了最好的注脚。在那个政治运动席卷一切角落的时候，穆旦同样不能幸免。主动参与也好，迫于形势也罢，穆旦以知识分子的痛苦和分裂在那片荒原上留下了生命的色彩和良知的震撼。这色彩是红色，这震撼是撕裂。1957年5月应《文艺报》文艺部负责人袁水拍之约穆旦写就诗作《九十九家争鸣记》。本来是"百家争鸣"穆旦却偏偏来了个"九十九家争鸣"。穆旦以讥讽的笔法和诙谐的语调通过对一次会议的描述揭示了"百家争鸣"并非真正的争鸣，"百花齐放"也非真正是文艺创作的自由。尽管穆旦在该诗的"附记"部分有为自己的意图澄清的说明，但这首诗已经大大越过了当时主流诗歌写作范围的底线，明显带有与"双百"方针抵触的成分，从而招致批判也是必然的。这首诗发表不久，旋即受到猛烈批判。1957年9月号的《诗刊》发表黎之的批评文章《反对诗歌创作的不良倾向及反党逆流》。文章认为穆旦的诗流露了比较严重的灰暗情绪并"污蔑现实生活攻击新的社会"。穆旦不得不对《九十九家争鸣记》进行了检讨，"我的思想水平不高，在鸣放期间，对鸣放政策体会有错误，模糊了立场，这是促成那篇坏诗的主要原因。因此，诗中对很多反面细节只有轻松的诙谐而无批判，这构成那篇诗的致命伤。就这点说，我该好好检查自己的思想"。

显然，新旧时代交替的节点上穆旦与同时代诗人一起要经受思想改造的"洗礼"。

> 没有太多值得歌唱的：这总归不过是
> 一个旧的知识分子，他所经历的曲折；
> 他的包袱很重，你们都已看到；他决心
> 和你们并肩前进，这儿表出他的欢乐。
> 就诗论诗，恐怕有人会嫌它不够热情：
> 对新事物向往不深，对旧的憎恶不多。
> 也就因此……我的葬歌只算唱了一半，
> 那后一半，同志们，请帮助我变为生活。
>
> ——《葬歌》

值得一提的是，穆旦并不是因为发表《葬歌》等诗而被划为右派,袁可嘉曾就此事于1989年8月6日专门致函《文学评论》编辑部予以澄清:"贵刊今年第4期陈良运《两种诗歌观念与两种价值取向》一文,谈到'穆旦因《葬歌》等诗受批判划为右派(见贵刊该期第113页右栏)此说与事实不符。事实是,穆旦因1942年在缅甸抗日战场担任翻译工作,有'同中校'军衔,在1958年被错划为'历史反革命',受到不公正对待。1979年宣布复查结果:'根据党的有关政策规定,查良铮(即穆旦)的历史身份不应以反革命论处。'1981年11月27日,他曾任职的南开大学在天津烈士陵园举行穆旦骨灰安放仪式,南开大学副校长在讲话中说:'1958年对查良铮同志做出了错误的决定,1980年经有关部门复查,予以纠正,恢复副教授职称。'在1957年反右斗争中并未划为右派。据我所知,上述错误说法,流传甚广,特函请予以更正。详见《一个民族已经起来——怀念诗人、翻译家穆旦同志》所载《穆旦小传》(杜运燮等编,江苏人民出版社,1987年)。"

多少人的痛苦都随身而没

1958年12月18日,在天津市人民法院法刑法管字(141号)判决书上穆旦的罪状是"1957年党整风之际,大肆向党进攻,在《人民日报》发表《九十九家争鸣记》反动文章"。穆旦被定性为"历史反革命"并被判处三年管制，降级降薪甚至逐出课堂，强迫在南开大学图书馆接受管制和监督劳动。

从 1959 年 1 月 5 日开始，穆旦每天负责打扫图书馆和清理厕所，"我自动打扫图书馆甬道及厕所，每早（七时半）提前去半小时。这劳动对自己身体反而好"。穆旦每天除了劳动之外，回家后还要写思想汇报，每星期去南开大学保卫处汇报思想，每逢节假日还被集中起来写思想汇报。穆旦从此失去了写作和发表作品的权利。穆旦在 1959 年 1 月 1 日的日记中这样写道："我总的感觉是：必须彻底改正自己，不再对组织及党怀有一丝不满情绪，以后应多反省自身，决心做一个普通的勤劳无私的劳动者。把自己整个交给人民去处理，不再抱有个人的野心及愿望。"尽管是管制，穆旦还是能每月领到六十元的生活费。然而精神上的打击是无法想象的，沉默和痛苦如黑夜里的潮水一次次淹没了诗人，"多少人的痛苦都随身而没"。

尽管 1962 年的时候穆旦的三年管制期已经结束，但是他仍然在五一和十一等节日的时候去图书馆写检查。尽管穆旦承受了巨大的痛苦，但是为了维护孩子不受伤害，他们夫妻一直尽力瞒着。1962 年开始，穆旦的管制结束后他在图书馆从事图书整理、抄录卡片以及清洁卫生的杂务。此时，面对着这个过早衰老瘦弱的人已经没有人知道他的诗人身份了。"文革"开始时南开大学有一百多位教授和干部被打倒，穆旦也因"中国远征军"问题再次被判为"历史反革命"。穆旦全家首当其冲遭到抄家。据周与良回忆,抄家的次数太多,不仅日常用品和衣服、被褥被当作"四旧"拉走,而且很多手稿和书籍几乎被洗劫一空。让穆旦稍显安慰和庆幸的是他苦心孤诣翻译的《唐璜》手稿没有被抄走。造反派在房间里四处贴上标语"砸烂反革命分子查良铮狗头"。这时的穆旦已经被集中劳改,打扫图书馆、校园道路、厕所和游泳池。他每晚回家看到的就是满地的狼藉。

1968年,穆旦一家被迫从居住条件较好的东村70号搬到13号筒子楼337室。穆旦夫妇与四个子女(长子查英传、次子查明传、长女查瑗、次女查平)挤在仅十七平方米阴暗潮湿的房间里,并且一住就是五年。因为房间太小,只能勉强放两张床和一个书桌。很多物品不得不堆放在楼道甚至厕所里。此时的周与良也被定罪为"美国特务"关进生物系教学楼隔离审查。因为常年饥饿和营养不良,年仅十一岁的女儿查瑗晕倒在公共厕所。是邻居上厕所时发现,然后背回房间,她才捡回了一条命。此时穆旦和妻子因为接受审查都不能回家,一天三顿饭还得子女来送。查瑗后来回忆,每次去送饭的时候父亲都会非常关切地询问厕所经常外溢的粪水是否淹到了《唐璜》那部译稿(当时所住的337房间紧挨厕所)。透过"文革"中穆旦的日记,我们可以发现这是一个极其痛苦的知识分子。穆旦曾在日记中与同时代人一样抄录了大量的毛泽东语录、毛泽东诗词和各种讲话、文件、指示等。

1969年冬天，南开大学将穆旦等"牛鬼蛇神"及其家属都下放了河北保定西郊太行山东麓的完县（后改名顺平县）。当时穆旦和妻子所在的公社相隔有几十里路。1970年初快过春节的时候，穆旦步行前去探望久别的妻子和四个孩子。然而匆匆一见，只有半个小时的时间。当时周与良看到穆旦精神疲乏、面容憔悴，眼里瞬时就含满了泪水。分别那一刻，周与良看到穆旦的背影已经是个十足的老人了，而此时的穆旦也才五十二岁。在下放期间，穆旦干过几十种活计，比如挖土、运砖、锄地、放羊、割草、洒农药、盖羊圈、修路、铡草等，可见其身体和心灵遭受压力的程度。通过穆旦的日记，1970年开始他的身体状态就堪忧了，消化不良，经常剧烈咳嗽。

1972年1月16日萧珊去信给穆旦，对于知识分子来说那是一个怎样难以言说的时刻啊！萧珊在信中说："我们真是分别太久了。是啊，我的儿子已经有二十一岁了。少壮能几时！生老病死就是自然界的现象，对你我也不例外，所以你也不必抱怨时间。但是十七年真是一个大数字，我拿起笔，不知写些什么。还是先谈些家务吧……你说你在学农基地已经一年多了，从你信里看来，我也不知道怎样认识你了。"

1972年8月13日，穆旦一生最好的朋友萧珊因癌症去世，年仅五十一岁。病中的穆旦多次给巴金写信予以安慰。"文革"结束前夕，穆旦为萧珊写下一首追挽的诗作《友谊》:"永远关闭了,我再也无法跨进一步,/到这冰冷的石门后漫步和休憩,/去寻觅你漫煦的阳光,会心的微笑,/不管我曾多年沟通这一片田园。"

不管自己承受了多么难以想见的苦难,穆旦对子女是疼爱有加的。1974年11月,查瑗到天津十三塑料厂上班。从此,几乎每天早晨五点穆旦就起床,然后收拾好送女儿到八里台汽车站。有时查瑗倒班要到晚上十一点多才回家,而穆旦竟仍坚持去汽车站接她,无论是狂风暴雨还是大雪纷飞。

"希望又能写诗了"与最后岁月

在1976年"四人帮"倒台后,穆旦在新购买的《且介亭杂文》的扉页上兴奋地写下:"于'四人帮'揪出后,文学事业有望,购《且介亭杂文》三册为念。"穆旦高兴地对妻子周与良说的第一句话就是"希望又能写诗了","相信手中这支笔,还会恢复青春"。而当时因为连年的政治运动的冲击,心有余悸的周与良却反对穆旦写诗,"咱们过些平安的日子吧,你不要再写了"。而实际上即使是在"文革"期间,穆旦也并未因政治运动的高压而搁笔,而是偷偷地背着家人写诗。

在人生的暮年,诗人渴望再次得到诗神的眷顾,尽管这是以饱受摧残的病痛和灵魂的折磨为代价的。穆旦偷偷地在纸条上、烟盒上、信封上、日历上将自己的感受偷偷地转换成诗行。而正是这种相当隐秘的写作方式，使他的最后的诗作有些只能看到残篇，而有很多则因不能及时整理而永远在历史的烟云中淹没。

在诗坛沉寂近二十年后，在生命的最后时日，在"心灵投资的银行已经关闭"的严厉岁月，穆旦居然又重新使诗歌焕发出光辉，也为一个诗人一生的写作画上了完满的句号。当然，这些诗句的背后是一个诗人无比深重的苦难，更有一个诗人的良知，而诗则成了苦痛的"至高的见证"。

在人生的最后时刻穆旦尽管忍受着伤病的痛苦，但是每当有郭保卫、柳士同这样的年轻人来访的时候他却仿佛变成了另外一个人，"他的腿不久前摔伤了，尚未痊愈；走起路来一瘸一拐，极不方便。但他因为有一位喜爱普希金的青年来访，而兴奋得忙里忙外。一会儿去拿他翻译的普希金的诗，一会儿去他拿他幸存下来的《别尔金小说集》……查先生忘记了疲倦，忘记了身体的不适，滔滔不绝地跟我谈着"（《一面之师》）。

这就是穆旦！

1977年2月20日——去世的六天前，穆旦在天津市塑料模板厂的信纸上给父亲和妹妹良铃写了一封信。他在信中谈及自己的病情以及准备治疗的情况，当时的穆旦是比较乐观的，然而往往事与愿违。

我订于初六进院（总医院）治腿，因为总医院居住和手术室条件好，医生是熟人，虽年轻些，但他父亲是骨科医院的好大夫，动较小手术也是他父亲出的主意，所以我比较放心。小英原定月底回呼，现已为此事去信请假，可以照料我十多天，大概也可以了。估计得卧床两个月。现在又得知在三月底以前无大震，这方面可以放心。我争取早日治好，以便可以在天热时出外走走，到北京和南方去玩玩。

一生为诗歌和翻译以及独立人格而受尽苦难的灵魂！尽管他在暮年也发出"我走到了幻想的尽头"的无奈与不甘，但是他的歌声最终穿透了历史层层的雾霾而抵达未来。一个经历过寒冬的诗人，即使是他的"绝唱"也是冷彻而又温暖的：

> 我爱在雪花飘飞的不眠之夜，
> 把已死去或尚存的亲人珍念，
> 当茫茫白雪铺下遗忘的世界，
> 我愿意感情的热流溢于心间，
> 来温暖人生的这严酷的冬天。
>
> ——穆旦《冬》

◎ 陈敬容

小传：陈敬容（1917—1989） 四川乐山人，诗人、散文家、翻译家，原名陈懿犯，笔名芳素、蓝冰、成辉、文谷、默弓等。早年离开故乡，流落、求学北平，后辗转成都、重庆，在成都期间参加中华全国文艺界抗敌协会。1946年到上海，任《中国新诗》编委。新中国成立后，在华北大学学习，曾任最高人民检察院文书员。1956年调入《世界文学》杂志社，曾任《人民文学》编辑，1973年退休。著有《盈盈集》《星雨集》《交响集》《远帆集》《新鲜的焦渴》《老去的是时间》《辛苦又欢乐的旅程》《陈敬容选集》《陈敬容诗文集》。译著《巴黎圣母院》《绞刑架下的报告》《安徒生童话》《黑色的鹰觉醒了》《图像与花朵》《太阳的宝库》《一把泥土》《伊克巴尔诗选》等。

"是谁的手指敲落冷梦?"

"九叶诗派"无疑是中国新诗现代化进程中具有深远影响并且日益被经典化的重要文学现象。面对这些智慧的诗歌星群,我决定从陈敬容这里开始重新掀开这一流派发黄的诗歌卷宗与人生档案。这不仅在于陈敬容自身诗歌的特殊性,而且还在于作为一位女性她一生多舛的命运遭际。

2012年冬天,我在寒冷的雪天前往北京南城的法华寺。20世纪70年代的时候,陈敬容就居住在法华寺后面的一间狭小逼仄的老旧平房里。这里院子套院子,进出很不方便,"由于古庙院子深,从家里到大门口就得好几分钟,从大门口到售货店又得几分钟到十几分钟不等,因此购买油盐酱醋米面菜蔬之类,也都十分的费事,而且无一例外全部落在我这个退休老病人身上"(《橄榄》)。尤其是古庙附近地势低洼,阴冷潮湿,当时的厕所和厨房都是公用的,一到冬天院子里的三个水管就全部冻得死死的了,这对于陈敬容以及其子女、外孙女而言都是极不方便的。当我企图寻找当年那些平房踪迹的时候,我面对的却是时代如此巨大的变化。法华寺后面的平房早已经被拆除。巨大的新时代建筑的蓝色玻璃幕墙以及轰响的泥泞让我有些茫然失措。在一个城市化时代，一切似乎都已经改变了。

也许，只有关于一个诗人的依稀记忆还在寒冷的日子里自我取暖。

对于陈敬容这样一个命运多舛的女性，连她的梦都是寒冷和惊悸的。

出生的大水与出走的冷梦

时钟拨回到1935年的春天。这一年，陈敬容刚满十八岁。此时的她已经离开故乡乐山暂居北平，在一个个

青年时期的陈敬容

北方乍暖还寒的暗夜里本该享受青春年华的陈敬容却过早地迎来了孤独和寂寞,"真记不清了,哀愁和欢愉一样地容易失落。秋霜一般的银发还在我的手中,是碎成了细屑的,不复是缕缕的了。每一粒细屑现在跳跃着,映出各种色调的往事,令我吟味着秋天黄叶衰草的清芬,和寒冬霜雪的冷艳;又像是夏夜的郊原里,一颗金色的星子悄悄地陨落"(《陨落》)。

陈敬容过早地迎来了"天使之囚"般的日子。在北方的寒冷中她不得不想念那并没有给她带来多少欢乐的故乡和家庭,然而此刻伴随她的却是孤苦的人生旅程的开始。

> 炉火死灭在残灰里,
> 是谁的手指敲落冷梦?
> 小门上还剩有一声剥啄。
> 听表声的答,暂作火车吧,
> 我枕下有长长的旅程
> 长长的孤独。

1917年秋天,陈敬容出生于四川乐山市中区较场坝铁货街。

命运是如此捉弄人,她的多半生几乎都是在各地的漂泊中度过的,从四川到北平、天津、青岛、济南、郑州、徐州、汉口、成都、重庆、宝鸡、西安、兰州,再到重庆、上海、北京,这是怎样一番难以想象的动荡的人生遭际。接连到来的是一个又一个不安之夜,从一个空间到另一个空间不变的仍是焦虑,"变不了的是那任何地方也没有的凄凉。当你一个人踽踽地在黄昏里行走,就仿佛你的生命中永远只能有黄昏。尤其是当西北风呼啸的时候,当沙土向你脸上扑来的时候,你便丧失了任何温暖的记忆和希望"(《街》)。

那些她曾经爱过的人一个个离她而去,而始终不离不弃伴随她的却只有诗歌。甚至在很多时候,在异乡的漂泊和情感的动荡中诗歌成了陈敬容取暖的唯一方式。诗歌也成了她特殊的日记和精神动荡的见证。

陈敬容从乐山出走未果,此后辗转成都,再次出走前往遥远的北平,再一路从北平到成都、重庆、兰州、临夏、平凉,再折回重庆的磐溪、上海、香港、北平……

我们可以想象,在火车、汽车、轮渡上陈敬容于夜路中清瘦的身影,而是什么力量使她克服磨难一步步坚强地坚持了下来?或许正如她自己所说:"在艰难的行程中你用手按着自己的创伤。"

陈敬容出生的这一天是旧历"鬼节",而这一年乐山遭受了几十年不遇的水灾,人们一出门,街道上到处都是混浊不堪的泥水。这肆虐的洪水作为她一生命运的开始似乎多少暗含了一些悲剧色彩。那所古老而宽大的房子并没有给小小的陈敬容带来多少欢乐,"窗外淅沥地下着阴寒的小雨，夜之森严充塞着这所古老而宽大的房子"（《父亲》）。

她记忆里更多的是作为军人的父亲陈懋常（毕业于保定陆军学堂，时为四川军阀手下一名军官）一年四季冷冷的眼神和阴沉沉的脸。父亲在家的时候窗子随时都是紧闭的，而他每日的抽烟喝酒更是使得屋内空气污浊。母女们只能在沉默中忍受。只有父亲不在家的时候，陈敬容和姐妹们才能够与母亲欢快地交谈。母亲常年患病卧床，不断咳嗽和哮喘。母亲越来越消瘦虚弱，而深夜里母亲剧烈的咳嗽声让年幼的陈敬容体会到人生的无常和压抑下的痛苦。在白天，陈敬容最爱做的一件事就是来到离家较远的白塔街上，蹲在一个角落里静静地看远处的凌云山和大佛。甚至在晴好的日子里，她还可以望见峨眉山上的积雪。母亲在结婚后曾千方百计争取到县城女子师范读书，但遭到丈夫和婆婆的极力反对，最终愿望成空，所以母亲一直十分支持女儿上学读书。

陈敬容的祖父陈耀庭是一位秀才，饱读诗书。慈厚的祖父对陈敬容偏爱有加，所以从四岁开始陈敬容接受祖父的蒙学教育。而那些《百家姓》《三字经》《弟子规》《女儿经》《孝经》渐渐难以满足陈敬容的求知欲望，她甚至在祖父午睡的时候溜进那个巨大的书房。书房里的光线很不好，窗外是一道高大的常年长满了青苔的围墙。她只能躲在窗下，借着斑驳的光线偷看那些不被祖父允许看的"禁书"，比如什么《红楼梦》《三国演义》《儒林外史》《封神榜》《西游记》《水浒传》等。当十二岁那年冬天的一个黄昏，陈敬容读到《聊斋志异》的时候，那个鬼魅花妖的世界竟然让她如此痴迷和惊喜，"怎样地惊奇，狂喜，又怎样地骇怕！那些鬼怪、狐狸等故事，真叫人毛骨悚然！好像它们都在窗隙里、门缝里向我窥看，好像它们已经进到屋内，躲在那些拥挤的家具背后，好像每一条、每一片影子都在蠕动着，向我逼过来"！

酷爱诗词的祖父打开了陈敬容的诗歌大门，在年幼的时候她就在祖父的指导下手抄《诗经》、《楚辞》、民谣和唐诗。非常富有戏剧性的是祖父还擅长算卦。他曾借助三枚铜钱知晓了年幼的孙女将一生漂泊，孤苦无助。

如果说年幼的陈敬容在祖父这里接受的还只是一般意义上的传统教育，那么当十三岁的她在乐山女子中学开始读书的时候，她迎来的是一个迥然不同的新式教育天地。

当时乐山女中的教员都是受到了新文化运动影响的青年，在这些新式老师的影响下，鲁迅、茅盾、郭沫若、巴金、冰心、俞平伯、朱自清、叶圣陶、郑振铎等新文学作家以及外国的都德、左拉、拜伦和柯罗连科、阿尔志跋绥夫等开始进入陈敬容的视野并对她今后的写作产生了重要影响。与此同时，陈敬容也对《说文解字》《左传》《古文辞类纂》等书产生浓厚的兴趣。时在清华大学研究院读研究生的乐山县人曹葆华（1906—1978）刚好在1931年回到故乡，在女子中学暂时做英文代课教师。当时陈敬容在女子中学就读。受新文化运动尤其是北平文化界自由和独立精神的影响，曹葆华在学生中不断传播着新思想和新文化。他经常带着学生在校外郊游并朗诵一些诗人的代表作。受此影响，陈敬容开始用笔名"芳素"在校报上发表诗歌和短文。

1932年，年仅十五岁的陈敬容一生的漂泊命运过早地开始了。

在曹葆华不断的鼓励下，5月23日在晨曦的微光中陈敬容只带了几件换洗衣服就与曹葆华一起从乐山三江汇合处的肖公嘴码头登上了一只木船。当时，只有曹葆华的四弟曹葆素以及陈敬容的同学李华芝在岸边挥手作别。在陈敬容出走的时候，她的母亲正重病在床。在船经三峡神女峰的时候，茫茫夜色里的陈敬容内心与江水一样动荡不息。这个瘦弱却倔强的少女以如此异常的行动为一个时代女性的自由做出了回答，"不安定的灵魂，自由地在真理的清泉中"（《幻灭》）。当20世纪80年代的朦胧诗人舒婷在神女峰写下"与其在悬崖上展览千年／不如在爱人肩头痛哭一晚"的时候，半个世纪前的另外一个女性却早已经开始了自由和独立的远行。

三天后——5月26日，船到万县。

陈敬容万万没有想到，因为走漏消息，父亲已安排当地人在此处拦截。陈敬容被几个壮汉截住，强行带回乐山，关进一间狭小的房子里。从此，陈敬容失去了自由。但是那间黑暗而压抑的房间却并未能羁绊正处于青春冲动和理想憧憬中的陈敬容。在陈敬容的绝食抗议以及朋友、其他家人的反复劝说下，严厉守旧的父亲才最终同意她到成都继续读书。成都留给陈敬容的记忆就是水门汀筑成的街道以及到处走动卖花的人。

仅仅两年之后——1934年冬天，执拗的陈敬容再次因为曹葆华而离开四川前往北平。此前，曹葆华将路费寄到了陈敬容就读的成都私立中华女子中学。此次出走，陈敬容都没有想到此后几十年她都没有机会再次回到故乡。当她在老年返回故乡时，迎接她的是一个个亲人荒草萋萋的坟茔。在迷茫的暗夜里，出走的陈敬容同那只摇晃的小船一样动荡不已。1935年2月，历经两个多月的辗转跋涉，陈敬容终于在清华大学见到了曹葆华。

在曹葆华的影响下陈敬容与李广田、何其芳、卞之琳"汉园三诗人"以及冯至、林庚、梁宗岱、孙大雨、孙毓棠、蹇先艾等作家开始交往并在清华、北大做旁听生。这进一步打开了陈敬容的人生和文学视野，她开始受到英美现代诗歌的影响。但是因为经济原因，陈敬容居无定所，她被迫不断变换居住地。清华女子宿舍、沙滩女子公寓、女青年会以及朋友的住处留下的是陈敬容的焦虑与不安。不停地搬家和各地流落几乎成了陈敬容大半生命运的缩影，而这既与她当时窘迫的经济条件有关，也是她的特殊性格使然，"除了偶然而又偶然之外，我很少在一间屋子里住到半年以上。不是被迫迁出，就是为了自己觉得腻烦，想换一换"(《迁居》)。

值得提及的是很多研究者都认为1935年10月24日发表在《北平晨报·诗与批评》上的《十月》是陈敬容的处女作，但实际上陈敬容最早发表诗歌的时间是1932年。当时曹葆华在万县与陈敬容被迫分别后独自一人北上并将陈敬容初中二年级时的诗歌习作《幻灭》在《清华周刊》上发表。更为大胆的是曹葆华不仅在同一期的《清华周刊》发表了有关二人出走未果的痛苦心情的诗歌《沉思》（其中有这样的诗句："黄昏离开了苍老的渡头，/几点渔火／在古崖下嘤嘤哭泣……几声寺钟，在我黯淡的心中添上阴影，／正如夜色的苍茫，弥漫在死寂的江上"），而且作为荐稿人的曹葆华在"后记"中还记述了他与陈敬容痛苦而"传奇"的经历："作者系一十五岁的青年女子，性聪颖，嗜爱文学。余去年回川，得识于本县女子中学。今夏余离家来平，伊随同出川，道经万县，被本乡之在该地任军政者以私恨派兵阻扣，勒令返家，从此则不知情况如何。今周刊索稿，故敢寄投，以资纪念。"（《清华周刊》，1932年第38卷第4期）与陈敬容被迫分别后，尽管事情已经过去多半年的时间，但是曹葆华仍处于火热而痛苦的情感煎熬之中。他陆续在《清华周刊》发表了与陈敬容相关的一些诗作，如《宣告——纪念五二六万县被拘》。曹葆华在后来出版第二本诗集《落日颂》的扉页上写下："给敬容，没有她这些诗是不会写成的。"

陈敬容到了北平之后,开始进入真正意义上的文学写作期,而北平这座城市特有的建筑和文化氛围使得她感受到"丰满的诗情"的冲涌,"薄暮时的东长安街,西长安街,景山街,南池子,北池子,阳光把行人底影子拉得可笑地长。在这些街上散步,人好像落入了一个无尽的岁月里。哲学家和科学家许会在这种散步中发现一些定律,而诗人,许会在空漠的沉思海洋中捞起丰满的诗情"。

陈敬容接连在《清华周刊》《北平晨报》《大公报》《文学季刊》上发表诗作和散文。上文提及的那首《十月》,是陈敬容到北平之后公开发表的第一首诗作。从这首诗可以看出一个少女离开故乡之后的孤独以及浓得化不开的异乡体验:"窗纸外风竹切切:'峨眉,峨眉,/古幽灵之穴。'//是谁,在竹筏上/抚着横笛,/吹山头白雪如皓月?"自此几十年的每个夜晚,陈敬容都只能在梦中与故乡的"白雪"相遇,除了寒冷和孤寂还有什么呢?在诗歌里是这位少女不断孤独的叹息,"谁呵,又在我梦里轻敲……"此后的五十年,她都没有再能回到故乡去,而故乡必然是难忘的。到北平后不久,陈敬容开始与曹葆华同居。在曹葆华1937年出版的诗集《无题草》中可以看到正在热恋之中的两个人浓浓的情愫。

　　她这一点头,
　　是一杯蔷薇酒;

倾进了我的咽喉,
散一阵凉风的清幽;
我细玩滋味,意态悠悠,
像湖上青鱼在雨后浮游。

她这一点头,
是一只象牙舟;
载去了我的烦愁,
转运来茉莉的芳秀;
我伫立台阶,情波荡流,
刹那间瞧见美丽的宇宙。

——《她这一点头》

而这种甜蜜竟然是如此短暂,还未来得及回味就已宣告结束。真的是好花不常开,好景不长在!陈敬容的命运多少会让人想到娜拉和子君的命运,只不过陈敬容要更为独立和坚执。

七七事变爆发后,陈敬容与曹葆华离开北平前往成都。一路上他们不断在车站和旅馆遭到日本宪兵的盘查和搜身。陈敬容经常在半夜里因为噩梦醒来,她的脑海里出现最多的就是日本鬼子森森的刺刀和狰狞的面容,"每个岗位上的'皇军'各自把刺刀端直了些,帽檐下睁着一双老鼠似的眼睛,直望着火车走来,便咧着嘴狞笑"。在阴郁的天气和冷雨里,在波涛汹涌的大海上,陈敬容不能不为国家的前途以及自己的命运而心情烦闷和痛苦，"天是灰色的，像一道桥拱，在这底下人类的血液交流着。我凭着铁栏，听海上风涛怒吼，令人想象阴暗的战场上，密密的枪弹在风中急旋的声音。海浪起伏着沉郁的颜色，沉郁的，人类几千年来不息的愤怒……"。

到成都后，曹葆华在石室中学教书，陈敬容则到四川大学园林系读书。然而成都温怡的秋天却并没有给这位四川女子带来平静和欢愉的时光。

成都离乐山不远，陈敬容的故乡就在附近，而她却未踏上半步回乡的路。

从兰州到磐溪：不可知的悲哀袭来

陈敬容和曹葆华的分手地是成都。

1939年春暖花开的时候陈敬容却感受到前所未有的寒冷与痛苦。曹葆华与陈敬容分手后前往延安，自此漂萍天各一方，二人此后再没有任何联系。相爱之人竟成了陌路人。

1940年，曹葆华加入中国共产党，此后在中共中央宣传部负责翻译马克思、恩格斯、列宁、斯大林著作并先后任中共中央宣传部翻译、翻译组长、编译处副处长、《斯大林全集》翻译室副主任，中国社科院外国文学研究所研究员。先后翻译出版恩格斯、列宁、斯大林、高尔基、拉波泊、斯列波夫、尤金、伊奥夫立克、伊凡诺夫、普列汉诺夫等人的政治理论或文艺著作。1978年,曹葆华逝世后骨灰运到故乡乐山安葬。11年后,陈敬容病故的时候只把自己一半的骨灰留在乐山明月公墓,另一半则放置于北京八宝山公墓的骨灰堂里。

与曹葆华分手后陈敬容独自一人搬到四川大学的女生宿舍,独自承受情感上的折磨,"寂寞锁住你的窗,/锁住我的阳光,/重帘遮断了凝望;留下晚风如故人/幽咽在屋上"(《窗》)。

尽管此时的陈敬容所在的成都离乐山近在咫尺,但是性格极其坚忍独立的她却没有回到故乡去。她独自在寒冷的夜色里远眺故乡,遥祭亡母。她不停地追问"墓草青了还是黄了",她的泪水只能和着迷蒙的雾无声流淌,"我的心在夜里徘徊,/夜伴着我,/我伴着不可知的悲哀。/一张不可见的琴弦上/响着另一世界的/奇幻的丧乐……/谁在这时候幽幽哭泣?"(《夜歌》)。

因为在战乱年代里不断地漂泊,陈敬容的生活连同她的写作一样都变得无比沉重、苍凉。正因如此,在不断的出走和漂泊中陈敬容对时间和生命有着其他同时代女性所没有的深入体验和深刻认知。另一位"九叶诗人"唐湜曾这样评价陈敬容:"我该指出在诗人面前的最大最有力的现实是时间,在时间所带来的忧患的沉埋里,诗人像是一个现代荒原上的阿拉伯罕或一个心灵孤岛上的鲁滨孙在踽踽独行,用最原始的石头取火照耀自己的心灵,烧熟自己心灵的食粮使自己生活下去。"(《严肃的

星辰们》)

后来的研究者在谈论包括陈敬容在内的"九叶诗人"的时候都会强调他们的知性色彩、哲学思辨、思想的知觉化、客观对应物以及开阔的意象化和戏剧化的手段等,但是对于陈敬容而言1930年到1945年间扑面而来的却是周身寒噤以及情感的旋流。陈敬容的第一本薄薄的诗集《盈盈集》(文化生活出版社)里面绝大多数的诗歌都是她在客居异地的深夜以及颠簸的夜车上完成的。透过这些漫漫长夜,我们感受到的是摇曳如豆的烛光里这位女性瘦削脸颊上的两行清泪。

1939年夏天,刚刚经历完初恋创伤的陈敬容又迎来了一份情感。只是陈敬容没有料到,这次的情感伤害居然比上次更深。她的伤口被抹上了又一层盐巴!

陈敬容与时在重庆的青年作家沙蕾(1912—1986)相识,那时沙蕾给陈敬容写下了大量的情书。在这些滚烫的甜言蜜语前陈敬容再次对爱情产生憧憬。

1940年春,陈敬容跟随沙蕾来到重庆。这座雾蒙蒙的山

陈敬容《盈盈集》书影

城还处于寒冷之中，陈敬容每天感受到的只有阴暗、寒冷以及嘈杂的市声和满身的疲倦。当时陈敬容和沙蕾住在一条极其吵嚷的临街的房子里。陈敬容每天面对的是尘土飞扬的街道和不平的坡路，而下了雨之后街上就是没过小腿的泥泞。短暂停留数月之后，也就是该年秋天，二人前往沙蕾的故乡兰州。

初到兰州，二人经历了一段短暂的幸福时光，一起编《甘肃民国日报》的"生活"副刊，"结婚之后回到重庆，使蓉渝两地的文艺界都大为震惊。在重庆时曾帮助沙兄编过刊物，来西北后也写了不少的诗和散文，但她和沙兄一样的不大高兴发表，有时他俩以咖啡招待友人，却能听到她以纯粹的国语朗诵诗作。她以为诗必须有深度的含蓄，有音乐的节奏，所以她的诗接近象征派。她即兴朗诵一些法国象征作者的诗。在北平住过三年，在兰州也住了三年，她以为在沙漠中适宜沉思，故不大有'望蜀'之念"（《兰州圈内画像之陈敬容》，1943年5月30日《甘肃民国日报·生活》第685期）。

沙蕾性格放荡而暴躁，这是陈敬容最后不得不离开他的原因。一年之后——1941年年底，大女儿沙灵娜出生。需要照顾的母女所迎来的却是沙蕾的粗暴和虐待。沙蕾经常酗酒，酒后耍疯，经常打得陈敬容遍体鳞伤。1943年，第二个女儿沙真娜出生。当时，因为工作原因，沙蕾离开了兰州。自此，没有工作的陈敬容，只能在忍饥挨饿中照顾两个嗷嗷待哺的女儿。

让我们看看后来沙灵娜对父亲沙蕾的回忆与评价。

父亲是一个热情洋溢的诗人，但一生从不曾脚踏实地，仿佛是一位梦游者，却同时又是俗世中沉溺于情欲的放纵主义者。在兰州的那些岁月里，他一方面禁锢妈妈的人身自由，一方面却并不忠实于自己的爱情诺言，而在外面几度寻欢作乐，伤透了妈妈的心。那些年月在经济上也是极其艰难的，缺少责任感的父亲几乎不事生产，光写诗是没有饭吃的，他懂得一点儿中医，曾在某药房任"坐堂郎中"，但时常是有病人去找他找不到，不知他去何方游荡了。我们母女有时竟至在饥饿线上挣扎……

西北生活在陈敬容看来正像是做了一场荒凉无比的梦。压抑、窒息和处于水深火热中的陈敬容在兰州结识了正在西北从事抗战文学活动的另一位"九叶诗人"唐祈（1920—1990）。

1945年初，在空前的寒冷、饥饿和痛苦中煎熬的陈敬容终于发出了出走的呼号："听那呼唤……近了，那呼唤；/听呵，听呵，我要走！"

最终，陈敬容撇下年仅四岁的大女儿沙灵娜以及病重的小女儿沙真娜从兰州出走。不幸的是小女儿因病夭折，听闻此噩耗时陈敬容正滞留在四川的白沙镇。于万分悲痛之中的陈敬容于3月31日写文《悼小真娜》（刊发于

1945年4月9日《甘肃民国日报·生路》第986期）：

> 当我在苦难中，在艰辛的跋涉中，你带着最后凄苦的一瞥，寂寞地去了，永不再来了。可怜的凄苦的小生命啊，怎样的寒冷曾浸透你，怎样的昏热曾炙灼你，怎样的寂寞曾咬啮你呢？你小小的凄苦的生命啊，隔着那些流沙，那些积雪的高山，我没有听到你最后一次呼唤妈妈的微弱的声音，没有看到你临老前的含着无限寂寞凄凉的、消瘦的小脸庞。

沙蕾知道陈敬容出走后，竟然带着年幼的女儿沙灵娜乘一架军用飞机追踪到了重庆，然后带陈敬容一同到了上海。仅仅数日之后，陈敬容忍受不了沙蕾的折磨，还是撇下女儿逃离。直到近十年之后，陈敬容才与女儿团聚。1957年的一天，陈敬容和女儿在上海的大街上竟然偶遇沙蕾。沙蕾本想上前搭话，而陈敬容拉着女儿头也不回地飞速离开。对于这段不幸的婚姻陈敬容和沙蕾都在有意回避，所以今天我们见到的相关材料极少。以沙蕾为例，在后来的简历和简短自传中他居然对兰州时期与陈敬容一起生活的情感经历只字不提，可见二人彼此都积怨颇深。关于这段情感经历，1989年陈敬容因病辞世后，女儿沙灵娜才在《怀念妈妈》一文中略有提及。

逃离兰州和沙蕾的陈敬容只身一人没有任何依靠。她经过三个多月的辗转奔波后到达四川江津白沙镇，投奔弟弟陈士型。在弟弟这里她了解到多年来家里的诸多变故。1938 年，老家铁货街遭到日本飞机轰炸，家中八个亲人顷刻间化为乌有。

在经历了多年的漂泊和情感炼狱之后，重庆的磐溪竟然迎来了她写作的高潮期，"近两年来比较写得多，主要是因为终于从压抑的家庭生活里挺身出来，而且离开了低气压的兰州，面对了广大的社会，更增加了对于光明的未来的憧憬和渴望，丰富了我的创作热情"（陈敬容《谈我的诗与译诗》）。

在磐溪三个多月的时间里，陈敬容白天在艺术专科学校以及附近的小学教书谋生，晚上则拖着疲倦的身体回到住处拨亮煤油灯开始写作。在陈敬容看来，春夜里杜鹃的凄切啼鸣更像是自己青春的挽歌，"暮春天温暖的午夜，我第一次听到杜鹃的啼鸣。我说第一次因为自己从幼年在家乡跟着大人们上坟时听到过以后，这些年到处漂泊，久已记不清那该是怎样一种声音了。从塞上归来，我作客于离故乡还有将近千里的一个小镇，忽然听到这种鸣声，从它特异的凄婉，和我自己一点儿可怜的鸟语常识，我知道这就是杜鹃的歌唱了，在静寂的午夜，歌唱着青春，歌唱着生命之繁荣……为何那声音会这样凄婉呢，是否它的青春，它的生命之繁荣早已渐渐凋落？"（《杜鹃》）。

尽管小镇磐溪距离故乡乐山还很遥远，但是无比孤寂中的陈敬容还是强烈感受到故乡的吸引力，而自己就像是一只永不停歇的候鸟，注定一生都要不断漂泊、转徙。最为残酷的是故乡离陈敬容越来越遥远了，"我没有回到我的家乡。也许有一天我会回去，那也将只作极短暂的停留。我将永远地飞着，唱着，如杜鹃一样；当我流尽了最后一滴鲜血，我也不会企求一个永远安息的所在"。

寓居异乡的陈敬容在一个个静寂的午夜里独自承受冷雨与内心的凄苦。尽管窗外是田野、群山以及河流，但是陈敬容只能在文字中面对自我倾诉。这一时期除了写作大量的诗歌和散文之外，陈敬容还翻译了一些法国的现代诗歌。不幸的是，这些译稿在1948年她离开上海时全部丢失。尽管磐溪的陈敬容也是孤独无助的，但是在她的诗集《盈盈集》和散文集《星雨集》中我们还是可以看到磐溪给这位年轻而经历沧桑的女性以暂时的灵魂抚慰。罕见的安静岁月给陈敬容留下了一段美好的记忆。陈敬容为自己在磐溪的生活写了一个"自画像"：

在黄昏的岸边
遥望隔岸的灯火点点，
你想象一些燃烧的眼睛，
它们的欢乐有绯红的颜色，
它们的叹息也发亮
像那些银色的夜星

这短暂的安静时光也使得此时的陈敬容对生活和爱情充满了些许的憧憬。这时期陈敬容的诗歌所体现的情感既是落寞的也是平静的，可以说是悲欣交集。而机缘巧合，陈敬容在兰州相识的唐祈为了躲避迫害竟然也来到了磐溪。磐溪时期他们的交往给陈敬容带来了难得的宽慰。他们一起在水边谈诗和回忆过往，也一起前往曾家岩50号何其芳的寓所进行文学交流（地址是陈敬容从巴金那里找来的），"看见其芳同志出现在那个窗口上。要不是声音和笑容如此熟悉，我很可能认不出他来了。他依旧谈笑风生，看起来比以前健壮多了，神态里增加了一些全然新鲜的东西：敏锐，机智，并且带着点儿实干家的劲头"。

何其芳对陈敬容的帮助和影响很大，以至于1977年7月24日在何其芳去世时陈敬容无比悲痛，"何其芳同志的遗像端正地挂在墙头，小桌上供着素洁的花圈。我忍泪肃立默哀之后，回头见对面门框顶上还有一幅油画像，眼神温厚，嘴角微含一丝笑意"（《他曾经这样歌唱——记诗人何其芳同志》）。

1947年1月10日，时在上海的陈敬容给远在重庆的唐祈写了一首诗来回忆这段难得的时光，"像雨后的天空，高朗而辽阔，／滤过的泉水中泥沙绝少，／奔涛静息，水仙在岸上盈盈地开"。

在如兽脊一样的茫茫群山和无边夜色里，在嘉陵江的激流声里，这个女性多么希望能有一个人来敲开这扇寂寞的门扉,"假如你走来,／在一个微温的夜晚／轻轻地走来,／叩我寂寥的门窗"(《假如你走来》)。而命运并没有如此眷顾她,她没有迎来因为幸福和爱情激动得落泪的机会。透过房间里闪烁的灯火,我们看到的仍然是那扇斑驳而紧闭的门窗。陈敬容将此时的自己看作一条不安静的河流,她的相关诗歌和散文中布满了针刺一样的疼痛和哀戚。

天真地拨弄缪斯的琴弦

陈敬容的又一个创作高峰期即将开始。

1946年春天,在臧克家于上海的家中陈敬容与唐湜和曹辛之相识。夏天的时候,陈敬容收拾行装从重庆起程前往上海。

提着沉重的行李刚到重庆朝天门码头的时候,迎接她的竟然是扑面而来的暴雨。好不容易熬到第二天,在漫天雨雾中她登上了"华同"轮渡,但是因为没有坐票,只好在厨房前的烟囱旁边将就着熬夜。她把淋湿的被子铺在冰冷的甲板上,江上夜风一阵阵吹袭,她禁不住浑身发抖。此次上海之行,陈敬容花费了大半个月的时间,路途劳累使得她一次次发着高烧。一路上的轮船、木船、火车、汽车是如此拥挤和颠簸,狭小的空间里空气无比污浊。当轮船经过万县的时候陈敬容想到14年前自己第一次出走被父亲拦截的情形。此后渡轮经过三峡、宜昌

（在宜昌停留三天）和汉口。一年一度的端午节到来了，别人在举家欢聚，而陈敬容却独自在异乡的漂泊中苦撑。陈敬容的老家乐山一直有端午节赛龙舟的习俗，那时家家户户的门窗上挂满菖蒲和艾叶，屋内洒上雄黄水。在故乡节日的酒杯碰响和人群喧闹声中陈敬容在幽咽无声的江水中独自吞咽孤寂和乡愁。此后陈敬容又换乘另一条轮渡"盛昌号"，经九江、南京。之后又改走陆路，坐火车经过镇江、苏州、无锡。当她终于远远地看到上海滩灯光璀璨的高楼的时候，她并没有像其他人那样欢呼雀跃。她转过身面对来时的江面，此刻她希望得到的也只是"愿它能给我足够的，好的空气"。

面对上海这个繁华的现代大都市，从西南山城出来的陈敬容感到一切都是那么陌生和不适。再加上动乱不堪的局势，大上海作为都市已经成为炼狱的象征，"到处是不平。日子可过得轻盈。／从办公房到酒吧间铺一条单轨线，／人们花十二小时赚钱，花十二小时荒淫。／绅士们捧着大肚子走进写字间，／迎面是打字小姐红色的呵欠，／拿张报，遮住脸：等待南京的谣言"（袁可嘉《上海》）。实际上，对于经历乡土中国的一代诗人和知识分子来说，他们对都市生活有天然的排斥，比如1935年卞之琳的《寂寞》一诗就非常具有代表性："乡下孩子怕寂寞，／枕头边养一只蝈蝈；／长大了在城里操劳，／他买了一个夜明表。／／小时候他常常羡艳，／墓草做蝈蝈的家园；／如今他死了三小时，／夜明表还不曾休止。"

很多次，陈敬容在大街上迷了路，感到无比茫然。上海给陈敬容带来的仍然是孤独以及繁华背后的寒冷体验，上海在陈敬容这里像苏州河水一样是污黑、肮脏的。上海期间，留给陈敬容最大的快乐和慰藉的自然是她与曹辛之、唐湜、唐祈等"九叶诗人"的交往。陈敬容在1947年参与创办《诗创造》（1947年7月创刊，1948年11月停刊），1948年作为编委参与《中国新诗》（1948年6月创刊，1948年11月停刊）。从重庆时期开始，陈敬容不仅写下大量的诗歌和散文，而且专门学习过英语和法语的她还翻译了里尔克等西方现代主义诗歌。其中偶然得到的一本厚厚的法国原文诗歌让陈敬容对17世纪到20世纪初的法国诗歌有了大体的认知，与此同时翻译诗歌的念头也被激发出来，"当时为了解决流浪中的生活问题，白天在重庆郊区一个小小合作社从事着枯燥的职业，晚间便大胆尝试来选译法国现代诗歌，整整一个夏天，总共才译出几十首"（陈敬容《图像与花朵·题记》）。上海那两年多时间，陈敬容的外国文学阅读眼界大大开阔，除了英国和法国文学，她还阅读了俄国、苏联、希腊、奥地利以及亚非、拉美国家的诗歌。其间，陈敬容翻译了十几首里尔克的诗发在《诗创造》和《中国新诗》。里尔克对陈敬容影响很大，尤其是里尔克所说的"我尽可能直接地遵循艺术真实的道路，这就是我自己的道路"成为陈敬容不断努力的诗学方向。尤其在当时，陈敬容翻译波德莱尔还招致了攻击，1947年1月30

日《文汇报》的文艺副刊《笔会》发表批评文字《从波德莱尔的诗谈起》，该文认为翻译波德莱尔这样的诗人是不健康而且有害的，而陈敬容的诗歌创作也是全盘欧化，"百分之百的走着波德莱尔的路"。

上海期间，正是因为陈敬容的联系，穆旦、郑敏、袁可嘉等这些"北方诗人"才与曹辛之、唐祈、唐湜、杭约赫、辛笛这些"南方诗人"会合。陈敬容不只是一位重要的诗人，还是一个同等重要的诗论家。她在《和唐祈谈诗》《与方敬谈诗》《真诚的声音——略论郑敏、穆旦、杜运燮》等文章中深入探讨了诗歌与时代、政治、现实、真实、真理、哲学的复杂关系。正是出于对现代诗歌的深入理解和研究，在20世纪80年代"朦胧诗"的论争中陈敬容是站在青年诗人这一边的，因为在她看来"个别年逾古稀的老诗人，对自己向来不习惯的所谓'朦胧诗'大张挞伐，骂它们是什么'新诗的癌症'，这真也可称相当骇人听闻的了"。上海两年多的时光不仅是陈敬容文学的收获期，同时还迎来了另一份情感。1948年6月，陈敬容与在上海从事外文编译工作的蒋天佐（原名刘健，笔名史笃、贺依、紫光，1913—1987）相识并于当年结婚。

1948年秋意渐浓的时候，在黄浦江拉响的汽笛声中陈敬容离开仅仅停留了两年多的上海。在晚风的吹拂中她内心的思绪与江水一样起伏不定。在辗转香港期间，陈敬容专门到浅水湾凭吊了萧红墓。在那块写着"萧红之墓"的石碑旁,陈敬容默立良久。此刻她想到的正是自己的命运,她和萧红一样一生居无定所,感情生活也多变曲折。

回到北京之后,陈敬容与蒋天佐的这份感情也未能善始善终,二人在1958年火热的"大跃进"运动高潮中离婚。至于离婚的原因,我四处走访,终于了解了大概,但是因为离婚原因的特殊性又会牵扯到一些当事人,所以只能就此打住。从1958年一直到1989年三十多年的时间里,陈敬容一直带着两个孩子和外孙生活。

从北平到北京:谁的手指又在梦里轻敲

1949年春,陈敬容到达北京。这距离她第一次来北平已经过去了十四年。第一次来的时候她还是充满幻想和憧憬的少不更事的女孩儿,而此时的她已经历多年的离乱。正如另一位"九叶诗人"唐湜所慨叹的:"呵,你峨眉山下的少女/可穿行过多少平芜、城郭/涉渡过多少乱离的漩流/咬啃过多少苦涩的生命果?"

新中国成立初期,陈敬容的生活还是比较安定的,这也是她难得的身心调整期。在1953年的一张照片上,北海公园岸边,陈敬容的右手轻轻放在汉白玉的石栏上,抬头温柔地望着远方。在友人唐湜看来,此时的陈敬容"风姿嫣然如昔"。总体而言,陈敬容的生活是很清苦的,我们可以感受一下:"她来作协不久,大女儿灵娜开始工作,不常在她的身边。小女儿叫'婴儿',才三四岁,敬容爱如掌上明珠,晨夕都会听到院中回荡着温柔的呼唤:'婴儿,小婴儿啊——'院里有一株老槐,一株枣树;枣树最惹人喜爱,每到秋天,果实累累,又甜又脆,但等熟透,大人孩子拿着竹竿往下打,紫红的大枣,满地欢蹦乱跳。孩子们拿出小罐儿、小筐儿,不计谁多谁少,捡完为止。婴儿捡不过别人,便委屈地啼哭,妈妈闻声立刻冲出房间,抱起孩子,一面拍着,一面哄着:'婴儿不哭,枣儿落在地下不干净,我的婴儿不吃……'哪知婴儿脾气倔强,非吃不可。大一点儿的孩子,在大人授意下,你一把,我一把,装满一小口袋,给婴儿送去。夏夜里,小院的人常在院中乘凉,一次,婴儿忽然惊叫,原来老槐上的'吊死鬼儿'落在她脖子上,敬容惊慌失措,深恐吓坏孩子,在别人帮助下,好歹把'吊死鬼儿'拿下处死。她当即紧紧抱着孩子,远离老槐,从此,母女俩很少在院中乘凉。有时,敬容外出有事,把婴儿托付给我家奶奶,婴儿吃过饭,必从口袋里拿出一块巧克力糖,嚼呀嚼呀,嚼个半天。她的妈妈为孩子省吃俭用,生活一直很清苦。可怜天下慈母心,敬容爱孩子爱得极深,孩子便是她的安慰和希望。"(丁宁《忆敬容》)

很多研究者认为"九叶诗人"在20世纪五六十年代由于政治文化等诸多因素的影响而集体消失于文坛,而事实并非如此。以陈敬容为例,她在此期间并没有完全停止诗歌写作,只是写作数量很少。这一时期她写下了

《芭蕾舞素描》（1959年）、《假日后送女返学》（1961年）、《树的启示》（1962年）、《考古抒情》（1973年）、《故乡在水边》（1973年）、《雨后在青年湖》（1974年）等诗作。尽管从艺术成就和思想的复杂性上而言这些诗作已经不可能与她前期的诗歌相提并论，但可贵的是陈敬容在为数不多的诗作中仍然保持了一些个性，比如个性化的沉思、知性色彩以及没有完全被当时的大众化语言同化的语言方式。这在当代诗人中是很少见的。当然，由于特殊的政治和社会环境，陈敬容也存在着那个时代诗人普遍存在的问题。

1956年秋，陈敬容调入《世界文学》编辑部。从20世纪50年代开始，陈敬容除了政治学习之外把精力主要放在了文学翻译上。这一时期她翻译了安徒生大量的童话以及苏联、捷克斯洛伐克等社会主义国家的革命小说，尤其是《巴黎圣母院》和《绞刑架下的报告》（尤利乌斯·伏契克）在当时影响颇巨。值得一提的是陈敬容对翻译工作充满了极其虔敬的态度，甚至小至一个词语和细节她都是经过反复的斟酌，更为重要的是结合汉语文字的特点进行适度的调整。在此，我们可以感受一下陈敬容对《绞刑架下的报告》书名的翻译情况以及认真态度："五十年代初期，翻译伏契克的名著《绞刑架下的报告》一书的过程中，我在这方面是有过一点儿体会的。这书的法文译名是 Ecrit sous la Potence（法译本是捷克驻华大使馆推荐的）。当年，我国连最简单的法华字典都还没有，碰到某字需要认真查明时，除了查阅法文辞典之外，为了把某字的汉译弄得准确些，还得先从法英字典中查出英文译法，再通过英汉字典去查中文译法。Potence这个法语单词，英译为gallow或gibbet，英汉辞典把这两个词都译为绞架，它本来是外国的东西，在我国并无沿用的名称。但我觉得，若把这两个字照原样放在'下'字前面，成为《绞架下的报告》，读起来十分别扭，而这种别扭乃是由于当中缺少一个字，音节上不合拍，于是我给加进去一个'刑'字，成为《绞刑架下的报告》，分三拍（或像译诗里常说的三音步或三顿），而每拍字数不完全相等，念起来才觉得比较合乎我国的语言习惯了。"

陈敬容先后翻译了《安徒生童话》（包括《丑小鸭》《天鹅》《雪女王》《沼泽王的女儿》等）、普里希文的《太阳的宝库》、伏契克的《绞刑架下的报告》、波列伏依短篇集《一把泥土》《伊克巴尔诗选》、威廉斯的《黑色的鹰觉醒了》以及波德莱尔和里尔克的诗集《图像与花朵》等。

关于翻译与原文、风格、译者、汉语的关系，陈敬容说的一番心得是非常富有启发性的："临到我们来翻译文学作品，假若自己没有被原作所感动，假若没有用与原作者同等的（或近似的）激情来指挥我们的译笔，那末，任是多么激动人心的作品，不是都可以译得平淡无奇或冰冷乏味么。每一位作家各有自己的风格；每位作家在其各类作品中,可能分别突出自己风格的某一个方面或某几个方面。假若仅仅满足于把原作中所叙述的故事情节、所谈论的道理等,分毫不差地转达给读者,那还只不过完成了任务的一半。原作哪些地方写得热情奔放,哪些地方写得谨严周密,哪些地方活泼跳跃,哪些地方语言幽默,哪些地方笔锋犀利,以及什么时候用的是浓墨重彩,什么时候又仅仅轻描淡写一番……凡此种种,在作家的笔下,各有其行文方面的必要性,我们作为译者,若是用千篇一律的、毫无华采的笔调去译,那又怎能体现原作的风格于万一呢。这里面就有很微妙的精粗和文野之分了。"(《浅尝甘苦话译事》)

早在1957年,陈敬容就翻译了波德莱尔的九首诗作,刊发在《译文》月刊。1979年上海译文出版社的《外国文学作品选》(第三卷)从这九首译诗中选了六首。其中波德莱尔和里尔克的诗歌合译集《图像与花朵》的出版还得力于湖南诗人彭燕郊的建议。1982年夏天彭燕郊到北京开会,他当时在负责"诗苑译林"的工作,所以专门与陈敬容谈起,她可以把多年以来的译诗编为一辑整理出版。

1959年陈敬容下放到河北怀来的一个农场劳动,因为饥饿和过度劳累她当时全身浮肿,虚弱不堪,这也导致了她后半生被心脏病以及胃溃疡、神经衰弱、失眠症等病痛缠身。

1960年,陈敬容又遭遇了巨大的家庭变故,这对她的身心都产生了重要影响,"很难想象有哪一位女性会像她那样坚强冷静地去对待。西蒙娜·德·波伏娃认为,女人不是生成的,是变成的;鲁迅先生认为女性和母性是天生的,而妻性则是逼成的。相比之下,波伏娃所说的'变成'就不那么准确了。'逼'是在多种社会力量的参与下进行的,'变'却是极其悲惨的自我放逐过程。'变成女人'的说法虽然高妙但不免空泛,具体地说,应该是最终变得只剩下'妻性',生长在东方古国的我们对这一点有更清晰的认识。比如说,对一个'妻'的最基本要求之一是必须容忍(甚至鼓励)男人所有的荒唐行径。她是我所见到的极少数没有被'逼'而'变'为妻的超级女性之一,她以自我完善代替自我否定,从而保卫了女性的尊严"(彭燕郊《明净的莹白,有如闪光的思维——记女诗人陈敬容》)。

1961年夏天,陈敬容与丁宁、李纳等作家到北京西山八大处的作家之家休养,其间还发生了一段趣事,从中可以感受到陈敬容作为诗人特有的天真、纯粹,"西山风景好,敬容兴致很高,简直被大自然陶醉,像换了一个人儿,有时天未明,便从深山绿丛之中,传来她悠扬的歌声。一天,一位也在休养的老作家问道:'很奇怪,我有时深夜听到有娇小女子的歌声,不知是谁?白日里一直未得见。'我笑道:'我们这儿实无娇小女子,想来是你老的好梦。'他急急分辩:'听得清清楚楚。'我又问:'何以听出是娇小女子?'老作家说:'歌喉是那样清脆、甜润，只能想象是娇小女子……'于是我大笑，但不愿戳破老人的想象。此时，敬容也在场，只莞尔一笑走开了。此后，深夜再未听到'娇小女子'的歌声。敬容说，人住八大处，会成神仙。我常觉她的心灵世界装满了诗"（丁宁《忆敬容》）。

　　1965年，陈敬容调到《人民文学》杂志社任诗歌散文组编辑，1973年因病被动员退休。70年代末期，陈敬容搬到位于北京宣武门西大街附近一幢楼房的底层101室。尽管陈敬容和两个孩子、外孙终于不用再每天在公共厕所排队、在公共厨房做饭，但是因为新居的房间向北临道，整日大街上汽车驶过时的颤动和轰鸣使陈敬容患上了严重的失眠症：

你不见有些窗上
虽然还亮着灯光
那里面却有母亲
　　正在给婴儿喂奶
有老人睁着衰弱的
　　难以成眠的眼睛

那里面还有些大脑
正在扭绞
要绞出绿色的
汁液

化为科学的

　　或是艺术的

语言

　　你日夜不停地震响和吼叫

　　摇撼着床铺和门窗

　　震得坚硬的地壳也颤抖

　　还把颤抖的波幅

　　扩展到患病的心脏

　　　　　——《给噪音》（写于1980年秋）

　　确实，环境对人的影响太大了。每当夜深人静的时候陈敬容住所外的大街上却是各类机动车的轰天震响，"甚至门窗和床铺都被震动得颤悠"。

　　这个住房是冬冷夏热，刮风天又是满窗尘沙。这时的陈敬容已经在病痛和失眠中煎熬了多年，而不容易的是诗歌就是在隆隆的噪声和阵阵病痛中诞生的。在房间东北角，堆满了书籍和稿件的书桌上有一块玻璃板，下面压着一张纸条："敏捷诗千首，飘零酒一杯。"透过这一时期她为数不多的照片我们可以看到她已经极其消瘦、憔悴。但是，这一时期的陈敬容也有她的快乐，因为终于可以"关起门来写诗了"。我们通过湖南诗人彭燕郊，来感受一下当时陈敬容近乎苛刻的居所情况及其对应的一个人的生活状态和精神境遇："'天寒翠袖薄，日暮倚修竹.'每次,走进敬容大姐的简朴居室,总要想起这两句杜诗。当然,并没有和杜诗中的空谷幽居类比的意思,只是由主人的品格——诗的和人的品格引起的自然的联想。即使对于男性,这种简朴也有些过分。这是一栋北京常见的居民楼的底层的一间二十多平方米住房,东北两向各有个玻璃窗,书桌安放在东北角上,靠东墙是两个不大的书橱,西墙近门边有两只木沙发(这种早已过时的沙发我仅在八十老翁罗念生先生家里看见过),东南角靠墙是一个小衣橱,就是它也没有带一点儿闺阁气,连作为衣橱附件的橱门上嵌的穿衣镜都没有,单人床紧挨沙发横放在西墙和书桌之间,靠北墙窗边空地上堆满报纸、杂志和书籍,四壁空荡荡的连一幅画也没有挂。怎样理解这苛刻的简朴呢?一种心智的洁癖,一种和世俗的趣味之间保持了很久的主人认为十分必要的距离。生活在自己的精神世界里的她,似乎只是不得已而不能不有一个工作和休息的场所,如果可能,甚至会连这些都不想要的吧。"(《明净的莹白,有如闪光的思维——记女诗人陈敬容》)

1979年,陈敬容迎来了她人生中又一次的写作高峰。这一年她不仅诗作数量多,而且从质量上来看也是惊人的。这些诗作收入诗集《老去的是时间》并于1986年获得中国作协第二届全国优秀诗集奖。这些诗作很多都是陈敬容在病中完成的,由于身体等诸多原因此时的陈敬容已很少与朋友联系了。即使和同是"九叶诗人"的郑敏共居北京，也很少见面。陈敬容在城南，郑敏在城北，这是否也是一种命运的安排？在陈敬容离开上海长达三十年之后，她才在1978年秋天与唐祈、唐湜和曹辛之在北京再次相遇。据郑敏回忆，她和陈敬容、唐祈、唐湜、曹辛之等人的第一次见面是在1979年。当他们在北京的秋天一起合影的时候，风中吹动的灰白头发让他们感受到暮年已经不可避免地降临了。他们深切地体会到"静夜四无邻，荒居旧业贫。雨中黄叶树，灯下白头人。以我独沉久，愧君相见频。平生自有分，况是蔡家亲"（司空曙《喜外弟卢纶见宿》）的别离之苦和岁暮之愁。

1981年，《九叶集》面世。自此，一个20世纪40年代后期的现代主义诗歌流派终于有了历史性的命名。

1981年5月29日，成都诗人流沙河在北京京西宾馆开会期间偷偷从会场溜出来，乘坐地铁到长椿街站然后找到陈敬容的住处。当看到狭窄的房间以及正围着围裙做饭的陈敬容时两个四川老乡无言以对。等到终于谈起往事谈起故乡，二人竟然又是泪眼婆娑。当傍晚流沙河离开的时候，他多年之后才知道就在他转身别离的一刻，陈敬容的内心被同乡的到来搅得如此不宁。她在当天夜里写下了一首诗《乡音》。

    恰像是巴山蜀水
    化入了激情的诗行
      你还在爬山么

左一至左四为杜运燮、曹辛之、郑敏、陈敬容,左六、左七为唐祈、袁可嘉

你还在涉水么

充满激情的诗行
　　从一些书刊飞出
　　有过多少次
翱翔在人们心上

好几十年哪
远离了我的故乡
今天你为我描绘
故乡近年的新貌
　　故乡经历的沧桑

· 85 ·

一生一次的江南远足

1984年的夏天北京极其炎热,但是在空前的暑热中陈敬容却接到了一个惊喜。

作为中国作协退休干部,在相关部门的安排下陈敬容第一次踏上了返回故乡乐山的路。她离开家乡那年是1934年,那年她才十七岁。而转眼竟然是五十个年头无情地过去了!回到故乡时,一切都变了,亲人几乎都已不在人世。只有妹妹陈霁容还活着,但极富戏剧性的是妹妹已经远在台湾。回北京之后,心情难以平静的陈敬容写下了这样的呼喊:"乐山/我久别的故乡。"《凌云漫笔》此次故乡之行如此匆忙,陈敬容竟然未能抽出时间到自己出生的那条街巷去看看。她只能在宾馆的阳台上像儿时一样眺望远处迷蒙的凌云山。

1984年中秋节前夕,陈敬容到杭州参加"中秋诗会"。临行前,陈敬容的女儿沙灵娜和女婿前往北京站送别。尽管陈敬容一生不断漂泊,但是却一直没有机会到她一直向往的江南。所以此次江南之行对于疏于交往和露面的陈敬容而言是相当难得的,她一生都想去看看梦中的江南。在1983年4月末的时候,陈敬容本来有一次计划中的江南之行,但因故未能成行。陈敬容把对江南和南方的想象只能放在她的诗歌里,"向往中的四月南方/空气如同鼓鼓的帆篷/装满着栀子花的芳香/长河

1984年杭州中秋诗会，右一吴思敬、右二陈敬容、右三邹荻帆

上年轻人们的笑语／该织就了多少只诗歌锦囊"(《南方》)。

杭州之行使得陈敬容以及她的诗歌焕发出少有的欣喜和亮色。此时的陈敬容更加清瘦。一个晚上,陈敬容和吴思敬、邹荻帆等人去骆寒超的住处小坐。陈敬容在江南的夜色里显得有些兴奋,久违的激情和诗神又回到了她病痛缠身的晚年。从骆寒超家里出来的时候吴思敬陪同陈敬容步行回住处。因为年事已高以及身体的原因缓慢走到西湖附近的时候陈敬容实在走不动了,不时停下来喘息。见此情状,吴思敬让几个年轻人回到住处找了一辆自行车将陈敬容推了回去。由于陈敬容没有去过绍兴,吴思敬又陪同陈敬容坐火车前往绍兴的鲁迅故居。众所周知,那时候绿皮火车的车速极慢,逢站必停,一停就是半个小时,车上人多而空气又污浊不堪。当吴思敬和陈敬容终于挤上火车的时候才发现不用说座位甚至过道上连站的地方都没有。看着虚弱的陈敬容,吴思敬一直努力给她寻找座位,但最后也没能找到——乘客实在太多了。吴思敬和陈敬容在车厢过道上站了两个多小时。吴思敬陪陈敬容去了鲁迅故居,还在孔乙己酒店喝了绍兴黄酒并品尝了茴香豆。饭后,二人又决定去沈园看看。而当时,即使是绍兴当地人也很少有人知道沈园的。费了很多周折,他们才在一个好心的抱着孩子的中年妇女的带领下找到了近乎废弃的沈园。当时的沈园远不是如今的规模与景象,而更多是一片荒芜与萧瑟。只有当年的古井，风中的柳树和清风吹动的水面还依稀带有一些历史和万古愁的气息。2013年4月的雨夜，我在沈园门外的黄縢酒店想到了那些令人心碎的诗句，还有一位现代女诗人一生唯一的江南远游。

在1988年1月16日写给彭燕郊的信中我们可以看到陈敬容的身体状态已经每况愈下，尤其是失眠和焦虑得厉害，"但我近数月的情况，却不是一般的小病了。先是精神困顿，白天晚上都是只顾而且急需睡眠；这样，过了一段时间，却又变成了晚上失眠，有时通夜失眠，白天自然是困顿至极，但更加无法入睡。于是，只好晚上吃安眠药（我从来极少用安眠药），能睡一两个钟头，白天依然精神恍惚。检查了心肺，说原先的冠心病已转为肺心病；神经科说是肺心病所致，又说肺心病也影响睡眠……看来，相当时期内无法做什么事了"。

当1989年11月8日陈敬容因病辞世的时候，吴思敬内心充满了遗憾和歉疚。因为吴思敬还没有来得及给这位中国诗歌史上的"才女诗人"举办诗歌研讨会……当多年之后我翻看吴思敬老师的老相册时，我看到了1984年西湖边在刻有"三潭印月"的巨石下吴思敬和陈敬容、邹荻帆的合影。照片上的吴思敬透着书卷气，陈敬容穿着朴实、鬓角泛白、面带微笑，身后的西湖草木葱茏。但是生命在时间的河流中是如此脆弱，而她身后的西湖水在日夜的不倦流淌中带走了一个个生命的行迹……

"老去的是时间,不是我们!"

一个极其偶然的机会,江苏年轻诗人小海读到了陈敬容的诗歌,异常激动的他给陈敬容写去一封信。当带有蓝色钢笔水特殊味道的回信摆放在小海的木桌上的时候,这位年轻诗人当时激动的心情是难以形容的。此后,陈敬容在回信中经常会附上一片树叶或者一个花瓣,诗人的心永远是年轻的。1984年,小海坐上了前往北京的火车,当他见到仰慕已久的陈敬容的时候已是下午。小海在陈敬容家里吃完晚饭(小米稀饭、自制的萝卜腌菜)出来的时候,迎接他的是北京刺眼的路灯和车灯,"路灯下的宣武门西大街和白天似乎完全两样了,走了一段,想回头再看看敬容先生窗口的灯光,已经无法辨别。不知道是因为刚刚离开温暖的房间,还是由于街上寒风的刺激,我的眼前一片模糊,觉得路灯光、两侧楼道的灯光和车灯光连成了一片闪烁的灯海"。

陈敬容一生最后一次诗歌创作的爆发期是在1987年。这一年她写下了大量的诗作,比如《连山风也是软绵绵的》《生活的盐》《我的七十》等。在这些诗歌里诗人更为冷静和内敛,她在时间的渊薮中不断生发出关于人的本质和终极命题的深沉思考。在陈敬容看来,"怎能说我们就已经／老去?老去的／是时间,不是我们!／我们本该是时间的主人。//深重的灾难,曾经／像黄连般苦，墨一般浓——／凄厉的、漫长的寒冬！／／枯尽了，遍野的草，／新生的丛林一望青葱，／高岩上挺立着苍松。／／亿万颗年轻的心／冲出层冰，／阳光下欣欣颤动。／／让我们，和你们，／手臂连接像长龙，／去敲响黎明的钟，／召唤那清新的风！"。也许生命之树必将凋零，但是曾经的生命轨迹以及那些泛黄的诗歌仍将被后人乃至历史铭记。然而很快，陈敬容因为身体的原因再也不能拿起那支流淌着诗歌的笔了。

1989年10月20日，陈敬容写下了一生最后一封信。此时的她举笔如此艰难。在颤抖不已的笔下，她已经感受到另一个世界正在急切地呼唤，"经常失眠，浑身上下似乎无一处无病痛……更主要是丧失了生活能力"。

十八天之后，晚上十点四十分。诗人的眼睛永远地闭合了，还有她曾经蓬勃而多舛的诗心，"她的大女儿，从郊区打来电话，悲伤地诉说，妈妈只是感冒，因为没有得到及时治疗，转为肺炎。竟躺在冰冷的水泥地板上，也不知多久。居室清冷狭窄，女儿们不在身边，孤单单地，没有电话，没有医药，也许连一口热水也没喝上。尽管敬容在医院辞世，但事实上那陋室竟成了她的坟墓。一个有学识、有才华、有成就的老作家，就那样悄然消逝了！"（丁宁《忆敬容》）。

当陈敬容去世的消息在《文汇报》等报纸上刊登的时候，远在苏州的小海不禁热泪盈眶。而陈敬容这次住院也只是由感冒引起的，寒冷的冬天她只能躺在协和医院走廊里由布帘遮蔽的特殊病床上。因为呼吸衰竭,她的喉管被切开,用呼吸机代替心肺功能。此时的陈敬容处于持续的昏迷之中,临走前她没有留下一句话。

> 时间如大海,我们却是
> 大海上空的一片云烟
> …………
>
> 时间真会让我们灰飞烟灭
> 从古来有多少壮士珍惜宝贵的暮年
> 清晨和日午自然有阳光灿烂
> 瑰丽的晚霞却闪现在日暮的天边

斯人已去,独留诗歌存活于世,冷梦在另一个世界继续敲打。

1996年,唐湜于中国作协第五次全国代表大会结束后,在12月21日上午同杜运燮前往八宝山拜祭陈敬容的灵匣,生死两隔的冷彻场面如何不让老友潸然悲恸,"我们到了八宝山骨灰堂前,很快就在一道大墙上找到了'诗人陈敬容'五个字,连带一个瓷盒上的敬容像,一张中年的半身像,一起占了约半立方米,一个中国现代最抒情的女诗人就这么到了生命的终点!我想起她的两句诗:'泪和着蒙蒙的雾/向远山消溶……'不禁感到无限的悲怆,可勉强忍住了泪,只向她默默致哀,在她的像下放了四个大苹果,鞠了一躬。运燮说:'穆旦有一个墓在万安公墓,现在没时间过去了。'我也记起他的爱人与良寄过来一张相片,孩子们抱着他的像在墓地上。可忘记了曹辛之的灵匣也可能在八宝山!"(唐湜《京华访友记》)。

◎ 唐 祈

小传：唐祈（1920—1990）　原名唐克蕃，江苏苏州人，生于江西南昌，民盟成员。在南昌私立豫章小学、豫章中学读书，1938年考入甘肃学院文史系，1939年考入西北联合大学历史系，1943年1月毕业后任西安保育院儿童艺术班教员、兰州工业专科学校教师。参与西北剧艺社、中华剧艺社的演出。重庆时在多家私立中学任教，上海期间任《中国新诗》编委。新中国成立后在华北革命大学政治研究院学习，于北师大附中任教，后任《人民文学》小说散文组组长、《诗刊》编辑。1957年被打成右派，下放北大荒密山农场、清河农场，其间在江西崇义县中学任教。1978年任赣南文联副主席，1981年到西北民族学院任教并任汉语系主任、中国当代文学研究会甘肃分会副会长、甘肃师范大学学报副主编。1989年晋升教授并于当年离休。著有《诗第一册》《唐祈诗选》《唐祈诗全编》，主编《中国新诗名篇鉴赏辞典》《中华民族传统节日辞典》。

半生风流半漂萍

> 黑暗中我们将相遇，
> 默然间没有言语；
> 当炉火燥急地发出响声，
> 我们怔住：
> 好像突然回想前生。
>
> ——唐祈《夜歌》

唐祈（1920—1990），于1920年4月4日（农历二月十六）出生于南昌，原名唐克蕃，笔名唐那、唐祈、克凡，民盟成员。唐祈的父亲唐宜南（又名唐绍熙）是苏州人，大学毕业后考进邮政局工作。因工作原因，他来到南昌任邮电局局长。

当时唐祈一家人住在南昌钟鼓楼10号，这是一幢半新式的住宅。楼道的光线极暗，即使在白天也犹如夜晚。变形的窗户在夜晚经常吱吱作响。唐祈有着富于幻想的天性，很早就读过《西游记》和《聊斋志异》的他老是觉得这座楼里一定藏着许多狐仙。唐祈和母亲柳德芬

（长沙人，出身于中医世家）的关系非常好，而母亲正是他最早的诗歌启蒙者，"她爱写古体诗，富于幻想，对人宽厚热忱，又总怀着悲天悯人的忧患意识，给我极深的影响，使我从小热爱诗歌"（《唐祈诗选·后记》）。母亲以及母亲的姑姑一起写诗，她们为唐祈打开了一道神秘的诗歌之门，"她的姑母（我称呼她姑外婆），就住在我家不远，常抱着一支银质水烟袋兴致勃勃地走来，在晚上和母亲娓娓谈论她们的新作。她们以为我什么也不懂，偏偏只有在这时候，我在旁边听得非常入迷"（《唐祈诗选·后记》）。唐祈出版的第一本诗集《诗第一册》的扉页上就写着"献给母亲柳德芬"。

唐祈《诗第一册》书影

欧风美雨浸润与诗神的召唤

唐祈在南昌读小学和中学阶段开始接触到外国诗歌。

唐祈的小学生活大体是在两位家庭教师的指导下度过的，直到高小六年级时才进入了豫章小学。这所小学是基督教美以美会（Methodist Episcopal Church，是1844年至1939年美国北方卫斯理宗教会，该会属于基督新教一个较大的宗派卫斯理宗）创办的，学费很高。尽管唐祈在豫章小学的学习时间很短，但是当时的英语老师美国人休斯顿女士对他的英文、文学尤其是基督教文化有很重要的影响。当时休斯顿女士能说一口较为流利的汉语，就是有些语音和语调有时候听上去有些奇怪。温柔大方的休斯顿是一位虔诚的基督徒，她经常和唐祈等小朋友说起耶稣和上帝，还多次劝说唐祈要做礼拜，要受洗，要做教徒。当然，当时仅仅十二岁的唐祈对基督教文化并没有太多的兴趣，当时他更感兴趣的是那些英文诗歌。在他的印象里，女教师休斯顿有一双淡蓝色的大眼睛，而她每次谈话时都离唐祈很近。他有些不太习惯在眼前晃来晃去的她手臂上较长的黄色体毛以及嘴唇上边那一抹淡淡的黄色绒毛。

不久，唐祈考入豫章中学，这所学校也是管理极其严格的教会学校。教会学校特殊的文化和宗教氛围给了唐祈的诗歌以浓厚的知性色彩和浓浓的宗教情怀。（尽管年纪尚小，但是唐祈对休斯顿老师满怀敬意。直至1988年，唐祈得知这位休斯顿老师仍然在世，住在美国加州。）唐祈在豫章中学的语文老师是前清的举人，他深厚的古文功底对唐祈影响也比较大，但唐祈对外国文学的兴趣要更为浓厚。唐祈用了大量的时间阅读了休斯顿老师送给他的厚厚的《圣经》，这几乎成了他每天回家后的必修课。西方的创世神话深深吸引着唐祈，他不自觉地将这些神话故事和中国的女娲补天、夸父逐日等进行比较。《雅歌》当中那些优美动听的诗句更是使唐祈深深迷恋。对《圣经》当中不懂的部分，他就回家后找那两位家庭教师请教。其中的郭老师也才二十多岁，是一个辍学在家的大学生。对于唐祈的提问，对基督教没有了解的郭老师感到无力招架。至于那位经常给唐祈教授传统文化的年纪更长的张老师更是对唐祈以及《圣经》满腹牢骚。他甚至噘着白胡子训斥唐祈，认为那本奇怪的《圣经》宣扬的都是歪理邪说、怪力乱神。郭老师毕竟是受到新文化教育的年轻知识分子，他看到唐祈喜欢阅读，于是就托各种关系给唐祈找来了英文版的《安徒生童话》以及林琴南翻译的《莎翁轶事》，还有苏曼殊的小说。此后，这位郭老师又陆续找来斯特林堡、茨威格、易卜生的作品以及鲁迅、郁达夫、巴金等人的小说。唐祈不仅因此英文水平大大提高，而且文学修养也同时深化了。

豫章中学的一位英文女教师威克逊很喜欢诗歌，而她在课堂上用英文朗诵美国诗人亨利·沃兹沃斯·朗费罗（1807—1882）的教谕诗《生命颂》（创作于1838年）更是一生印刻在了唐祈的内心深处。

> Footprints, that perhaps another,
> Sailing o' er life solemn main,
> A forlornand shipwreckedbrother,

Seeing, shall take heart again.

Let us, then, be up and doing,
with a heart for any fate,
Still achieving, still pursuing,
Learn to labor and to wait.

至于那句"别用忧伤的声音告诉我,／生命不过是一场幻梦"更是长久萦绕在唐祈的耳畔。几十年后,唐祈仍能将这首诗默写下来。

当时学校的图书馆很小而阅读的学生却很多,为了能够静心读这些外国诗歌,唐祈和同学文健找到了一个合适的读书地点——位于学校一片荒凉沙地上的一个废弃的木板房。这是一座废弃的鸡舍,已经好久无人光顾,四处蒙尘,却格外幽静。经过两个人简单的收拾,"书屋"落成。就是在这样一个极其简陋的地方,唐祈如饥似渴地读雪莱、济慈、拜伦、华兹华斯、布莱克、弥尔顿、蒲柏、勃朗宁、哈代等。其中很多书都是威克逊老师借给他们的。尤其是雪莱的《云雀》打开了一个少年正在汹涌澎湃的诗心,"雪莱酷爱自然,把自己和自然融为一体,意大利的海岛波光,月夜星空,都闪耀在我们的眼前。当然,我们也读拜伦、济慈的诗,给我印象特别深的是拜伦的《希隆的囚徒》《普罗米修斯》"。当时,唐祈和文健都很崇拜有英雄主义情结的拜伦。一次,文健从一本旧杂志（应该为《小说月报》第十五卷第四号，笔者注）上撕下来一张拜伦装扮成希腊人的肖像。拜伦英气勃发，头上裹着花巾，穿着希腊民族上装。实际上，不只是唐祈这些青少年喜欢拜伦，连鲁迅看到拜伦的这幅肖像时也异常激动，"有人说 G. Byron 的诗多为青年所爱读，我觉得这话很有几分真。就自己而论，也还记得怎样读了他的诗而心神俱旺；尤其是看见他那花布裹头，去助希腊独立时候的肖像。这像，去年才从《小说月报》传入中国了"（《杂忆》）。除了大量阅读外国诗歌，唐祈也喜欢徐志摩、闻一多、戴望舒、卞之琳、何其芳等新诗人。

从初中二年级开始，唐祈尝试写作新诗。当时距离豫章中学校园不远处的山中有一座寺庙，上课时还能经常听到晨钟暮鼓。这一特殊的场景被读初三年级的唐祈（时年十六岁）写进处女作《在森林中》（1936年）：

> 我漫步，
> 在森林中，
> 听，岁月里
> 悠悠的风。
>
> 我听到了，
> 远处的山上的钟，
> 像永久的歌声

上升到天空。

谁的一个声音,
在森林中,
谁的一个声音,
又在森林中。

远处的风;
山上的钟;
我将向哪里走,
在森林中。

高中毕业时唐祈得到了一个极其重要的礼物。当时唐祈得到家里一笔资助,于是托去上海读书的同学带回了一套郑振铎主编的《世界文库》。面对包括塞万提斯、果戈理、托尔斯泰作品在内的几十本书,唐祈简直如获至宝,这为他日后走上文学道路打下了坚实而深厚的基础。

粗粝而充满激情的西北岁月

因为父亲早在1931年调到兰州邮电局工作,所以唐祈兄弟跟随母亲在1938年8月来到了兰州,居住在城关区的木塔巷。

西北的荒凉戈壁和漫天的风沙给了第一次出远门的唐祈极深的印象，此时的他刚刚十八岁。已经写诗几年的唐祈在诗歌中表现出超前的成熟与冷静，在西行路上他写下"远方的风会不会停歇／沙砾会死亡一样静默"。

唐祈先是在甘肃学院文史系学习，后转到西北联合大学（简称"西北联大"）。西北联大在1938年5月2日开学，设六个学院，二十三个系。7月中旬，西北联大改组为五所独立的国立大学，即国立西北大学、西北联大工学院与焦作工学院合组的国立西北工学院、西北联大教育学院改称的国立西北师范学院、西北联大农学院与西北农学院合组的国立西北农学院、国立西北医学院。

尽管唐祈在历史系，但是他经常去外文系听课。在杨晦以及刚从法国留学回来的盛澄华等老师的指导下，唐祈与杨禾、李满红、孙艺秋等同学一起写诗演戏。盛澄华在巴黎学习和生活了七年，是研究纪德的专家。在校期间，唐祈曾读到过盛澄华翻译的纪德的《田园交响乐》和《伪币制造者》等译文手稿。在盛澄华的法国诗歌课和英国诗歌课上唐祈开始大量阅读波德莱尔、瓦雷里、马拉美、魏尔伦、阿拉贡、艾吕雅以及奥登、叶芝、T. S. 艾略特等西方现代派的作品。当时这些书都极其难找，幸亏唐祈的一位亲戚。这位亲戚在南昌商务印书馆工作，尽管他本人不太喜欢文学，但是每次他都乐此不疲地帮助唐祈找书。这时唐祈还接触到了不少文学刊物，比如《新月》《译文》《奔流》《文学杂志》《水星》等。

叶意贤、霍芝亨等教授讲的莎士比亚以及从几位俄国文学教授那里听讲普希金、布洛克、叶赛宁、马雅可夫斯基的诗歌使得唐祈的诗歌视野更为开阔,诗歌观念也由此发生巨大变化,"我能在那里广泛地涉猎知识,在图书馆里像河马一样吞食各种各样的书。更多的是在夜晚自己悄悄地写诗。我很喜欢法国象征主义和德国浪漫美学,从叔本华、尼采……到波德莱尔、里尔克,使我把诗不仅看作为一种艺术现象,而且感悟到它是在不断寻求人生的变化。这对于自己日后写诗留下了浓重的影响"(《唐祈诗选·后记》)。

西北联大当时有几个诗社,随着社会形势的发展,校园里很多学生倾向于读俄苏的作品,唐祈也不例外。当时唐祈和同学杨禾、姚汝江等一起阅读了普希金、叶赛宁、阿·托尔斯泰、肖洛霍夫等。后来,著名的"七月"诗人牛汉(曾在西北联合大学俄文系就读,比唐祈晚几级)回忆起校园时期的唐祈很有风度,平时爱穿夹克衫,是大学生里的风云人物。

1939年,唐祈收到端木蕻良寄来的信,转告他投寄给巴金先生的两首诗因为《烽火》停刊而转到香港的《大公报》复刊发表了。当时,唐祈激动得不行,在第一时间和同学们分享了这一快乐的时刻。直至1953年,时在《人民文学》工作的唐祈才第一次见到端木蕻良。

1938年和1939年是唐祈诗歌创作的第一个高峰期。他凭借《仓央嘉措的情歌》《仓央嘉措的比喻》《仓央嘉措的死亡》《蒙海》《游牧人》《故事》《河边》《拉伯底》《回教徒》《穆罕默德》《我们的七月》等充满西部风格和民族特色的诗作在 20 世纪 30 年代后期的诗坛崭露头角。"看啊，古代蒲昌海边的／羌女，你从草原的哪个方向来？／山坡山，你像一只纯白的羊呀！／你像一朵顶清净的云彩。／／游牧人爱草原，爱阳光，爱水，／帐幕里你有先知一样邀游的智慧，／原始的笛孔里热情是流不尽的乳汁，／月光下你比牝羊更爱温柔地睡。／／牧歌里你唱：青青的头发上／很快的会盖满了秋霜；／不快乐的生活就会得夭亡，／那儿才是游牧人安身的地方？／／美丽的羌女唱得忧愁；／官府的命令留下羊，驱逐人走！"（《游牧人》）著名评论家李健吾称赞唐祈是最早直接接触少数民族并用诗歌来反映他们生活的出色的抒情诗人。

尤其是随着父亲邮局的邮车去青海和六盘山等地游历以及随团戏剧演出，大西北的风物、民俗以及民间文化极大地拓宽了唐祈的眼界和襟怀。后来，唐祈又数次去青海和甘肃采风，收集了蒙古族、藏族、回族和维吾尔族大量的民歌、牧歌。在甘肃、青海和宁夏等西北高原的漫游使得唐祈对西北的自然风物、历史文化、宗教以及少数民族的生活状态有了深入的认识，这体现在他这一时期的系列诗歌创作中。茫茫草原上的羊群、马群、牛群，漫漫戈壁上的黑色风暴，金黄、刺目又滚烫的沙漠，大山深处的庙宇，千年不死的胡杨树以及蒙古族、回族、藏族妇女的歌声都牵动着他的诗歌神经。青春和诗歌的激情在西北高原同时被激发出来,正如唐祈所说:"我感到一种粗犷的充满青春的力量,正是这种青春力量,强化了我年轻时的欢乐和哀愁,赋予了我为追猎自己的理想从不知退却的胆量,使我在相隔若干年以后,仍然要在西北十四行诗里抒唱它们。"(《唐祈诗选·跋》)尤其是一些民族史诗和民间文化对唐祈的写作起到了极其重要的影响,这也是其西北时期诗歌写作的重要精神资源,"我又看到了辽阔的大草原,稀稀落落的蒙古包、帐篷,放牧的羊群、牛群,不过是地平线上浅浅的一条杂色的线,而蔚蓝的天空广阔得一望无边,远处和近处堆积着大海里白浪一般望不尽的云彩,粗粗一看云是静静地凝住不动的,稍一转眼却又变化无穷,令人惊叹大自然的美。而在藏胞的帐幕里,我又听到了动人的情歌,再次听到了流传在群众口头的仓央嘉措的情诗,尤其是在青海西宁鲁萨尔镇的金瓦寺里,我看到金碧辉煌而又幽暗阴森的庙宇和经堂,香烟缭绕的庄严的佛殿,接触到当时黄教和红教的喇嘛僧侣,和许多蒙、藏、羌族等兄弟民族的生活,我完全被他们真挚、纯朴、善良的感情所感动,为一种新鲜和美好的生活图画吸引住了。后来,我又在西北不少地区旅行。回族朋友们帮助我了解穆斯林的宗教生活,维吾尔族兄弟向我叙说古老而又辉煌的历史,蒙古族的猎手给我描绘沙漠中可怕的沙暴,蒙古老牧人的马头琴奏出了成吉思汗英雄的史诗,藏族的女歌手给我们唱出了一支又一支好听的歌。我不知不觉地渐渐生活在他们中间，我也看到了他们在旧社会悲惨的命运和痛苦的遭际"（《在诗探索的道路上（寄给H. S. 诗简之一)》）。

由于身形挺拔俊朗，具有表演天赋，唐祈被任命为西北联大话剧社社长。在大学期间，唐祈还亲自组织抗日演出剧团到甘肃、青海、宁夏等西北地区演出，曾参演《朱门怨》《日出》《春风秋雨》《这不过是春天》。此外，唐祈还参加了兰州的抗战戏剧运动，导演过曹禺的《原野》以及田汉的《结婚进行曲》。

唐祈曾经有幸得到一本梵文版的仓央嘉措的情诗集。在这一段时间也许是受到了仓央嘉措情诗的影响抑或是现实生活中爱情的洗礼，他写了为数不少的热烈、缱绻、纯净的情诗，"你爱比喻一个树上刚熟的／山桃，你的热情是上边蒙茸的细毛／愿为一个山上的少女摘去／融化在她烈火似的胃囊里"。

在唐祈的这些情诗中出现了沙合、希慧这两个名字，比如《十四行诗——给沙合》《恋歌——致希惠》《诉》，这时的诗人是深情而又略带感伤的。

> 虽说是最亲切的人，
> 一次离别，会划开两个人生。
> 在微明的曙色里，
> 想象不出更远的疏淡的黄昏。

虽然你的影子闪在记忆的
湖面，一棵树下我寻找你的声音；
你的形象幻作过一朵夕阳里的云，
但云和树都向我宣告了异乡的陌生。

别离，寓言里一次短暂的死亡；
为什么时间，这茫茫的
海水，不在眼前的都流得渐渐遗忘，
直流到再相见的泪水里……

愿远方彼此的静默和同在时一样，
像故乡树守着门前的池塘。

——《十四行诗——给沙合》

1942年，唐祈与沙合在西安合演了《结婚进行曲》。正如同是"九叶诗人"的唐湜所回忆的那样："我不知道哪一位是他最初的恋人与妻子，联大的助教，与他一起演过不少戏的，也许是希慧，他的苏州人的风度是迷惑过不少少女的。给希慧的《恋歌》是离开大学后两年，1944年写于汉中旅次的，可能还在一起演戏。我不知道他们什么时候分手。"

从西北到西南，从西南到上海

1943年1月，唐祈于西北联大历史系毕业。我们可以一起来看看唐祈的《国立西北大学毕业证明书》。

> 学生唐克蕃现年二十四岁，系江苏吴县人，在本大学文学院历史学系修业期满，考核成绩及格准予毕业，特此证明。
>
> 　　　　　　　　　校长：赖琏
> 　　　　　　　中华民国三十二年一月

（附注：凭此证明书换取毕业证书）

毕业之初，唐祈先在西安的一所保育院儿童艺术班教文学课，后在西安劳动营艺术班任中校戏剧教官。毕业半年之后，唐祈还参加过甘肃邮政特种初级邮务员的考试，这与其父亲对其工作期待有很大的关系。9月，唐祈转到兰州的工业专科学校教书，业余时间参与一些戏剧的演出。由于国民党当局要逮捕唐祈，他不得不在地下党组织的帮助下于1944年11月去了成都，之后又转到重庆。此后不久，唐祈加入了郭沫若、茅盾等人领导的中华全国文艺界抗敌协会。唐祈先后在重庆的志达中学、正本中学、敬善中学、蜀都中学教书。

唐祈结识陈敬容、沙蕾夫妇是在1940年前后。后来，唐祈给了婚姻生活不幸的陈敬容以很多支持。1945年，陈敬容为躲避暴戾的丈夫沙蕾来到重庆磐溪，过了一段少有的安静日子。陈敬容恰好遇到为了躲避当局的迫害正在重庆的唐祈。暂避西南的唐祈给远方的女友沙合写了一首情诗《十四行诗——给沙合》。唐祈和陈敬容在磐溪重逢，这给了彼此精神上的莫大安慰。到磐溪后，唐祈参加过应云卫的中华剧艺社，扮演过曹禺《日出》中的方达生。在重庆时，唐祈和何其芳有深入的交往。唐祈和陈敬容经常来到何其芳在观音岩的住所谈诗，并在何其芳的指导下从事民主戏剧运动。1977年7月24日何其芳去世，唐祈写下缅怀的诗作《悲哀》：

啊，告诉我，悲哀是什么颜色？
像花圈的素白？臂纱的深黑？
悲哀是什么声音？像轻轻滴落在骨灰盒上的眼泪？
还是一颗痛苦的心在雨夜花瓣一样地被撕破？

难道一切就再也握不住了，如你渐渐冷却的手掌？
再也见不到了，永远消失了的你柔和的目光？
你向上的灵魂是一棵不应凋零的柏树，
暴风雪摧残你，纷纷的落叶使我满怀凄怆。
…………

随着解放战争的加剧，唐祈诗歌中的现实主义成分和批判精神也在不断加强。1946年7月15日下午，闻一多在昆明西仓坡遇难。7月16日，时在重庆的唐祈参加了悼念闻一多烈士追悼会，在极度悲痛中写下《圣者——悼闻一多先生》："每一个人死时，决定／一生匆促的行踪，／有的缩小，灰尘般虚渺／有的却在这一秒钟，／从容地爆裂，／世界忽然显得震动。／／生疏的因你开始认识，／熟悉的在行列中更热烈地走在一起，／你无言的声音，张开／一面高空的旗——／飘扬在七月的晴空，／一个启示般庄严，美丽。／／你的灵魂将被无数青年人／歌唱：如一座未来崇高的形象。"1946年，唐祈写下系列关注大众疾苦以及批判现实的诗作，比如《严肃的时辰》《女犯监狱》《一个乡村寡妇》《挖煤工人》《小女乞丐》《夜歌》等。

陈敬容与唐祈算是患难之交。

1947年1月10日，时在上海的陈敬容给仍在重庆的唐祈写了一首诗，回忆磐溪这段难得的时光，"像雨后的天空，高朗而辽阔，／滤过的泉水中泥沙绝少，／奔涛静息，水仙在岸上盈盈地开"。陈敬容到上海后几次写信给唐祈，让他来上海工作。唐祈在给陈敬容的回信中抄录了自己的一首诗：

  自己，是属于谁的一部分
  彼此站在面前，感到

从未有过的完整
像沉默的提琴，沉默的弓
有了最单纯的和谐声音

唐祈诗中提到了"沉默的弓"，而陈敬容曾用过一个笔名"默弓"。1947年，应陈敬容之邀，唐祈从重庆来到上海参与编辑《中国新诗》。上海成为唐祈审视中国的一个窗口，"我在这段时期，因为身上还带着重庆斗争的火焰，又投身到这个典型的半殖民地半封建的大都会——上海，这里，是一片贪婪与歹毒的饕餮的海洋，也是一个透视旧中国社会更大的窗口，我找到了自己心的视角"（《唐祈诗选·后记》）。

唐祈曾一度非常崇拜T.S. 艾略特。据后来的唐湜回忆，在20世纪40年代的上海以及70年代末的北京，唐祈的住处都贴着艾略特的画像，手边也经常放着艾略特的诗集。1948年6月，唐祈接连熬了两个通宵，写出了长诗《时间与旗》。

你听见钟声吗？
光线中震荡的，黑暗中震荡的，时常萦回在
这个空间前前后后
它把白日带走，黑夜带走，不是形象的
虚构，看，一片薄光中
日和夜在交替，耸立在上海市中心的高岗

> 半殖民地半封建社会的光阴，洒下来，
> 撒下一把针尖投向人们的海

结合当时的社会背景以及创作个性，袁可嘉对唐祈这首长诗评价非常高："他的长诗《时间与旗》则是以现代派的诗风揭露旧上海繁华背后的黑暗的一篇力作。他看到'满族长期战争'的国民党反动政府，用'一支老弯了的封建尺度'来'适应各种形式的地主'，而农民则'输出高粱那般红熟的血液'，奉献出"极贫弱的肉体"；诗人看到时间对反动派和剥削阶级的不利，因为在时间的洪流里，一面光辉的人民的旗帜正在升起；它作为一个巨大的历史形象，如闪耀的阳光，照耀着全中国。"（《九叶集·序》）

当时方敬在重庆，唐湜在昆山，辛笛又忙于银行的事务，所以当时主要是陈敬容、唐祈和杭约赫在负责《中国新诗》的组稿、编校以及出版工作，这极大地推动了中国现代诗大众化、现代化的实践和理论探索，正如唐祈所意识到的那样："当时，我印象最深的是敬容、辛之和我由于实际负责每期编务，我们不能不为中国新诗的发展、现状，经常作一些探索，当然，刊物首先要为人民发出时代的呼唤，要为人民服务，这在《中国新诗》的方向上是明确的，也是这样付诸实现的。同时，在诗歌艺术方面，如何形成一个共同发展的走向，寻求一种审美经验的定向积累，以及对中国古典诗歌传统的继承，西方现代主义诗歌的批判借鉴,尤其是三四十年代新诗流派的发展,等等,都提到了我们编务的日程上,成为我们经常谈论的课题。"

此时,一位来自南京的出身高贵的郭姓女子正热恋着唐祈,唐祈也经常从上海去南京看她。但是因为家庭背景等方面的差异,女方父母极力反对,二人只得在痛苦中分手。在上海致远中学教书时期,生性热情豪爽的唐祈又喜欢上了一个女学生张希至。后来,二人结婚并育有一子,七八年后两人分手。

《中国新诗》和《诗创造》以及星群出版社、森林出版社被当局查封后,陈敬容与蒋天佐去了香港,曹辛之也辗转到香港,唐湜则回乡教书。此时只有唐祈还坚持在致远中学教书,一直到上海解放。这一时期,唐祈的诗歌对黑暗动荡的社会以及国民政府予以尖利地抨击和批判,对穷苦大众则充满了同情。

> 在那工厂的层层铁丝网后面 / 在提篮桥监狱阴暗的铁窗边 / 在覆盖严霜的贫民窟, / 在押送公民当壮丁的乌篷船里面 / 在贩卖少女的荐头店竹椅旁, / 在苏州河边饿死者无光的瞳孔里, / 在街头任何一个阴影笼罩的角落, / 饥饿:反抗怒火烤炙着太多的你与我 / 人们在冰块与火焰中沉默地等待, / 呵,取火的人在黑暗中已经走来……

这些诗属于高音部，是激烈和反抗的和鸣，如精神的暴风雨，如寂寞中的自我抗辩，如暗夜中的摇曳的火炬，"我却被滞留在这个阴暗的社会里，我只能学习一个寂寞的矿夫，在一个死亡控制着的更寂寞的矿穴中工作。除了早期少年时代那一点儿近于无知的柔和，我从没有歌唱什么，我只能如实地写出了这些阴暗的社会的事物中，一个更大的空虚的形象。想起这些，我不禁焦虑起来，更大的时候中我愈愤懑而愈要学习反抗，我的确从来没有快乐的写过什么值得告诉人们的事。我现在坚信，除非能在一根生命的火线上，我们会立刻过去"（《诗第一册·后记》）。

1949年5月，在上海解放前夕唐祈还参加了学生的抗议游行活动。此时，他的诗歌也以暴风雨一样的节奏呼应着对那个时代的反抗与诅咒："多么可惊！暴风雨前的上海，你们是电，／拜金狂的市区有你们最激动的雷声……／／你们宣言：被扶植的黩武国家／并不可怕，但是眼看自己麻痒症的／官僚主义者带着权力走下黑暗的下坡路；／呵，你们应该，应该站起来，／就在街上——大声向全世界讲话。"

北方岁月与不期而至的苦痛

解放后，唐祈从上海来到北京。1949年8月，唐祈参加华北大学政治研究院的学习，学习结束后到北师大附中任教。1951年2月,在何其芳和力扬的邀请下唐祈到《人民文学》杂志社工作,1953年任小说散文组组长。1956年年底,唐祈调到《诗刊》社,参与《诗刊》创办工作,任创作组组长。

唐祈写于1951年的《天山情歌》带有民歌化色彩,清新而动情,深沉而明净,"闪光的金子在红沙滩／我要作成你鬓角的一双耳环／无论你走上多远的草原／都听见我在耳边轻声呼唤／花园里青青的古拉斯蔓／心灵的泪水浇它永不会枯干／你两颗晶亮的黑葡萄一闪／我会歌唱一百个夜晚"。在20世纪50年代,唐祈很少动笔。1957年4月号的《诗刊》发表《水库三章》(《运输线上》《青年突击队员》《水库夜景》),在歌颂火热劳动场景的诗句中我们仍然能够感受到唐祈诗歌风格的一些个性的闪现,"夜半的水库工地,／恍如一片神奇的梦境。／宝石般璀璨的灯光,／像一阵黎明的雨／洒落在墨绿的河面上。／／老鹰山升起夜雾,／黑色的倒影一片朦胧。／而那座高耸的连拱坝,／在四面群山的仰望中,／满身披挂着闪亮的盔甲,／像个威风凛凛的英雄,／矗立在水中巍然不动。／／运输斗车在山腰间穿行,／像夜空的一串流星。／山顶上闪耀出电焊的光焰;／彩色缤纷的长虹悄然出现。／瀑布般倾泻的钢铁轰鸣,／卷起一阵劳动的欢呼声,／采石场上骤然间巨炮轰隆而来,／地心也被轻轻摇撼。／／那边,一群夜班工人,／在山梁上列队前进。／从一片辉煌的夜色中,／他们最先走进黎明。／那道闪光的水库长桥上，／夜夜留下这样的脚印……"（《水库夜景》）。唐祈这些仍然带有个性和现代性色彩的诗显然与当时主流诗歌不相容，"自己对当时公式化概念化的创作倾向，有自己不同的看法，我始终感到：诗，首先应该是诗，我坚持自己对诗歌的观点和表现方法，结果，只有沉默"（《唐祈诗选·后记》）。

在1957年反右运动中有人告发唐祈是国民党第八战区抗日演剧队的中校队长，唐祈因此被打成右派。实际情况是当时国民党第八战区驻守兰州，战区的政治部主任韦立人（韦丛芜，1905—1978）是韦素园的弟弟，同时也是一位著名的诗人和翻译家。酷爱文艺的韦立人意识到文艺抗战的重要性，于是就把西北联大的话剧社改编为战区政治部的抗日演剧团。

1957年8月4日《新民报·晚刊》刊发批判文章，宣称"右派分子唐祈、吕剑向作协领导进攻，企图从《人民文学》打开缺口，勾结《文汇报》记者梅朵等利用整风兴风作浪"。1957年9月号《文艺月报》在《进一步深入展开反右派斗争》栏目中发表了田之的批判文章《〈人民文学〉反右派斗争获初胜——剥露唐祈、吕剑的原形》。该文尖锐地批判了唐祈以及"中国新诗"派，"在反右派斗争以前，唐祈还纠集了解放以前他们在上海搞的那个象征派颓废派'中国新诗'的班底（包括曹辛之、唐湜、杜运燮、穆旦等）在办所谓'同人刊物'和提倡新诗流派的名义掩护下，企图发展自己一派势力，开拓一个反党的文学阵地"。在反右运动中唐祈又被无辜卷入了"丁陈反党集团案"。中国作协党组于1957年6月6日至9月17日连续召开27次扩大会议对其进行批判,并作出了"丁玲、陈企霞、冯雪峰反党集团"的错误结论,同时牵连到艾青、舒群、罗烽、白朗、李又然等一大批作家。1980年,经中共中央批准改正了"丁陈反党集团"的错案。

1957年9月,《诗刊》社编辑部集中火力狠批唐祈的"罪行","新华社八月四日的电讯中,曾经揭露吕剑、唐祈两人的右派面目和他们的一些罪恶活动。这个电讯发表在五日各报上。电讯中提到吕剑、唐祈假借'帮助党整风'的名义,先在作协召集的民盟盟员座谈会上,攻击《人民文学》和作协的党组织。他们一不做,二不休,又到《文汇报》驻京办事处开会,密谋'公开'作协的问题。而后,按照议定的谋划,吕剑、唐祈又在《人民文学》的整风会上,大举进攻。他们污蔑作协的肃反运动,还说人民文学编辑部是'宗派主义'的,'党包办'的,并特别恶毒地挑拨人民文学编辑部和非党作家的关系"。"根据继续揭发的材料和他们自己的交代,已经证明:他们和丁玲、陈企霞反党集团中的骨干分子李又然有着密切的关系。李又然和吕剑、唐祈在一起策划,并供给了他们进攻用的炮弹,企图为丁、陈反党分子翻案。吕剑、唐祈已经承认他们充当了这个反党集团外围的'哨兵'。他们的其他活动,他们和其他右派分子的关系,则正在继续的揭发中,他们自己也陆续地交代了一些。"

1958年4月,唐祈被下放到黑龙江密山县的兴凯湖农场。6月,唐祈与高颖如(1924—2005)结婚。不久,唐祈的好友唐湜也被下放到这一农场。因为唐祈在农场任广播员和演员,二人很少有机会见面,只在唐祈随团下来演出时他们才能匆匆见上一面。

据唐祈回忆,当时下放到兴凯湖农场的右派有几千人,其中就包括著名歌唱家莫桂新(1917—1958)。莫桂新是著名女高音歌唱家张权的丈夫,1958年8月15日病逝兴凯湖农场。当时,莫桂新就死在唐祈怀里,回北京后唐祈对郑敏讲述这一残酷岁月时仍感痛定思痛,"那个时候的农场非常苦,有一天上面忽然大发慈悲,杀了两头猪让大家吃一顿,那些人就猛吃,然后就发生了流行痢疾。流行痢疾一来就是一大片,包括莫桂新,死了不少人"(《读郑敏的组诗〈诗人与死〉》)。

苦难岁月中,唐祈既是受难者也是幸存者,庆幸的是坚忍异常的诗人一直没有放下诗歌,"令我感到惊奇的是,尽管险恶的政治风浪把我抛得很远,几乎连生命都将埋葬在那片荒原上,但就在那冰雪覆盖的茅草顶的泥屋里,在零下四十摄氏度的严寒中,我竟没有放下这支写诗的笔,也从来没有动摇过我对诗的信念"(《唐祈诗选·后记》)。

从1958年开始到1960年,唐祈在北大荒写下组诗《北大荒短笛》。在漫天风雪的旷野中诗人仍吹着他的短笛，唱着永不消逝的歌声，在时代的荒原上保留了最后一块诗歌的"自留地"。

> 我和同伴们白雪上的脚印，
> 每个时辰都在证明，
> 这一群荒原上无罪的人，
> 头颅里燃烧着信念和理想，
> 周身都是炽热的火焰，
> 严冬的冰雪无法把它冻僵，
> 风的刀剑也不能把它砍光。
>
> ——《永不消逝的歌》

此后，诗人搁笔，一直到1976年才重新写诗。

晚年的唐祈一直想写写兴凯湖农场的经历，但是没来得及写就因为医疗事故而突然去世。

1962年初，唐祈回到北京养病。因为并没有被中国作协开除公职，所以不幸中的万幸，他带着一身病痛来到极其偏僻的江西崇义的山区教书。1964年2月5日，崇义县中学给唐祈出具了一份考察鉴定意见："在反修斗争和两条道路斗争中，表现一般，在一年多的时间内未发现问题；能服从学校领导，与其他教师关系好，但为人世故；工作能力强，教学效果好，受到学生好评，但体力劳动差。"

1971年，唐祈遭受迫害，被"清洗"出干部队伍，交给群众监督劳动改造。在此期间,唐祈数次跑到爱人高颖如所在的崇义县文化馆的宿舍避难。1975年唐祈被重新安排工作,恢复行政二十级。

"重生"岁月与意外离世

1978年,唐祈担任赣州作协副主席。在北京时他与同是右派的曹辛之再次相聚,二人老泪纵横。曹辛之在7月24日的日记中写道:"唐祈来,十多年不见,双鬓已斑白矣。下午同他去史家胡同新居访艾青。"一周之后,曹辛之带着唐祈和田地再次去拜访艾青。当时艾青兴致很高,还朗诵了自己的一首新作。高瑛留下几个人一起吃中饭。当天下午,唐祈和曹辛之在吕剑家里居然邂逅了沈从文,一众"重生"之人自有说不完的话题,一聊就到了深夜。

在北京期间,唐祈还遇到了抗战时期兰州的一位旧友张克勤(原名樊大畏)。他不久任西北民族学院(今西北民族大学)的党委委员、副校长,于是邀请唐祈到该校任教并任汉文系主任。1979年,唐祈又回到了西北。当时的住处极其逼仄,书太多了没有地方存放,所以书房和客厅就连在了一起。在西北民族学院任教期间,唐祈向学生大力推介包括"九叶诗人"在内的现代派诗歌。唐祈积极扶持诗歌新人,他的夫人高颖如晚年回忆,唐祈经常为学生改诗稿至深夜。当时,唐祈对顾城等的帮助也很大，还在西北组织了一些诗歌活动，顾城、杨炼等都曾参会。

郑敏与唐祈的通信也开始于1979年，信中除了谈及各自的创作和身体状况还涉及对"九叶"诗歌出版、西方现代诗歌流派（比如庞德、艾略特、聂鲁达、美国"黑山派"等）以及《诗刊》《人民文学》等诗坛动态的讨论。其中郑敏尤其谈到对舒婷、杨炼、江河、顾城等朦胧诗人（青年诗人）的看法，其中有批评性意见，比如："最近常接触一些年轻诗人，发现他们诗思泉涌，感情充沛真挚，语言形象化。但多因根底太浅，命意就不深，而且有时追求新奇，辞藻内容不相称，有不真实、太夸张之感，有些作品一味捶胸顿足，成了20世纪的拜伦式英雄（太放纵自己的痛楚之感）也不可取，不知你们那里有这种现象否？"（1982年2月6日郑敏致唐祈的信）1982年3月1日郑敏致唐祈的信中继续谈论青年诗人创作这一问题，"近来我读了杨炼、江河一些诗，很想他们能更凝练些、坚实、清晰、明确而又形象化。可能比五彩缤纷、有奇句，但不清晰、欠准确要好。《诗刊》1982年第2期舒婷长诗不知你以为如何？《诗刊》有'勇气'发这首诗，颇令我吃惊。也许把它当一首普通的情诗了吧？我觉得他们似乎怕严肃的题材（用象征手法写的）而抒情诗则放宽，殊不知抒情诗却不那么单纯，舒婷这首诗如果对她的境遇不了解恐怕很难看懂。而看懂了之后不由得感到《诗刊》这次十分'勇敢'。你是这样感觉吗,盼告"。这也是相互诗歌启发的过程,正如郑敏在信中所说"和你通信往往促使我思考和计划"。那时唐祈把所有精力都投入对新诗研究、课堂教学以及培养青年诗人的工作上,几乎是夜以继日、废寝忘食,对此郑敏在信中劝告他要多注意身体,"你虽然干得像下山虎那样猛,但年龄总还是一个不能否认的因素,因此建议你为了长远利益不要'开夜车'。你在理论建设方面有很好的前途,如果现在太忘乎所以地工作,对日后丰收时节是不利的"(1982年3月6日郑敏致唐祈的信)。

20世纪80年代是唐祈诗歌创作的又一个高峰期,熟悉的大西北再次激活了诗神,各种人物、风物以及历史遗迹都在他的诗中得以复活,"唐祈像一个获释的无辜者,走出冤狱后,饥不择食地赞美着一切自由的生活,他以不平常的热情和延宕的青春歌颂这大西北,来补足他对生命迟到的热恋"(郑敏《唐祈诗选·序》)。这一时期,唐祈的诗歌《天山情歌》《边塞的献诗》《伊犁组诗》《敦煌组诗》《西北十四行诗组》《玉门晨歌》《江南短章》充满了欢快和明亮的调性,而智性的深度和思考的程度却大大减弱了,比如写于1982年秋天的组诗《边塞的献诗》:"我行走在玉门油矿/思念装满了我的行囊/你石碑上微笑的面影/照耀着市街的草坪和广场/如一片悄然出现的霞光//你也许正在祁连山探寻矿藏/走过白雪覆盖的峡谷和山梁/骆驼和你的前额积满风霜/你不会认识我/我就在你不远的地方。"(《石像辞》)

对于经历淬炼的唐祈来说，基本已经到了宠辱不惊的境地。1982年，《诗刊》编辑敏歧（1959年从四川大学毕业分配至《诗刊》社）曾去兰州专门拜访唐祈，当时唐祈给人的感受就像是秋日里深沉而明亮的高原阳光一样："鲁原和我去敦煌开会，路过兰州，听说唐祈在西北民族学院，就赶去看他。从那单瘦的身躯和一脸苍白之色，一眼就能看出生命之轮在他身上轧出的印痕。他住了个很小的套间，书房和客厅并在一起，很狭窄。终于见面了，本应高兴，但不知为什么怎么也高兴不起来，好在茶几上一大盘苹果，闪出灼灼的红，使拢在客厅里的阴郁，有些许的冲淡。对二十年的坎坷，我们不好问，唐祈也一字不讲。几乎一多半时间，他都在说高原的秋色、高原的阳光。'秋天，特别是九月，一睁开眼睛，金晃晃的阳光，照得满屋都是。走在校园，满地的阳光，就像金子在闪亮，有时真想俯下身，一把一把地把它们捡起来。'"（《高原的阳光——忆唐祈》）

1985年，唐湜和严辰等诗人随中国作协前往玉门采风。路过兰州时，唐湜专程跑去看唐祈，此时的唐祈正生病住院，在打点滴。应唐祈的要求，唐湜给西北民族学院中文系的学生上了一次夜课。1986年，臧克家诗歌创作研讨会在济南举行，唐祈应邀前往。唐祈在会上又见到了老友曹辛之。会间安排了登泰山活动，当时唐祈身体不太好，在乘车从济南到泰山后唐祈和邹荻帆没有爬山。当一些青年诗人看不到二人踪迹时赶紧下山寻找，结果却发现二人优哉游哉地坐在山脚下的石头上，高大的松树下一个白胡子老头儿正在给他们算命。

1986年10月7日，唐祈才得以彻底平反，一年后被聘为副教授。

唐祈对诗歌研究工作非常看重，于是着手一项新诗鉴赏工程，即《中国新诗名篇鉴赏辞典》。1988年7月4日，唐祈给青年诗评家陈超去了一封信，极力要求陈超参与编写《中国新诗名篇鉴赏辞典》。这封信作为重要史料，兹录如下：

邮戳：

1988.7.6 甘肃兰州

1988.7.11 河北石家庄

邮票：北京民居（8分），江苏民居（4分，3张）

信封（挂号）：

河北省石家庄市河北师范大学中文系 050016

陈超

西北民族学院　兰州市西北新村1号教授楼　唐祈　730030

陈超同志：

您好！我刚从北京回来。

读到您的文章，非常精彩！（我不记得当时我给您写了回信没有）很久没有读到这样好的文章了，真是感谢您！

我知道您非常忙,但还要给您添乱,忙上加忙,请您写李钢的《蓝水兵》、吕德安的《沃角的夜和女人》、丁当的《房子》、王寅的《想起一部捷克电影想不起片名》,理由只有一个:非请您写不可!请一定大力支持!谢谢您!

最近,已约请责编来了兰州,1月编稿,想在8月定稿,9月终审,10月发排,争取快出。

回来以后对《辞典》做了不少调整,简单说来:重开放性、艺术性,反思新诗,过去的名篇今天看不一定是名篇,强调艺术规律,清除"左"的影响,相信一定会得到您的首肯的。

文章请在7月底前寄来,如时间太紧,也请您赶一赶,好在不需要太长,800字以内较好,长点儿也行,短点儿也可,请裁夺。

匆匆,不备不恭,请谅!盼复。

紧紧握手!

唐祈

1988.7.4

1990年12月,唐祈主编的《中国新诗名篇鉴赏辞典》终于由四川辞书出版社出版了,甫一出版就在学界引发巨大反响。遗憾的是唐祈已经辞世,他没有亲见这部书的出版。唐祈为编选此书付出的心血是常人难以想象的,甚至其中很多诗稿都是他在病中整理和编辑的。

这通过病中的唐祈给当时人民文学出版社编辑岳洪治的一封信可窥见一斑。

洪治同志：

您好！感谢您给我寄来《李健吾创作评论选集》，现已用毕，特挂号寄上。请收。再次谢谢您了。我于上月4日赴成都，为《中国新诗名篇鉴赏辞典》交稿。成都无防寒设备，以致患重感（冒）引起气管炎，在蓉住院二十一天，前天始返兰州，现仍未复原。《辞典》如无意外，2月可发稿，9月出书。大作已编入，乞勿念及。孙玉石、袁可嘉、郑敏和我四人，去年我们围绕一个主题：新诗现代化，各人拿出五六万字论文，论述中外诗歌现代化问题，共二十万字左右。书名暂定为《论新诗现代化》。尤其郑敏教授前年在美讲学一年半，搜集不少第一手资料，写成专论，甚有价值。孙、袁论文亦有学术价值。不知人文（社）能否考虑。我知道目前出版界为经济效益所苦。此书如能接受，我们可征订数千册。请您向（与）有关方面洽谈一下。如需看稿，我即寄上。有劳清神，容当后谢！

病重写信仍感头晕乏力，草草不备不恭，乞谅。

祝您春节愉快！

唐祈

1987.1.26

即使在病中，唐祈仍坚持写作。这是一个一生以写作为生命的诗人，他在缪斯这里找到了归宿。

1990年1月，人民文学出版社推出《唐祈诗选》。在此两年多之前，也就是1987年冬天的大雪中，面对这本即将出版的诗集，回顾自己一生的诗歌岁月，唐祈自是感慨万千："今夜，西北高原落了第一场初雪，窗外静谧的山上一片银白，在宁静的灯光下，面对着这本诗选的原稿，读着长长的来信，我在想：我能呈献给人们一点儿什么呢，难道我的诗真能给可敬的读者、我亲爱的学生们带来一丝慰藉吗，我能把大地上可见的事物转换成不可见的灵魂、内心的经验交给读者吗？也许为了我们遥远的阻隔，和我的创作道路上一段人为的断层所造成的生疏，真该有一些话要倾吐了（甚至我个人的一些生活经历），纵使在诗歌上我只是一个收获微薄的人。这里，这个雪夜的三层楼上，屋子里正好没有旁人，我在孤独中仿佛也总感到：我的头顶上没有遮盖的屋顶，雪花飘落在我的眼睛里，我行走在诗的旷野上，但我却总要写，要不停地探索，一生也不放下这支笔，正如里尔克所说的，这将是一个归宿。"（《〈唐祈诗选〉跋》，刊发于《西北民族学院学报（哲学社会科学版）》1988年第1期）

1989年11月陈敬容辞世，此时唐祈正在病中。唐祈在1989年12月3日给唐湜的信中这样写道："敬容突然谢世，令人悲痛不已，近日沉浸于哀思之中……"然而没过多久，1990年1月20日唐祈因医疗事故在兰州医学院附属二院去世。郑敏后来回忆道:"他教了那么多,也写了那么多,早就应该提升教授了,可就是不给他提。后来,他不要命地工作,早晨还去上课,下午突然死了。死也死得很冤枉,是个医疗事故。送到医院去,医生说大概肠子长癌了吧。他说是肚子疼,现在知道大概就是心脏引起的,就匆匆忙忙地动了手术,切掉一尺多的肠子,然后就给他缝上了。后来整个腹部发生了腹膜炎,很快就死了。"(《读郑敏的组诗〈诗人与死〉》)因为家属与医院、学校的纠纷得不到解决,唐祈的尸体在停尸房放了一个多月。

听闻唐祈去世的噩耗,辛笛只能在莫名的悲痛和热泪中以诗怀念:"牧歌似的诗行永远荡漾出信息/你一生爱草原,比爱故乡更热烈/听,你冥土旅行的伴侣/不还是玉门关外的一支羌笛。"

唐祈的学生贾羽在诗歌中沉痛地挽怀恩师:"啊,请告诉我,怀念是什么颜色?/像遥望的碧蓝,墓碑的冷黑?/怀念是什么声音?像沙哑的歌声低回,/还是梦见时止不住的眼泪?//难道真的握不住你冰凉的手掌,/如你十年前那首悲哀的诗章?/你慈祥的教诲是不凋零的丁香,/如你热情歌吟的草原、雪山和敦煌。//啊,请告诉我,怀念是什么情状?/长久地伫立于遗像前方;/黄昏中血色的泪水被吞咽;/亲人们将蜡烛和沉默点燃……//啊,你心爱的虎皮鹦鹉突然开口,/说刚刚听见你进门时的问候!//终于,你走进了你时常在/心灵深处怀念的人们的行列，／却使另一个令你疲倦的世界，／失去不可能再闪烁的光彩！"

得知唐祈逝世的消息，郑敏于第一时间（1990年2月2日）给其家人复信："颖如同志，唐真贤侄：接到唐真的信，惊悉祈兄病逝，久久不能置信。祈兄一向对工作、对自己作为诗人、学者的天职充满热情。两年前同在淮阴开会。祈兄是年长诗人中深受敬重的一位。一个多月前来信，字迹挺秀有力，健康情况似乎很好。不料相隔数周竟与世长辞。可告慰者祈兄已完成很多著作，为后人留下诗集、文章足以载入中国诗史。'九叶'自去冬敬容逝世后连连发生不愉快的事。辛之日前方出院。其他在京'三叶'也各有些健康问题。人生自然不能永驻，只有乐天知命，泰然处之。盼您两位多多珍重，务请节哀，爱护身体。以释死者在天的悬念。心情沉重，恕不赘述。祝马年如意！"

更为重要的是，为了纪念唐祈以及一代诗人的命运，郑敏写下组诗《诗人与死》。这些诗既携带了里尔克式的死亡意识又对唐祈等一代知识分子的命运予以深度观照和沉痛怀念。

  我们都是火烈鸟
  终生踩着赤色的火焰
  穿过地狱，烧断了天桥
  没有发出失去身份的呻吟

1990年6月,《诗双月刊》(香港)第一卷第六期推出"唐祈逝世纪念小辑",刊发《唐祈诗抄》(包括《猎手》《北京地铁》《寒山寺钟声》等诗)以及辛笛的《独语和旁白》、晏明的《怀唐祈》、杜运燮的《痛失二叶》、郑敏的《跟着历史的脚步长跑而来》《诗人与死》、袁可嘉的《冷眼看待生和死,诗人们,前进!》、唐湜的《忆唐祈》等怀念文章。

唐祈这位典型的江南才子却半生都在异地漂泊,从苏州到南昌、兰州、重庆、成都、上海、北京再到兰州,这就是诗人不断动荡的一生。正所谓半生风流半漂萍,不到气尽不曾休!

◎ 曹辛之

小传：曹辛之（1917—1995）　江苏宜兴宜城镇人，原名曹新民，笔名杭约赫、孔休、江天漠、胡双城、林棘丝、曹辛等，别名曹吾、曲公。在江苏省立陶瓷学校读书，做小学教员，创办《平话》。抗战开始后赴山西民族革命大学学习，1938年到延安的陕北公学和鲁迅艺术学院学习。1939年参加抗战建国教学团。1940年到重庆，担任生活书店店员、编辑。1947年在上海参与《诗创造》《中国新诗》编务、出版工作。1949年回到北京，在生活·读书·新知三联书店美编室工作，后任人民美术出版社编审、《诗书画》半月刊执行主编、中国出版工作者协会装帧艺术研究会会长。著有《撷星草》（又名《春之露》）、《噩梦录》、《火烧的城》、《复活的土地》、《最初的蜜——杭约赫诗稿》、《曹辛之集（三卷）》、《曹辛之装帧艺术》、《曹辛之书法选》、《曲公印存》等。装帧设计的《印度尼西亚共和国总统苏加诺工学士、博士藏画集》获得1959年莱比锡国际书籍艺术展览会装帧设计金奖，《郭沫若全集》获第三届全国书籍装帧展封面设计荣誉奖，《曹雪芹》获得1980年全国书籍装帧优秀作品奖封面设计奖。1993年，曹辛之获得第三届韬奋出版奖。

最初的蜜与萧然的迟暮

这忽儿我想起你萧然的迟暮
却不能把迢递的千里飞渡!

——唐湜

前些年,我在绍兴结识了曹可扬。这位擅长朗诵的"声音工作者""声音诗人"不幸于 2021 年 2 月 7 日离世,"可扬的朋友之多,令我叹为观止,远达海外,近则每天促膝者,不计其数,朋友们敬佩他、仰慕他、爱他,凡是认得他的人不论深浅对他全有热烈的感情,这也是他引以为傲的部分,极为自然的结果。可扬的最动人的特点,是他纯净的天真,是他对远行的向往,是他对诗意的执念,是他对音乐的痴迷,是他对电影的热情推介,难能可贵到极点"(夏天《痛悼可扬》)。曹可扬的祖父是"九叶诗人"曹辛之,显然他继承了祖父的艺术基因以及坦荡、纯净、热诚的性格。

曹辛之(1917—1995),原名曹新民,杭约赫的笔名来自他 1946 年写的一首抒写劳动大众疾苦的诗《世界上有多少人在呼唤我的名字》（1946年12月1日《文艺复兴》第2卷第5期）："我走到江边，／一群搬运麦粉的人在叫着我的名字：／'杭约赫，杭约赫，杭约赫……'／／我走到山上，／那些砍伐树木的人在叫着我的名字：／'杭约，杭约，杭约——赫……'／／我走到街头，／抬着石像的人在叫着我的名字：／'杭，杭，杭约，杭约赫……'／／我走到野外，／扛着墓碑的人在叫着我的名字：／'杭约，赫！杭约，赫！杭约，赫……'／／呵，世界上有多少人在呼唤我的名字，／而我——杭约赫，只是一个穷诗人。"

  曹辛之与同是"九叶诗人"的陈敬容同年。曹辛之不仅是著名的诗人，而且还是卓有成就的篆刻家、书法家、出版人以及书籍装帧设计大家。他为茅盾、骆宾基、艾青、俞平伯、卞之琳、辛笛、陈敬容、唐祈、方平、聂绀弩、叶圣陶、夏衍、阳翰笙、端木蕻良、胡乔木、张毕来、程光锐、李一氓、萧克、夏承焘、黄永玉、黄苗子、吴祖光、新凤霞、严辰、吕剑、柯蓝、木斧、吴世昌、王朝闻、姚雪垠、秦兆阳、华君武、孙玉石等人都治过印，朋友们评价甚高。在痛苦的岁月中，曹辛之对吴祖光的帮助很大——二人同一年出生，在风雨无定的时光中吴祖光一直珍藏着曹辛之送给他的五个极其特殊而又珍贵的礼物，这极其生动地反映出曹辛之在设计方面的杰出成就，"第一，是一九四六年经他亲自设计，由他主办的上海星群出版公司出版的我的一本神话幻想话剧《牛郎织女》，是那种三十二开方体版本，上端横排剧名的红色美术字,左边直排'四幕幻想剧'和作者名的长仿宋字。轻俏秀美,是我从一九三九年在生活书店出版第一个剧本后至今出版的近百种书籍中我自认为最美丽的封面和内部装帧的剧本。第二,是在距话剧《牛郎织女》出版三十四年之后的一九八〇年中国文联出版公司出版的我的三个京剧剧本:《凤求凰》《三打陶三春》《绳伎红娘子》的合集《求凰集》,也是辛之为我设计的封面。这个封面设计很简练,然而美观大方,深粉红色衬底左上角三分之一篇幅,一只银色飞翔着的凤凰;右下角一片白色的祥云,线条柔丽,尤其那只银凤是我看见过的最美丽的凤凰。第三、第四是辛之送给我的两本诗集,一本是一九八一年江苏人民出版社出版的、包括他个人笔名杭约赫的九人合集《九叶集》,另一本是仍用曹辛之署名的《最初的蜜——杭约赫诗稿》,一九八五年出版,至今也十一年了;两本诗集的装帧、版式、纸张都是第一流的,当然都出自辛之的锦心妙手。最后一件是我更应当永世保存并流传后代的珍物,是'丁巳夏'即一九七七年辛之拓赠并裱成拓片的纪念章,上面是辛之手刻的我与凤霞两人的五枚石章,我俩已经用了近半个世纪了,都盖在我俩的画幅和字幅上,还将永远盖下去直到我俩的终老,这真是永世的交情"(吴祖光《知遇之恩》)。

更为出版人和读书人熟知的则是1949年春天三联书店总管理处迁往北平之际,曹辛之为其重新设计的以三个劳动者挥锄扬镐抡锤为主体图案的店徽以及出版标识。此外，曹辛之为《诗创造》《中国新诗》《红旗》《文学评论》《诗刊》《人民文学》《剧本》《文艺报》《北京文艺》《战地》《环球》《文献》《书法丛刊》《大地》《昆仑》《诗探索》《戏剧报》《民间文学》《中国戏剧年鉴》《中国青年》《文史知识》《时代的报告》《鲁迅研究》《文化史料》《当代文艺思潮》《作家》《印刷》《安徽文学》《百科知识》《人民教育》等几十种期刊设计封面。为高尔基、茅盾、巴金、钱锺书、老舍、郭沫若、丁玲、艾青、唐弢、戴望舒、卞之琳、何其芳、臧克家、张天翼、邹韬奋、叶圣陶、端木蕻良、侯宝林、张友渔、骆宾基、吴祖光、夏衍、聂绀弩、徐懋庸、辛笛、唐湜、洪深、袁水拍、李白凤、沈钧儒、张毕来、胡绳、艾思奇、柯仲平、黄宗江、黄永玉、赵树理、秦兆阳、邵燕祥、方纪、高士其、吴伯箫、徐光耀、李凖、杨沫、魏巍、杨朔、李锐、姚雪垠、周笃文等人的著作做装帧设计，艺术成就颇高。

出于对装帧艺术的极度热爱，曹辛之在1985年冬天还专门创作了一首诗《装帧工作者之歌》。

> 一本书如果没有封面、不经过装帧，
> 就像一个人赤身裸体——没穿衣裳。
> 作者给书以生命、智慧、思想……
> 我们来为它设计形态，配上合适的服装。

把鲜花裹着春天的信息献给少男少女，
让美丽的翠鸟飞来为孩子们歌唱，
几根弧线、直线，将你的兴趣引向太空，
那片片色块，你会感到它潜在的力量。

"士兵们"要穿戴得整整齐齐，
年轻人喜欢把灿烂的彩虹披在身上。
无须每件服饰都要花团锦簇、金碧辉煌，
朴素淡雅，也许更显得大方、端庄。

诚然青年人不爱穿那过时的长袍马褂，
但花里胡哨的时髦，也只是短暂的漂亮。
愿这些精神食粮，都有它完美的形体，
我们以虔诚的心，来为他人作这嫁衣装。

2022年11月，我在网上偶然看到一个收旧书的人翻晒当年《诗刊》的五十张封面设计图，我在其中看到了曹辛之参与设计的草图以及说明文字。只是可惜，这么珍贵的资料竟然流落到此等地步……"我们预示了，将要来到的"。

曹辛之1917年10月29日（农历九月十四）出生于江苏宜兴宜城镇。宜城镇是宜兴的政治、经济、文化中心，古称荆溪邑、阳羡城，1946年称双溪镇，1948年改名义兴镇，1949年改称宜城镇。曹辛之自幼家贫，七岁时遭遇丧父之痛。兄弟俩（弟弟曹惠民）由寡母含辛茹苦拉扯大。后来，曹辛之在写给胞弟的诗《寄》中写到了这位一生多舛的母亲："我们生长在一个破落的门庭里，／一个寡妇用泪水来将你我培养。／等到我们刚刚长满了羽毛，／剩她一人用眼泪看守祖先的家业。"

1924年曹辛之就读于宜兴县的履善小学，1930年入宜兴中学。

当1946年曹辛之回到阔别八年的故乡时，家宅已经毁于战火，只留下一片焦黑的废墟。

曹辛之从小受学美术的表哥张心匋的影响而酷爱绘画，在1945年出版的第一本诗集《撷星草》的后记中他还专门感谢表兄对自己绘画和写作的影响。正因如此，曹辛之由农林学院（原为宜兴中学）转入丁蜀镇陶瓷职业学校学习。1932年，曹辛之考入无锡江苏教育学院工艺班。从1935年开始，曹辛之在宜兴湖小学、湾县小学、武进漕桥小学任教。也是从那时开始，曹辛之与中共地下组织交往密切，并于1936年和友人吴伯文（吴启璋）、孔厥（沈毅）、阿甲等一起编辑文艺周刊《平话》，只出了三期就被国民党当局查禁。但是，这段编辑刊物的经历对曹辛之来说是相当重要的，他认为"这是我学习编辑业务和印刷知识的开始，是我从事文化出版事业的起点"（《我与书籍装帧》）。

抗战爆发后，有志青年把延安看成向往不已的革命圣地。1937年,曹辛之兄弟以及周欢离开故乡前往延安。为了躲避国民党的关卡,他们先到山西临汾的民族革命大学读书,一年多后才辗转到了延安。这段经历,正如曹辛之在诗歌中所高唱的"千万人心里亮着它的名字／千万人冒着死生去寻访／哪怕山高路远,雨骤风狂／像江河汇流大海,谁的心不朝向太阳"。弟弟进了陕北公学,曹辛之在陕北公学学习一段时间后转入鲁艺美术系第二期学习绘画。曹辛之与当时在鲁艺任教的艾青成为好友。

1939年夏天,曹辛之与鲁艺的几名学员一起跟随著名民主人士李公朴(1902—1946)率领的抗战建国教学团到晋察冀边区进行革命宣传工作。一年后,曹辛之又

青年时期的曹辛之

跟随李公朴到了重庆,在邹韬奋先生的生活书店负责《全民抗战》周刊(土纸铅印、16开本)的图书装帧设计工作。当曹辛之得知组织安排他到生活书店工作时他兴奋得彻夜失眠了,因为这正是他最希望从事的工作。当书店负责人徐伯昕找他谈话时,曹辛之当即表示"不管工作条件怎样困难,书店的生活如何艰苦,我都要好好学习,努力工作,愿意终生为出版事业服务"。事实上,曹辛之以一生的行动印证了这一点。当时艾青也来到了重庆,在育才学校任教,也就与曹辛之又有了见面的机会。

1941年皖南事变爆发后,国统区的进步文化事业受到巨大冲击。在重庆时曹辛之与闻一多、臧克家、艾青等诗人过从甚密,而当时生活书店经常遭受当局的审问,甚至有的店员被迫害致死。当时生活书店在全国的五十多家分店除重庆外都遭到了查封。王仿子和曹辛之同为生活书店的同事,但是因为王仿子在桂林分店,所以二人一直无缘见面。直到1946年初,王仿子才在上海与曹辛之相见。当时,许觉民这样介绍曹辛之"曹吾,书店同事"。邹韬奋在激愤中辞去国民参政员的职务,只身前往香港避难。不久之后,曹辛之护送邹韬奋的夫人及其三个子女也到了香港。万般无奈和悲愤之下,曹辛之只得跟随邹韬奋暂时寄身香港。身处异地的曹辛之仍然难以忘记延安火热的生产、革命生活以及远方的弟弟。

1941年12月25日香港沦陷,曹辛之又与同事经东江游击区到了桂林,后又从桂林回到陪都重庆。到重庆后,曹辛之在金川实业公司谋了一份差事,同时继续为出版做一些装帧设计工作。在一个极其闷热的日子里曹辛之写下:"在那金色的高原上/人们在创造自己的天堂/像块巨大的宝石/在金色的岸上放光//干瘪的土地流了乳汁/歌声从黑夜响到天亮。"

1942年秋天,臧克家因为创办的《大地文丛》被查禁,被迫从河南叶县来到重庆。曹辛之与臧克家的相识正是在这一年。曹辛之听闻臧克家到重庆后,立刻给倾慕已久的臧克家写信要求谋面。在臧克家先后的住处张家花园65号(中华全国文艺界抗敌协会)、歌乐山大天池6号,曹辛之是这里的常客。正是基于和臧克家的深入的交往,曹辛之于1944年2月撰写了两万多字的长文《臧克家论》,1944年3月15日以笔名孔休发表在《时与潮文艺》第3卷第1期上,"从新诗的革命到现在,写诗的的确也不在少数,但大都因生活的改变,在热情冷却了时,便放弃了诗的生命。能够在新诗的路上坚持十年以上,到今天依然还在努力迈进,将诗作为自己的毕生事业的诗人,却只剩下有数的几个了。臧克家便是这有数里的一个,而且在诗的园地里是最勤劳持久的一个。在他所走过的这一段诗的路上,多次地被人赞美和鼓舞,也多次地被人冷淡过。但他却始终忠实于他的生活,忠实于他的诗,严肃的,认真的,刻苦的,一直到今天"。臧克家1945年的《生命的秋天》(建国书店)以及1947

年的《泥土的歌》（星群出版公司）、《罪恶的黑手》（星群出版公司）的装帧设计都是曹辛之。曹辛之在1947年10月出版第二本诗集《噩梦录》（署名杭约赫，星群出版公司）时，臧克家欣然为之作序并评价甚高："杭约赫是一个画家，他'厌弃了彩笔'来学'发音'和'和声'。抓住一点向深处探寻，把它凝结成晶莹的智慧，使人覃思比直感的时候更多，他的字句也是百炼而成，像一道细水从幽邃的山洞里阻涩地流出来，以自己那种节制的音响注向一个深潭里去，他缺少了波澜壮阔的那份豪情，但也没有挟沙泥而俱下。他是饱经了人生忧患，在落潮里想望着一阵新的风暴。"

  1944年，曹辛之把自己的诗手抄十几份装订成册，题名《木叶集》，送给臧克家等诗友。对于重庆时期的诗歌创作，曹辛之是这样自我评价的："在白色恐怖下的雾重庆，环境险恶，生活动荡，精神上常常感到空虚、苦闷。因此在这段时间里写的诗，多趋于空泛，情绪低沉，在写作手法上过多地追求形式的'美'。"在早期的诗歌创作上，曹辛之受闻一多、臧克家、陈梦家的影响很大，纯正、深情而又饱含忧患意识。这正如他在第一本诗集《撷星草》的后记中的自陈："生活在这朦胧的曙色里，我喜爱了那些掉落在草叶上的露珠。纵或它们的生命是那样的微弱而短暂，但当这春寒阴沉的季节，一滴清露，也会给一棵小草和一片叶子以些许滋润和慰藉。"曹辛之曾经与同乡M相爱。M因为在大学期间参加反内战运动而被国民党当局逮捕入狱，曹辛之费尽周折到监狱探望并用诗歌热切地鼓励她渡过难关，"你热爱那路，现在／你的路，在我们脚下／生命的意义，为了征服／它，你已尝到最初的蜜"。

　　1945 年春，曹辛之向臧克家等人提议到上海创办书店，得到鲁风、林宏、沈明等人的支持。该年冬，生活书店在上海的总管理处恢复后，曹辛之携带家人以及筹

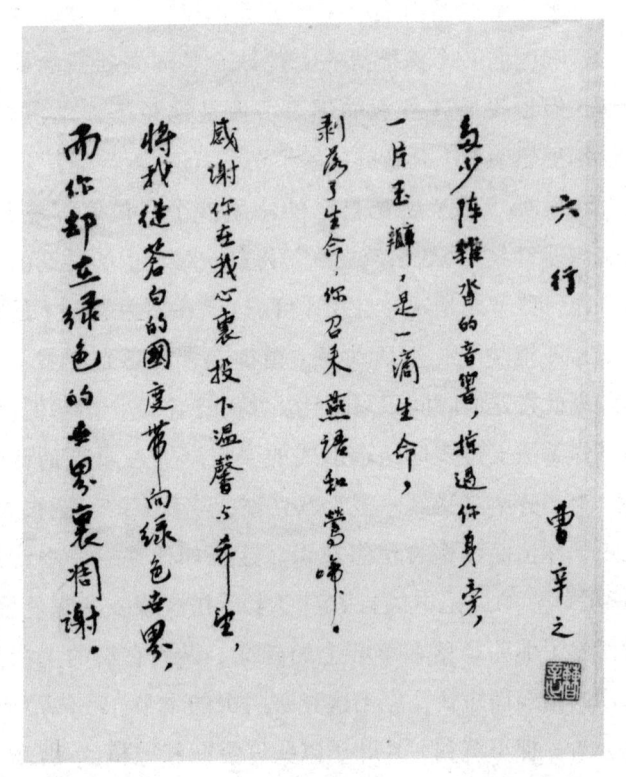

曹辛之手迹《六行》

措的资金从重庆来到上海,在出版部任主任。1946年,曹辛之与臧克家、林宏、沈明、郝天航(当时在赈灾委员会工作)、解子玉等人集资创办了星群出版公司,由曹辛之主持出版社的相关业务。臧克家把两本诗稿《罪恶的黑手》《泥土的歌》交给曹辛之,以版税作为股金。星群出版公司所在地是曹辛之租下的西门路(今自忠路)60弄34号。曹辛之任出版公司的经理,但实际上却是身兼发行人、编辑、校对、装帧设计、会计数职。曹辛之又先后参与创办了《诗创造》和《中国新诗》。曹辛之为文学出版以及诗歌刊物付出巨大的心血,正如好友辛笛评价的:"于当时政治反动、物价飞涨的年代,辛之任劳任怨,独担重任,事无巨细,全力以赴,实属难能可贵。如果没有他在黑暗隙缝中,那种艰苦斗争坚持生存和发展的精神,则这些编辑出版工作的非凡业绩是无法想象的。"正是在曹辛之的全力参与下,星群出版社在两年多的时间推出了臧克家的《罪恶的黑手》《十年诗选》《泥土的歌》以及戴望舒的《灾难的岁月》、辛笛的《手掌集》、袁水拍的《诗与诗论》、任钧的《发光的年代》等诗集,推出两套诗丛"创造诗丛"和"森林诗丛"。这两套诗丛的影响极大,先后推出了黎先耀、苏金伞、吴越、李搏程、沈明、杭约赫、陈敬容、莫洛、唐祈、方平、青勃、田地、康定、唐湜、索开、辛劳等人的二十部诗集。曹辛之还为唐湜的《英雄的草原》撰写了一份广告:"这是首史诗型的长诗,一个虔诚的理想主义者的寓言。

作者具有一份宏大的气息，一份可惊的浪漫蒂克的力量，波澜万丈，使人迷晕又振奋。"

曹辛之等人参与的《诗创造》（1947年7月创刊，1948年10月停刊，共出16辑）和《中国新诗》（1948年6月创刊，1948年10月停刊，共出5期）为推动新诗发展和中国民主化进程做出了重要贡献，"作为诗人的杭约赫，是这两个诗刊的主要编辑者；作为出版家的曹辛之，是这两个诗刊的发行人"。

1946年7月11日，李公朴在昆明遭国民党特务开枪暗杀，次日凌晨因伤重、流血过多殉难。闻此噩耗，悲愤至极的曹辛之只能以诗悼怀："你曾经比喻自己是座桥／一群群年轻人跨过你，奔向／耶路撒冷；现在，你横下了／身体，更像一座桥，迎来／人的觉识，和一个丰收的世界。"在极端的岁月中诗歌与民主不可分割地融合在一起，正如《诗创造》首辑的《编余小记》所言："今天，在这个逆流的日子里，对于和平民主的实现，已经是每一个人——不分派别，不分阶级——迫切需要争取的。因此我们认为：在诗的创作上，只要大的目标一致，不论它所表现的是知识分子的感情或劳苦大众的感情，我们都一样重视。"极其可贵的是《诗创造》和《中国新诗》秉持了艺术民主的原则，体现出开放、包容的办刊理念，"同时今天不是一个理想的社会，每一个诗人都有他的不同的生活习惯、生活态度，对现实问题的看法也有着程度上的差异。能够放弃自己的阶级立场、个人的哀怨喜乐，去为广大的劳动大众写作，像某些诗人写他的山歌，写他的方言诗，极力想使自己的作品能成为老百姓所喜闻乐见的，这种好的尝试，都是可喜的进步；但像商籁诗，玄学派的诗，及那些高级形式的艺术成果，我们也该一样对其珍爱"（《诗创造·编余小记》）。

在曹辛之的图书编辑和装帧设计生涯中，邹韬奋、臧克家、胡愈之、徐伯昕、王仿子、黄苗子等都曾给予他大力的帮助。臧克家在《长夜漫漫终有明》（《新文学史料》1982年第2期）一文中谈到了20世纪40年代上海时期与自己联系密切以至于成为至交的朋友，其中就包括曹辛之。很多次，编诗歌稿子以及设计封面的时候都到了晚上，于是，曹辛之、陈敬容等从星群的小客堂间里出来到西门路附近的一家小饭店楼上小饮谈诗，豆腐干、花生米、猪头肉是他们最好的下酒菜。至于是否经常到法国公园和虹口咖啡馆谈诗的情况，曹辛之认为次数倒不多。这一时期曹辛之以杭约赫的笔名发表大量的政治讽刺诗并出版诗集《噩梦录》与《火烧的城》等。他为《中国新诗》、《诗创造》、"创造诗丛"（12本）、"森林诗丛"（8本）以及戴望舒、臧克家、辛笛、唐祈、盛澄华、袁水拍、吴祖光、吴组缃、骆宾基、黄宗江等人的文集出版付出了大量心血以及财力。其间，曹辛之为一些诗集和书籍亲自设计了封面，在业内赢得了相当的赞誉。在1947年到1948年间，曹辛之制作了《诗人月历》。《诗人月历》，每月一张（64开），每期印有一个诗人的画像和一首诗作，还用一根金色的带子束起来，印制相当精美。《诗人月历》受到大中学生以及广大青年诗人的极力追捧。唐湜的妹妹王萍当时正好在上海交通大学读书，居然帮着曹辛之卖掉了四五千份《诗人月历》。曹辛之还在上海创办了"诗人之家"，代收全国各地的诗歌书籍，影响很大。当时，因为物价的飞涨，刊物的出版情况已经非常严峻了，《诗创造》的《编余小记》对此有相关记述："最近物价的狂涨，印刷排工不时的增加，尤其是纸张已经涨至百万元左右一令了，比出版第1辑的成本要高出三倍吧。"1948年7月16日，星群出版社不得不发布刊物涨价的声明（《中国新诗》创刊号的单册售价是八万元国币）："从上月初掀起的物价大涨风，如火如荼的疯狂上升，主要日用品数度停市，在这短短的三十天里，竟涨了四倍以上，甚至有达十余倍的。作为出版物的最主要的纸张，月初只六百余万一令，月底便涨为二千数百万元；排印工，上月内也调整了两次，上涨百分之二百左右，本社刊行图书售价在五月十五日起为基本定价的三万倍，六月份本拟依旧维持原价，但因成本激增，陆续增至八万倍。本月份物价依然直线上升，白报纸竟达三千八百万元一令，书价倍数不得不自即日起改为十二万倍，读者邮购，概以款到日之倍数为准，不足之款，敬请补寄。"陈敬容也谈到当时由于物质条件的困难，《中国新诗》创刊号所费的成本竟高达一亿元，可见货币贬值的速度惊人。在这样的酷烈经济条件下，可以想见当时曹辛之等人为办刊付出的巨大努力。与此同时，政治文化环境更是险恶，经常有一些可疑的人冒充诗人或读者来"光顾"出版社，星群出版社通过书业公会订的纸张被无故扣留，寄往外地的书刊邮件被没收。因为印制成本太高且不断飞涨，很多时候书卖出后收回来的书款还不够付装订费用。当时，星群出版社已经无力支付书籍作者的稿酬（只有个别的作家如戴望舒等是例外），甚至有时作家还要自己拿钱出来印书。曹辛之主要经济来源是向辛笛所服务的银行借支，其次靠少量的广告收入。《诗创造》和《中国新诗》出版也照例要在日报上刊登广告，但当时报纸广告费高得惊人。曹辛之只得请在报社工作的朋友们帮忙，《新民报》的刘岚山、《大公报》的刘北汜、潘际坰都给予了他很多帮助。

1948年10月，生活书店、读书出版社和新知书店在香港合并成立生活·读书·新知三联书店。这一时期，曹辛之为《太阳照在桑干河上》等书设计封面。应徐伯昕的要求，曹辛之为邹韬奋先生画了一幅油画挂在书店的门市部。这幅画极其传神地反映了邹韬奋的性格，连邹韬奋的夫人沈粹缜都对这幅画称赞有加。

1948年11月底，《中国新诗》《诗创造》以及星群（森林）出版社被当局查抄。此时，曹辛之正受到特务的跟踪。幸好出版社遭查封之际曹辛之不在上海，要不后果不堪设想。曹辛之的妻子陈羽被押到亚尔培路（今陕西南路）2号特务机关审讯，并追查臧克家、蒋天佐、曹辛之和林宏等人的下落。坚强的陈羽未透露任何消息，特务鉴于她家庭妇女的身份将她扣押一晚后保释回家照顾小孩。1949年2月10日，曹辛之在为《复活的土地》写的《附记》里记述了被查封的过程："1948年11月26日夜深，上海寓所突为恶客所抄，予适因事在乡，未蒙此难；予妻则被架走，逾二十四小时后始释出，致一岁之乳儿，几啼泣至昏厥；予则已成亡命徒矣。诗稿之注释，亦遭散失。"在中共地下组织的掩护与帮助下，臧克家与曹辛之又分别获得辛笛的资助，先后潜离上海经香港转赴华北解放区。林宏、沈明、蒋隧伯等人则去浙东游击区参军。独辛笛仍留在上海，每天东躲西藏，夜间都不敢回家留宿。

人怜直节生来瘦

曹辛之个性较强，常与人作意气之争。在上海时他与湖南籍夫人陈羽就因为性格不合经常大吵大闹，终至分手。陈羽在"文革"中被迫害致死。曹辛之性格耿直、敢于直言，即使是对唐湜这样几十年的好友也不例外。当在唐湜的来信中得知他要写作《九叶诗人论》一书时，曹辛之直言不讳道："你今年要写两本书，《九叶诗人论》，当会使一些读者发生兴趣。但是，我在这里，还得两次啰唆一句，希望你落笔时一定要多思考，叙事要符

合实际，立论要有科学的见地。"（曹辛之1987年1月19日致唐湜的信）

作为诗人，曹辛之诗歌的代表作是六百余行的政治抒情长诗《复活的土地》，该诗完成于1949年春，分《序诗》《第一章：舵手》《第二章：餐餐的海》《第三章：醒来的时候》等四个部分。诗人通过深情而又邃远的诗行表达了一代人迎接新时代的澎湃心声，好友唐湜评价这首长诗为"笼盖一代之作"。

1949年夏天，曹辛之由香港三联书店调往北京三联书店总管理处，任美术科长兼出版部副主任。在庆祝斯大林70寿辰的文艺活动中曹辛之创作了一幅巨大的油画。新中国成立后，组织上起初安排他在人民文学出版社出版部任科长，但曹辛之不太愿意，于1951年转到刚刚成立不久的人民美术出版社，先后任宣传科科长、版权科科长和设计组组长。当时全家居住在东单三条西夹道10号。当时陈敬容的丈夫蒋天佐任文化部办公厅副主任，他对曹辛之带有"唯美"和现代派风格的图

杭约赫《复活的土地》书影

书设计很是不满。1957年,曹辛之被定性为右派分子。当时《光明日报》头版头条发表《大右派曹辛之,搞独立王国,是向党夺权》的批判文章。1958年春节前夕,曹辛之被下放到北大荒853农场劳动改造(诗人艾青被下放在852农场),此时大女儿五岁、二女儿四岁,小儿子才两岁。北大荒极其寒冷,而曹辛之等人的住处就是临时搭建的帐篷。晚上气温降到零下四十多摄氏度,狼群在帐篷外嗥叫。曹辛之等人只得燃起篝火以驱赶狼群。第二天早上起来发现被子上已经结了厚厚的霜花。农场时期,曹辛之留下一张合影,他和其他八个人穿着简陋、头戴草帽、面含微笑。不知道那时他们的微笑是出于自嘲还是对未来的生活尚怀有一丝期许。曹辛之他们面对的最大困难就是寒冷和饥饿。一次在上工的路上,曹辛之等人突然发现半只被狼吃剩下的鹿。大家二话不说,架起柴火开始烧烤。曹辛之非常喜欢那对鹿角,拿回住处后,先用开水煮,刮去皮毛,再用石灰水消毒,冲洗、晒干。这对坚硬、美丽的鹿角一直陪伴着曹辛之寒冷的日子。作为改造分子,曹辛之还要参加强体力劳动,甚至晚上还要"夜战","冬季零下四十多摄氏度,本应是农闲季节,但是要去修水利,挖河泥积肥,天寒地冻根本挖不动河泥,一镐刨下去,火星四溅,虎口被震裂"(赵友兰《风雨同舟四十年》)。有一次,劳动完回住处的途中,曹辛之前面走着的一个人突然就栽倒了,再也没有起来。当时,曹辛之和很多人都患上了水肿,经过几番周折，农场才同意送他们到医院救治。

1960年底，曹辛之在北大荒接到调回人民美术出版社的通知。在等待安排工作期间，曹辛之与北大荒回来的朋友们到全聚德聚了一次，那时谁也不知道今后将是什么样的命运。没想到的是，聚众吃烤鸭被单位的某同事碰巧看到了并汇报给了领导，说曹辛之不仅没有改造好，还居然去大吃大喝搞腐化。于是，需要"继续改造"的曹辛之在单位扫了大半年的楼道和厕所。一年后，曹辛之才摘掉右派的帽子。

"文化大革命"开始后，曹辛之被关进"牛棚"。1969年9月，曹辛之和妻子赵友兰一起被下放到湖北咸宁向阳湖"五七"干校劳动三年。临行前，夫妻二人去照相馆拍了张合影，二人胸前戴着毛主席像，他们的表情看起来非常沉重。赵友兰曾任人民文学出版社的美术编辑。下放后，当时军宣队负责管理，曹辛之被编在25连，赵友兰被编在14连。于是，曹辛之夫妇见面受到很多限制，有时一个月才能见一两次面。此时，曹辛之工资降了五级，生活艰难又长期患病。当时因为超负荷劳动、营养不良以及思念远在黑龙江建设兵团的两个女儿，曹辛之和赵友兰都极其瘦削憔悴。

在繁重的劳动之余，简陋住处附近的楠竹缓解了曹辛之内心的郁闷和愁苦。

当时，解放前生活书店的同事王仿子也被下放，和曹辛之不在一个连。二人也是好不容易才能见上一面，而每次王仿子都看到曹辛之抱着一个大竹筒在雕刻、打磨、上色。这些竹子不仅成为曹辛之性格高洁的内心对应与鞭策，而且他的艺术才华也在竹子上得以展现。尤其是他用竹子刻成的笔筒、壁挂、臂搁竟然成为当时一起下放的朋友们争相抢夺的珍贵物件。曹辛之将王安石的咏竹诗"人怜直节生来瘦，自许高材老更刚"（《与舍弟华藏院忞君亭咏竹》）刻在臂搁上自勉。曹辛之曾经送给王仿子一个竹刻笔筒，上面刻有草书"一万年太久，只争朝夕"。落款是"一九七二年冬曹辛之刻于向阳湖"。在干校期间，曹辛之还刻了一些闲章用以自嘲或明志，比如"闲愁最苦""不名一文""它生未卜""一蓑烟雨任平生""更能消几番风雨"等。曹辛之在从北京带来的砚台盖上刻下陆游《草诗歌》中的两句："神龙战野昏雾腥，奇鬼摧山太

曹辛之雕刻的竹笔筒

阴黑。"砚台背面,刻有"诗卒杭约赫,而今老曲公,石砚固犹在,无心写秋风",边上附刻一行小字"曾经午永宝用享"。

1972年从干校回到北京不久,曹辛之患上了冠心病,经常因为周身供血不足、严重缺氧而导致头晕、胸闷、失眠。比如一则日记中他所记录的"昨夜大雨,半夜冠心病发了,幸好含了硝酸甘油后便慢慢平静了,但今日浑身不得劲,工作逼着又无法休息。气候较热,秋老虎亦殊可畏"。

1974年冬天,曹辛之将自己刻竹子时的照片以及竹刻作品照片寄给上海的辛笛。照片背后题有:"诗云:'可使食无肉,不可使居无竹。'北国乏竹,故以刻竹自娱耳。辛笛老兄留念。辛之于北京一九七四年冬。"辛笛收到照片后感慨万千,写下七绝《一九七四年十二月七日咏曹辛之刻竹》:"羡君才思益无穷,铁笔银钩刻画中。湘女有灵千滴泪,夔龙感遇叫秋空。"

1975年,艾青终于从新疆回到北京,居住在阜成门白塔寺旁的一间小屋里。那时鉴于压抑而敏感的社会环境,很多人还不敢踏进小屋与艾青交往,而曹辛之则是家中的常客,一起谈论往事,也议论社会上流传的"小道消息"。

值得一提的是1979年冬初,辛笛因事来京并与曹辛之相聚。曹辛之拿出多年来自己得意的篆刻作品和印章给辛笛看。当辛笛看到其中的一枚印章"闲愁最苦"时,他立刻认出这是曹辛之仿刻民国篆刻大家兼词人乔大壮（1892—1948）。早年，乔大壮与徐文绮的父亲（辛笛的岳父）是至交，曾在其家暂住过一段时间，并刻章"人生只合在湖州"相送。辛笛结婚时岳父将此印章作为他们的贺礼。乔大壮一生凄苦无依，好友许寿裳被暗杀后，他深受刺激。1948年7月3日，这位"波外居士"于深夜暴雨中在苏州梅村桥下溺水自沉。更为不幸的是乔大壮这枚"人生只合在湖州"的印章在"文革"期间被红卫兵抄走了。曹辛之听闻辛笛所说的这段往事后不胜唏嘘，将自己这枚仿刻乔大壮的印章赠予辛笛。返回沪后，辛笛作诗赠谢曹辛之："竹石原来是一家，全凭妙手琢菁华。寒斋集子无多卷，惭愧朱泥印锦花。"（《谢辛之赠刻石》）

1976年，聂绀弩从山西出狱后回到北京。他托舒芜让曹辛之为其刻一封印章。曹辛之欣然从命刻了一方两面印，边款刻了"同是天涯沦落人，相逢何必曾相识"。聂绀弩收到印章后极其喜欢，爱不释手，于是写诗相赠："一头城旦一胥靡，刀捉床头两刻之。矫若游龙穿大壑，温如寡母抚幺儿。无边暴虎冯河久，海内寻师觅友迟。感子明珠先暗掷，还君五十六浮词。"（《辛之赠印》）不久，曹辛之又为聂绀弩治了一方名章，只刻了一个"聂"字。聂绀弩见印大喜，再次赋诗《又谢辛之赠印》相谢："白地红文姓字章，曹公刻就话衷肠。雕虫刻鹄臣能作，叫姓呧名君久伤。往以红心遭白眼，行看大印闪金光。

衰翁笑道须晴日,青眼高歌踵尔堂。"聂绀弩手上有一册王献之书《洛神赋》的帖,已经破烂得厉害,而这一书帖经过曹辛之妙手的重新揭裱装潢而焕然一新。聂绀弩用蝇头小楷复信曹辛之并抄录了赠诗《谢辛之先生揭裱王帖》。

纸张刀刷满墙糊,板案纵横卡寓庐。
中令法书潮漫漶,先生里手态纡徐。
掀天揭地人能了,起死回生事岂无。
破十三行才一表,居然绝世又名姝。

回到北京后,曹辛之仍念念不忘向阳湖日日与竹相伴的苦难日子,他将东城区先晓胡同9号1单元402的创作室命名为"抱竹轩",可见其对性格高洁的追求。

"文革"结束,曹辛之的喜悦之情溢于言表,这在他刻的印章中可见一斑,比如"人间正道是沧桑""耿耿寸心丹""壮心未已""齿脱心犹壮""晚岁欣逢大治年"。曹辛之的性格可以从他辞世后文坛友人的评价文字中体现出来,比如"朴实耿介""无傲气而有傲骨""屈己待人,曲身做人"。老友辛笛就曾评价曹辛之才华出众但从不矜己傲人,为人耿介而富有正义感。

1978年,曹辛之平反昭雪。1983年,曹辛之离休。在此后十几年,曹辛之仍然坚持竹刻,即使经年的病中他也放不下这份特殊的嗜好,"昙,有风。头晕心悸,全身虚软。但躺在床上又不安稳,总觉得来日不多,把仅有的一点儿时间,白白地在卧榻上浪费掉是非常不应该的。勉强下床,将臂搁刻完,染色、打光"(1978年1月8日,日记)。

曹辛之独特的治印艺术为文坛称道,茅盾、叶圣陶、夏衍、艾青、黄苗子、俞平伯、姚雪垠、聂绀弩、吴祖光、周汝昌、张正宇等人都曾经有幸获得过他治的印。叶圣陶称赞曹辛之的治印"笔笔咸有韵味,点画莫不生动"。吴祖光一生珍藏的是曹辛之为他和夫人新凤霞刻的五枚印章。诗人木斧在接到曹辛之为他刻的印章后,当即回赠了一首诗。

> 那凸出来的
> 是印在我脸上的笑纹
> 那凹下去的
> 是藏在我心中的不平
> 镂出的字
> 就让它镂出
> 总要留些痕迹
> 留给岁月的河流冲洗
> 隐去的话
> 就让它隐去
> 总要留些空白
> 留待栽种后来的诗魂

这深浅不一的刻痕又未尝不是起伏人生的对应。

"文革"结束后，曹辛之的装帧设计才能重新得以施展。他为《郭沫若全集》、《茅盾全集》、《田汉文集》、艾青的《诗论》《域外集》、钱锺书的《管锥编》以及《曹雪芹》《九叶集》等设计的图书赢得了很高的赞誉。曹辛之的好友著名剧作家吴祖光就认为自己一生所出版的近百种书籍中最美丽最心仪的就是曹辛之设计封面的《牛郎织女》。《牛郎织女》为四幕幻想剧，由星群出版社于1946年出版。该书为32开方体版，上端用红色美术体横排剧名，书封左侧直排"四幕幻想剧"以及曹辛之手书的作者名。1980年中国文联出版公司出版吴祖光的京剧剧本合集《求凰集》时吴祖光再次找到曹辛之，因为他认为只有"锦心妙手"的曹辛之才是设计此封面的不二人选。令吴祖光分外动容的则是自己在运动浩劫中每每有难时都是曹辛之及时伸出援手。在吴祖光看来，曹辛之对自己有知遇之恩。吴祖光1957年被打成右派，此后二十多年时间受尽折磨和凌辱。被打成右派后，吴祖光的妻子新凤霞迫于"组织"的压力回到娘家。在孤寂中是曹辛之打来的电话给吴祖光以安慰和鼓励。在一次戏剧界的座谈会上，周恩来得知吴祖光的近况后让新凤霞回家予以照顾。1958年初春，吴祖光作为中央文化系统的第一批右派与五百多人一起下放到北大荒劳动改造。"文革"中，新凤霞被造反派打成残疾，吴祖光的母亲以及岳父、岳母又先后辞世。吴祖光的生存和精神压力更大了，几度近乎崩溃。这时吴祖光和曹辛之两家住得很近，曹辛之住在帅府园，吴祖光住在帅府胡同。那时曹辛之偷偷地照顾着吴祖光一家。

由于擅长金石、书法和装帧设计，曹辛之成为中国装帧美术家协会的主席以及中国出版工作者协会装帧艺术研究会第一届会长，还结集出版了《曲公印存》和《曹辛之装帧艺术》。

曹辛之的书法成就也很高，在草书、隶书、大小篆等方面都有着很高的造诣。

"文革"期间，曹辛之用狂草抄录了龚自珍的《咏史》："金粉东南十五州，万重恩怨属名流。牢盆狎客操全算，团扇才人踞上游。避席畏闻文字狱，著书都为稻粱谋。田横五百人安在，难道归来尽封侯？"对这幅字，曹辛之自己也极其满意，以至于每天都要看上几遍。一次，诗人柳倩来访，见此书法，二话不说，即索要拿走。因为正是"文革"期间，柳倩的朋友看到他在家中悬挂这幅字，认为会遭遇不测，劝他取下，柳倩当即将其撕毁。"文革"结束后，柳倩想请曹辛之再重抄龚自珍的这首诗，被曹辛之当场拒绝，"如今国事清明，再写这样的诗就没有意义了"。

曹辛之装帧设计的《苏加诺总统藏画集》获1959年莱比锡国际书籍艺术展览会装帧设计金奖。《曹雪芹》获得1980年度全国书籍装帧优秀作品封面设计奖。曹辛之自己的诗集《最初的蜜》1986年获第三届全国书籍装帧艺术展览荣誉奖，《郭沫若全集》获第三届全国书籍装帧展封面设计荣誉奖。1992年获得延安文艺学会颁发的从事革命文艺工作五十周年纪念奖牌。1993年5月，因其在出版界的独特贡献和杰出成就，荣获中国出版最高奖"第三届韬奋出版奖"。

唐湜的《海陵王》和《新意度集》的极具特色的封面也都是曹辛之设计的。1981年《九叶集》出版，封面设计正是曹辛之，淡黄的底色，一棵长着九个肥大叶片的壮美之树象征了九位经历风雨的诗人。《九叶集》还获得了1981年全国书籍装帧优秀作品奖·整体设计奖。《九叶集》出版后，曹辛之将一册寄给北京大学中文系的孙玉石老师。接到新书，孙玉石在激动中给曹辛之回诗一首：

> 成熟的季节里有多少春意／九片叶子飘来九个天地／湿润的路闪着湿润的眼睛／最甜的歌酿自最初的蜜／你们的歌是一曲绿色的梦／流过黄昏，流过寒冷的记忆／古刹的尘土锁不住盼望／金黄的稻束挂满静默的谷粒

《九叶集》甫一出版，香港三联书店就订购了五百册，这对香港文学界来说已经是不寻常的事情了。当年，卞之琳的《雕虫纪历》出版时香港三联书店也才订购了三百本。由此可见，《九叶集》以及九叶诗人的影响。

《九叶集》刚到香港便被抢购一空。

《九叶集》在内地的青年诗人中影响很大。《九叶集》出版后,《人民日报》甚至破天荒地接连刊发三篇书评,但是该本诗选在中老年诗人那里则反响不一、褒贬参半。曹辛之在写给友人的信中对此有所提及:"当然有些同志,尤其是熟朋友中,对此态度很冷淡。譬如克家、柳倩,我亲自把书送去,他们只随便翻一下,未加可否。还有如方殷,他说:'流派,我赞成;宗派,我反对。'话里的话,认为我们是小宗派,《九叶集》是宗派的产物。此外,像丁力,见面时礼节性地表示了道谢。"尤其是臧克家对《九叶集》的冷淡反应让曹辛之等"九叶诗人"有些难以接受。众所周知,在上海时期"九叶诗人"受到了臧克家的很大影响,而臧克家对他们这些年轻诗人以及星群出版社和《诗创造》的创办都出过很大的力。而新中国成立以来,随着文坛环境的日益严苛以及"九叶诗人"现代主义风格的诗歌被主流批评,臧克家开始拒绝谈论他在上海时期与这些诗人的交往经历。直到 1980 年,臧克家才在回忆录中简略提到和"九叶诗人"曹辛之、辛笛等人的交往以及一些文学活动。曹辛之读到这篇文章后认为臧克家对《诗创造》的评价是极为勉强的,因为臧克家有诸多的顾虑,如果他把《诗创造》当时真实的社会影响写出来就不能摆脱他和新月派以及"现代派"诗歌的瓜葛。

在完成于 1982 年 4 月 29 日凌晨 4 点 15 分的《致辛

笛、唐湜、唐祈》长达一万六千余字的信中,曹辛之和"九叶"诗友详细谈及了中国新诗的发展、20世纪40年代国统区的文学以及"九叶诗派"的历史评价问题和当下文坛的复杂性,用词诚挚中肯。这封长信,曹辛之前后写了一个星期,而信中所涉及的对20世纪80年代初冷暖交替的诗坛环境的希望和忧虑在今天看来仍让人唏嘘感叹。尤其是其中涉及的一些诗坛当事人复杂的心态以及口是心非的交往仍让人觉得有如履薄冰之感。

1995年初春,唐湜从温州来北京开会,到京第一时间他拜访的就是曹辛之。而此时的曹辛之已经卧病在床,本来就瘦弱的他此时更是虚弱不堪。二人见面不胜唏嘘,还未来得及细谈,当天下午曹辛之就住进了医院。去世前一个月,曹辛之因为阑尾炎住院二十多天。回到家后,曹辛之面部浮肿,行走困难,经常坐在沙发上就不知不觉地昏睡过去。一次早饭,曹辛之在起身去盛稀饭的时候不小心摔了一跤,竟然昏迷不醒,此后就再也没能站起来。在曹辛之去世的当天上午,装帧艺术家章桂征送来将于11月在山东淄博召开曹

晚年曹辛之

辛之与邱陵书籍艺术研讨会的函,"辛之看了《通知》后十分兴奋,因为在前些年,在那些不堪回首的倒霉日子里,这是绝对不敢想,也绝对办不到的。那天吃晚饭的时候,我们一直谈论着这件事,谈论着需要准备哪些东西,是否需要我陪他一同去;因为过去他出去参加各种会议,从来不让我陪他同去,他说开一次会要花很多钱,装帧艺术委员会是没有多少钱的,多去一个人就多一分开销,他就是这样一个人,从不肯占公家的便宜。我们边吃边谈,他吃完饭,站起身去盛一碗粥,刚走了两步,就突然倒在我的身后,不到五分钟便与世长辞。这件事一直使我感到内疚,因为过去都是我为他盛饭,一直送到他的面前,从来没有让他自己盛过饭。那天大家心情都很好,他身体状况看上去也不错,没有任何不适的迹象,所以就没有在意,结果出了问题,我至今责备自己,当时若不让他自己去盛那碗要命的粥,也许他今天还活着"(赵友兰《风雨同舟四十年》)。

极其遗憾的是,曹辛之没有等到参会的那一天。

1995年5月19日,晚上7时59分,曹辛之因突发心脏病辞世。有人撰联追忆和总结了曹辛之的一生:

装帧宗师赴仙穹,诗坛恸,书界痛。一代儒雅,出版陨巨星。平生淡泊名利禄,笔到处,总多情。

抗日办刊少年勇,奔延安,赴重庆。抒尽胸中,"撷星草"诗梦。却慰诗书印无价,勤兢业,德高风。

曹辛之与夫人

该年寒秋，曹辛之的灵匣安葬于八宝山革命公墓。曹辛之夫人赵友兰去信给辛笛，告以此事。辛笛连夜久坐，接连赋诗两首以作追念。

　　辛之苦酿蜜初成，心友简馨不语莺。
　　已属诗书画意好，当年吟咏向人明。

　　曾因噩梦火烧城，无限烦哀待嫩晴。
　　毕竟满怀爱国志，宝山容听杜鹃声。

一年之后（1996 年 6 月），辛笛又想起已经去世的老友曹辛之，再看看自己近年来的身体状况越来越堪忧，不禁悲从中来而又倍加惘然。

　　顾念我本人自 1988 年夏间由新加坡访问归来，曾因急性前列腺炎动了手术，随身带起导尿袋，不可须臾离卸，加上在前已患糖尿病、腿部静脉扩张诸症，苟延残喘，瞬已八年于兹。辛之小我六岁，却不幸先我而去，真是哲人其萎，天不假年，伤矣。我和他缔交已逾半个世纪，每一晤及，无话不谈，临风洒泪，悼念良深，迄拟执笔为文，以遣悲怀，殊不意屡经提笔，思绪茫茫，竟不知从何着笔，因而一再延误，负疚滋多，光阴殆如白驹过隙，一转眼竟又是一年光景了。

　　　　　　——《悼念"九叶"诗友杭约赫》

◎ 杜运燮

小传：杜运燮（1918—2002） 生于马来西亚霹雳州曼绒县实兆远镇，祖籍福建古田大桥镇，笔名吴进。早年在马来西亚、中国福州求学，1945年毕业于西南联大外文系。在新加坡、中国香港等地任教，担任《大公报》等报编辑。1951年开始在新华社国际部工作。著有《诗四十首》《南音集》《晚稻集》《你是我爱的第一个》《杜运燮诗精选一百首》《杜运燮60年诗选》《热带风光》《海城路上的求索》《热带三友·朦胧诗》等。

成熟的鸽哨与时代气旋

> 在昆明湖畔,写雄辩的诗,
> 你度过了多少个晦明的晨夕,
> 跟穆旦、郑敏们合在一起
> 追随着异国的诗人们奔驰。
> ——唐湜《遐思:诗与美》

说到杜运燮,首先让人想到的是那场不无激烈的"朦胧诗"论争,而1980年开始的这场影响深远的诗歌交锋正是从杜运燮写于1979年的《秋》开始的。

> 连鸽哨都发出成熟的音调,
> 过去了,那阵雨喧闹的夏季。
> 不再想那严峻的闷热的考验,
> 危险游泳中的细节回忆。
>
> 经历过春天萌芽的破土,
> 幼芽成长中的扭曲和受伤,

这些枝条在烈日下也狂热过,
差点在雨夜中迷失方向。

现在,平易的天空没有浮云,
山川明净,视野格外宽远;
智慧、感情都成熟的季节啊,
河水也像是来自更深处的源泉。

紊乱的气流经过发酵,
在山谷里酿成透明的好酒;
吹来的是第几阵秋意?醉人的香味
已把秋花秋叶深深染透。

街树也用红颜色暗示点什么,
自行车的车轮闪射着朝气;
塔吊的长臂在高空指向远方,
秋阳在上面扫描丰收的信息。

该诗发表于《诗刊》1980年第1期。杜运燮都没有料到这首诗竟然成为20世纪80年代轰轰烈烈的"朦胧诗"论争的导火线。1980年《诗刊》第8期发表章明的《令人气闷的"朦胧"》一文,批评杜运燮的《秋》这首诗用语让人感到稀奇、别扭,使人思想紊乱:"这首诗初看一两遍是很难理解的。我担心问题出在自己的低能,

秋

杜运燮

连鸽哨也发出成熟的音调,
过去了,那阵雨喧闹的夏季。
不再想那演峻的闷热的考验,
危险游泳中的细节回忆。

经历过春天萌芽的破土,
幼叶成长中的扭曲和受伤,
这些枝条在烈日下也狂热过,
差点在雷雨中迷失方向。

现在,平易的天空没有浮云,
山川明净,视野格外宽远;
智慧、感情都成熟的季节啊,
河水也象是来自更深处的源泉。

紊乱的气流经过发酵,
在山谷里酿成透明的秋酒;
吹来的是光几阵枇杷醉人的香味
已把秋花秋叶深深染透。

街树又用红艳色指示什么,
自行车的车轮闪射着朝气;
喇叭的歌声在高空指向远方,
秋阳在上面批着丰收的信息。

1979年秋

杜运燮《秋》手稿(1979年)

于是向一位经常写诗的同志请教,他读了也摇头说不懂。我们经过一个来小时的共同研究,这才仿佛地猜到作者的用意(而且不知道猜得对不对)是把'文化大革命'比作'阵雨喧闹的夏季',而现在,一切都像秋天一样的明净爽朗了。如果我们猜得不错,这首诗的立意和构思都是很好的;但是在表现手法上又何必写得这样深奥难懂呢?"(章明《令人气闷的"朦胧"》)杜运燮对此予以了回应:"是的,章明同志'猜'对了,在秋天凉爽的空气中,对于闷热的夏季终于过去,我是感到十分欣慰的。我就是从回忆阵雨喧闹的夏季,联想到那动乱的十年的,并从十年浩劫,联想到夏天酷热的考验,联想到全国人民在'大风大浪'中'游泳'时的种种危险景象,联想到眼前这些经过劫难的枝条,它们曾经也经历过萌芽破土和扭曲受伤的艰辛过程,然后在夏季中也狂热,差点儿迷失方向。但是现在,大家都没有时间多想那些痛苦和浪费,主要是向前看,抢时间干'四化',虽然我们绝不应该忘记那个'夏季'的经历。关于是否'作者本来就没有想得清楚',我觉得自己倒是经过认真思考,如上述的那样,'想得清楚'的。在写这首诗时,同写其他诗一样,我也认真地想写得短些,精练些,口语化些,有节调,押大致相近的韵,含蓄些,深刻些,浓缩些。"(《我心目中的一个秋天》)

章明认为杜运燮《秋》这类诗晦涩、怪僻,叫人读了似懂非懂、半懂不懂甚至完全不懂而百思不得其解,实在令人气闷。于是,他将此类诗体称为"朦胧诗"。陈敬容则认为:"诗的易懂与不易懂,很难说可以构成什么批评标准,因为'懂'的本身就是附带着一定条件的。有些本来不懂或十分不懂的东西,当我们有意识地去接触它们,熟悉它们之后,就有可能懂得以至喜欢它们。不经见的事物不一定全都是怪物。我们搞四个现代化,不经见的新鲜事物将会纷至沓来,我们对其中凡是有益无害的,应采取欢迎态度呢,还是拒之千里呢?"(《关于所谓"朦胧诗"问题》)随后,围绕着"朦胧诗"和"三个崛起"(谢冕、孙绍振、徐敬亚的《在新的崛起面前》《新的美学原则在崛起》《崛起的诗群》三篇文章)激烈论争在全国范围内展开,而在此后不久的精神清污运动中轰轰烈烈的新诗潮宣告结束。

多年之后,评论家敬文东准确评价了杜运燮《秋》这首诗的诗歌史意义:"在新诗百年历史上,智性之诗始终是短板、弱项;对自我的逃避更是新诗难以攀越的珠穆朗玛。就这个角度来说,《秋》是一首被严重低估的诗作;包括杜运燮在内的'九叶诗人'对新诗百年的意义,还有待更进一步的发掘。事实上,北岛们的贡献主要是在20世纪七八十年代之交,接续20世纪40年代的新诗精神而已;而《秋》则是七八十年代之交的40年代诗人给予北岛们的隐秘教诲——这是今天有必要承认的一个小结论。"

我们姑且不谈论这首诗的修辞技巧以及语言方式,

实则值得注意的是这首诗所体现出来的一代诗人和知识分子坎坷的精神历程。通过"阵雨喧闹的夏季""严峻的闷热的考验""危险游泳""紊乱的气流",我们重新目睹了一段悲剧性的岁月以及"扭曲和受伤""狂热""迷失"。

从橡胶园幻想到西南联大岁月

杜运燮与穆旦、郑敏一起被誉为"联大三星"。曾敏之曾集龚自珍的诗句给杜运燮写过一个条幅"半生中外小回翔",这十分准确地概括了杜运燮半生漂泊的命运。

杜运燮祖籍福建古田县大桥镇瑞岩村。他的父亲杜世发本为农民,学了竹匠手艺,于二十岁来到马来西亚霹雳州曼绒县实兆远(马来语 Sitiawan 或 Setiawan)艰难谋生。1918 年 3 月 17 日(农历二月初五),杜运燮出生于马来西亚极其僻远的甘文阁的农村,当地华侨称之为"山芭"。当时居住的房子名为"亚答屋",即用棕榈叶搭盖的茅草屋。这里极其荒蛮,除了橡胶林以及猴子、虫蛇出没,几乎什么都没有了。

橡胶园的外围就是原始森林。原始森林里的大象、猿猴、布袋鸟、野猪、四脚蛇和大蝙蝠、猫头鹰给杜运燮他们这些少年带来极大的新奇感,"戴橡皮管的大象,/ 吸满污水练习射击;鳄鱼偶尔躺上沙滩 / 晒太阳,猿猴假装聪明,呼啸着游进 / 绿叶深处;猫头鹰开了灯躲住不响;/大蝙蝠挂在枯枝上像晾着的烧鸭;/'布袋'随风摇晃,没有人想到那也是'家'"(《马来亚》)。与此同时,高大茂密的橡胶园以及森林又在一定程度上形成了视觉上的阻滞,杜运燮从童年时期开始就感受到了由此带来的压抑以及压抑之下的幻想状态,近乎闭塞的橡胶园之外的世界成为他最为向往的。从六七岁开始,杜运燮练就了攀爬树木的本领。有一次,他爬上了橡胶园中最高的一棵树,当爬到树顶,他放开嗓子吼了几声,这也是他第一次看到远处的山海以及万里晴空。世界一下子打开了!

这里距离马六甲海峡比较近。为了看海,杜运燮很早就学会了骑自行车。学会自行车的第一天他就和玩伴去十几海里外红土坎小镇的渔村去看海——这是他第一次看到海,"在这里,我也是第一次尝到海水的咸味,第一次依偎在海风的温暖怀抱里。海,不能不使我一见钟情,激起我更多新的想象,新的幻想。那天,我们在海滨待到很晚很晚,晚到不能再晚的时候,才骑车回家"(《幻想伴我度童年》)。

渔船、海湾、椰树、木瓜、芭蕉、木棉、番石榴、菠萝、红毛丹、榴梿、山竹以及橡胶园、热带鱼、热带兰、热带水果拼贴成五彩的画板给杜运燮带来新鲜的感受和幻想,"马来西亚所有的植物,叶面上似乎都敷有厚厚的一层油,晚上月光一照,就发出一种炫目的闪光。我在别处从没有见过那么强烈可爱的金光。月夜的芭蕉叶尤其美丽"(《热带三友》)。

尽管杜运燮在这里出生,但是对于遥远的故乡而言这里只能是他的"第二故乡"。

> 你是我爱的第一个
> 吃奶,学表达,学追求
> 教我认识光明与黑暗的
> 你是第一个
> 我心中的,永远有一尊
> 闪着乳白色光芒的雕像
>
> 先看见树叶,然后才看见夏天
> 先认识树林,然后才是旷野
> 最后才是海、山、大洋
> 童年看见雨雾,青年才看见霜雪
> 童年母爱的笑脸是黄香蕉,红毛丹
> 母亲抚慰的手指是弹奏"亚答"的海风
> ——《你是我爱的第一个》

杜运燮先后在新民小学和国民学校、中正学校读书,其间结识了进步学生王文华、杜龙山、伍天旺等,王文华后来担任马来西亚共产党总书记。读初中时,每天上学前杜运燮还要在橡胶园帮家里割胶。

杜运燮于1934年初中毕业后与父亲乘船回到福州,

几天几夜的海上航行在他这里简直如同一场绮丽的幻梦。该年秋，他先是在英国教会主办的福州三一中学（后改为福州外国语学校）读高中，其间开始阅读《万有文库》以及鲁迅、茅盾、巴金、高尔基、艾思奇等人的著作并尝试散文写作。那时，杜运燮最为崇拜的是鲁迅，"哪本杂志只要有鲁迅的文章，无论长短，必定赶紧设法去买"（杜运燮《海城路上的求索·自序》）。

每逢假期，杜运燮就回到祖居地古田县大桥镇瑞岩村中心弄12号，母亲江淑莲自是高兴万分。瑞岩村是有名的侨乡，坐落于翠屏湖畔，老宅则建于乾隆年间，这里的一切亲切而陌生，"故乡毕竟是故乡。／无论我离开多远，／那袅袅的灰蓝色炊烟／总飘在心里的树颠；／总有一条小路／远伸到那幽静的窄巷；／村边的多曲小溪／总流经我的梦乡。／／无论我离开多远，／故乡的忙碌的黎明／还常在窗帘前闪动；／古老水车的沙哑声／常压倒晨窗外的鸟鸣；／故乡的山顶，永远有朝霞；／松林边，永远有山花烂漫；／故乡的月，只圆不缺，／想念得越久，就越亮越圆"（《故乡毕竟是故乡》）。

为了追求科学救国、农业救国的道路，杜运燮在1938年考入浙江大学农学系。因为抗战，浙大迁到贵州，杜运燮不得不转入暂时迁到福建长汀的厦门大学生物系借读。一切都是机缘巧合，杜运燮在厦门大学遇到了林庚（1910—2006）先生。林庚于1933年清华大学毕业后留校任教，抗战爆发后赴厦大任教，主要教授"新诗习作""散文习作"以及文学史。在1938年至1939年间，林庚、杜运燮师生二人频繁交往，杜运燮的诗歌道路正是在林庚的启蒙和引路下开始的。林庚先生对汉语诗歌特质的心得和写作经验使得杜运燮的诗歌在接受外来诗歌影响的同时并没有放弃对汉语诗歌自身传统的接受和发展。换言之，杜运燮的诗歌既有现代诗歌的技巧又有传统诗歌的比兴、意境以及语词的推敲和锤炼功夫，比如："雨后黄昏抒情的细草／在平静的河沿迟疑；／水花流不绝：终敲出乡声，／桥后闲山是那种靛蓝。"

也正是因为林庚的大力引荐，杜运燮于1939年秋天转入昆明的西南联合大学外语系（二年级）学习。从长汀到昆明，一路上不知道转了多少次车，还几次遭遇日军敌机的轰炸。杜运燮路经韶关时因劳累过度而生病住院，甚至因此耽搁了考试时间，最后凭借林庚先生的介绍信以及一年级时的成绩单被录取到外语系二年级。

对于生长于东南亚和福建的杜运燮来说，昆明是一个充满了魅力和特异力量的地方。联大时期的生活是艰苦的，杜运燮的衣服基本上是从旧货摊、旧衣店买来的。战乱时期，当时的办学条件可以想见。宿舍是茅草屋，饮水依靠水井，至于饭食就更难了，"每碗饭中都是怎么挑也挑不净的小沙子。耗子屎，见多了，也不觉得恶心。学校外表更没有传统大学的派头。宿舍是茅草屋，洗脸、洗衣服只能靠一口水源不足的水井，许多屋里颇像旧物品仓库。上课时一只耳朵听课，一只耳朵听警报，有时连准备'跑警报'的腿也会保持高度警惕"。为此,杜运燮不得不借助做家教和向报纸副刊投稿来贴补。

那是物质匮乏而精神富足的校园岁月,"在联大的那段日子,我一直感到精神上极为富有。每天都有巨额收入,那时留下的积蓄,似乎是一辈子取之不尽,用之不竭的"(《幸运的岁月》)。学校图书馆藏书不多并人满为患,于是,杜运燮只得到大街上不多的几个书店以及翠湖附近的市立图书馆那里蹭书看。因为买不起书,杜运燮在书店往往一站就是几个小时。当时校园学风极好,很多同学不仅在课堂上争论,而且常常在小茶馆里面红耳赤地争论。当时昆明凤翥街上几家书店和茶馆成为杜运燮他们经常光顾的地方,同学们甚至经常因为一本书、一个话题就热烈地讨论起来,"在许多下午,饮着普通的中国茶,置身于乡下来的农民和小商人的嘈杂之中,这些年轻作家迫切地热烈地讨论着技术的细节。高声的辩论有时伸入夜晚:那时候,他们离开小茶馆,而围着校园一圈又一圈地激动地不知休止地走着"(王佐良《一个中国诗人》)。

除了学习外语系本专业的课程外,杜运燮利用一切时间去中文系和哲学系旁听,甚至有时因为旁听的人太多而不得不站在教室窗外听课。那时,杜运燮与同学们经常到沈从文家里去讨论一些问题——家庭沙龙,沈从文所讲的文坛典故以及湘西故事深深吸引着这些学子。在闻一多、朱自清、沈从文、冯至、卞之琳、陈梦家、李广田、威廉·燕卜荪等老师的影响下，杜运燮开始大量写作新诗。那时包括外文系在内涌现了一大批校园诗人，比如穆旦、郑敏、杜运燮、袁可嘉、王佐良、巫宁坤、赵瑞蕻、汪曾祺、杨周翰、罗寄一、萧珊、杨苡、林蒲、陈时、秦泥、何达等。杜运燮模仿过艾青的诗歌"散文美"以及马雅可夫斯基的"楼梯体"、田间的"鼓点诗"。外国诗人当中奥登及其《战时》（27 首十四行诗）、《西班牙》对杜运燮的影响最大，打开了现代诗的新世界，此外还有里尔克、艾略特、斯本德、麦克尼斯、路易斯等。

1940 年初，冬青文艺社成立，延续到 1946 年西南联大结束。至于"冬青"文艺社命名的由来，杜运燮回忆道："冬青文艺社最初的社员，原都是由中共、联大地下党领导的最大的学生社团群社的文艺小组的成员。1940 年初，群社所属的许多小组分别成立独立的团体，以便更广泛地团结更多的进步和中间同学，开展更丰富多彩的活动，冬青文艺社便诞生了。我们把新成立的文艺社叫作'冬青'，就是因为当时群社文艺小组的成员在讨论成立新的文艺社团时，窗外正有一排翠绿的冬青树。这也为了表达社员们决心在当时恶劣的环境中，学习冬青斗霜傲雪、坚韧不拔的常青风格。"（杜运燮《忆冬青文艺社》）

杜运燮参加冬青文艺社并任负责人，参加冬青社的成员主要有穆旦（查良铮）、萧珊（陈蕴珍）、林元（当时名林抡元)、萧荻（施载宣）、巫宁坤、汪曾祺、刘北汜、王凝（王铁臣，笔名田堃）、马西林（马健武）、刘博禹（刘恒五）、张定华、卢静（卢福痒）、马尔俄（蔡汉荣）、鲁马等。冬青文艺社刊印了《冬青壁报》《冬青诗抄》《冬青散文抄》《冬青小说抄》以及《街头诗页》。当时杜运燮和同学使用"马雅可夫斯基体"和"田间体"写作街头诗宣传抗战，诗歌传单张贴在文林街等街道以及乡村的墙上、路旁的大树上。

其时，萧珊、萧荻、刘北汜、王树藏、王文泰租住的昆明钱局街金鸡巷四号成为冬青文艺社的一个"据点"，杨苡回忆道："在你们几个人的'公寓'里，几乎每晚都有同学夹着书本匆匆而来，热闹得很！汪曾祺、巫宁坤、杜运燮……都是常去的冬青文艺社的好友。你们互相起外号，你最兴致勃勃，唤刘北汜为'礼拜四'，称杜运燮为'都都'，叫施载宣为'小弟'。"冬青文艺社还组织了系列读书会以及多场影响很大的诗歌朗诵会，到了假期杜运燮还要与同学到农村去宣传抗战。

当时冬青文艺社的指导教师是闻一多、冯至、卞之琳和李广田。朱自清、冯至、卞之琳、闻一多等这些著名诗人给了青年学生以很大的影响，尤其是冯至的诗集《慰劳信集》对杜运燮的影响更大。当时巴金和老舍等作家都曾在冬青文艺社做过讲座。那时巴金的女友萧珊正在联大历史系读书，也是冬青文艺社的成员。杜运燮和林元一同到闻一多先生家里，请他为冬青文艺社做一次演讲，闻一多毫不犹豫地就答应了。1940年，杜运燮还邀请卞之琳在冬青文艺社做了一次名为《读诗与写诗》的演讲，那晚听者甚众，反响空前。卞之琳演讲过程中杜运燮做了记录，整理后发表在1942年2月20香港的《大公报》上。四十年之后，在杜运燮一次去拜访卞之琳时，卞之琳还拿出这张早已泛黄的报纸一起回忆西南联大的岁月。

沈从文是杜运燮一生中最重要的老师。无论是昆明时期的青云街、呈贡的龙街，还是北京时期的东堂子胡同、小羊宜宾胡同、前门东大街、崇文门东大街，沈从文的住处都少不了杜运燮的身影。沈从文给杜运燮留下的印象是不擅长讲课——口音重、声音低而含混，却是善于个别辅导和施行身教的好老师，尤其是在文学创作的具体指导上令人受教终身，"我第一次见到沈先生时，看他的外表、讲话方式等，觉得与我原来从读其著作想象出来的湘西乡下人完全对不上号，看来更像个江南才子。但过了不久，过了几年几十年，才越来越能体会到他为什么总自称是个乡下人。我觉得，几十年中从他那里学到的最重要的课，也就是学习他坚持乡下人的优点的课"（《可亲可敬的"乡下人"》）。杜运燮的《粗糙的夜》经沈从文介绍刊发在香港《大公报》。那时，《大公报》文艺副刊的主编是杨刚（1905—1957，原名杨季徽，后任周恩来总理办公室主任、《人民日报》副总编辑）女士，她非常欣赏杜运燮，刊发了不少他的诗作。

正是在西南联大浓厚的文艺创作氛围中杜运燮深刻认识到诗歌创作贵在"新",贵在"创新"和"发现"精神,"新,才有诗,才有诗的生命,诗的特殊魅力。当我们有所见,所闻,所感时,有时会忽有一种新发现。有了这个'新',才会激起想写诗的欲望,把它写下来。写出后,过些时再看,也许发现并不'新',但究竟激发写诗的第一次启动力量,就是新。真情实感,原来就已经在那里了,如无在题材、意境、意象、视角等有新发现,也不会有写诗的激情。因此说,有新,才会有诗,有好诗"(《学诗札记》)。

杜运燮与穆旦、郑敏被唐湜誉为"湖上的三颗星辰",而杜运燮则是唐湜发现的"第一颗新的恒星",他还为杜运燮写了一首十四行诗:"呵,你远方的运燮,第一次/我翻开你的《四十首》就惊异/你那些闪光的矛盾的智慧/你可在轻蔑着那无知的常识?//在昆明湖畔,写雄辩的诗/你度过了多少个晦明的晨夕/跟穆旦、郑敏合在一起/追随着异国的诗人们奔驰//你们,是湖上的三颗星辰/你清俊的光芒叫我神往/像古代的占星者在南天之上/发现了第一颗新的恒星/我这才跟着发现了穆旦们/似一串新意象那样澄明!"

正是在联大学习期间,杜运燮结识穆旦并成为无话不谈的好友,"我也是在西南联大和穆旦认识的。正如他喜欢讲的那样,写诗的人一下子就会有共同的语言,可以开门见山,无须客套,而彼此就理解了,我们很快就成为有很多共同语言的诗友"（杜运燮《穆旦著译的背后》）。"穆旦是我最谈得来的诗友。他早慧，很早就写诗，当时已发表一些较成熟的作品。从他那里，知道了燕卜荪和英国'粉红色30年代'奥登等诗人群，以及他们所推崇的前辈英国诗人。在写诗方面，我们有越来越多的共同语言。"（杜运燮《海城路上的求索·自序》）毕业后，杜运燮和穆旦见面机会很少，基本靠通信联系，只是在加尔各答匆匆见过一面。

在黑暗与死亡的丛林中醒来

滇缅公路于1937年11月开始修建，早在1935年12月昆明至大理下关的411.6千米的路已修好，行政院下令一年内修通滇缅公路。当时，全线出工高峰期一天达20多万人。滇缅公路在中国境内长959.4千米，下关到畹町547.8千米，因为路况极其复杂险峻——所谓五大江河、六大山岭、八大悬崖，修建的难度和危险超乎寻常，因修路而死亡的有3000多人。滇缅公路最终于1938年8月底全线通车，美国驻华大使詹森感叹这条公路"为世界奇迹"。

滇缅公路直接开启了杜运燮的诗歌写作大门。

在非常时期，杜运燮于1942年1月在昆明完成了一代名篇《滇缅公路》（1942年2月25日刊发于《文聚》杂志一卷一期）。

> 不要说这只是简单的普通现实,
> 试想没有血脉的躯体,没有油管的机器。
> 这是不平凡的路,更不平凡的人:
> 就是他们,冒着饥寒与虐蚊的袭击,
> (营养不足,半裸体,挣扎在死亡的边沿)
> 每天不让太阳占先,从匆促搭盖的
> 土穴草窠里出来,挥动起原始的锹镐,
> 不惜仅有的血汗,一厘一分地
> 为民族争取平坦,争取自由的呼吸。

在这首诗中杜运燮通过现代性的诗歌写作方式发出了关于民族和人民的"新声音",也在充满热力和明朗信念的歌唱声中期待着"一个新世界的到来"。朱自清是公开评价杜运燮诗作的第一人,他高度评价杜运燮的《滇缅公路》充满了"忍耐的勇敢"和"真切的欢乐",表现了我们"全民族"。(《诗与建国》)《滇缅公路》还被闻一多收入《现代诗抄》。

杜运燮大学时期最喜爱的诗人是奥登、路易斯和斯本德。尤其是在20世纪40年代抗战的背景下,奥登等西方诗人的战争题材诗深深影响着杜运燮,"这些诗都是有关战争的题材,有的愤怒谴责,有的辛辣讽刺,有的是理性的沉思,我读来感到特别亲切,许多诗行与我当时的心情是相通的"。1943年杜运燮在《谈戏剧主义》一文中对奥登极其推崇,因为在他看来奥登的诗歌在当时的中国社会环境很具有启发性和重要性,"诗应有'临床的'效果,诗人应有'临床的'心灵,像一个医生戴着橡皮手套,嘴上挂着微讽的微笑一样来处理诗的各方面……他的诗就是那么直接有力,一刀一针都应该触到伤处,指给我们看"。

和西南联大的另一位重要诗人穆旦一样,满怀抗日热情的杜运燮于1943年至1945年参加了中国远征军赴印度和缅甸战场。

当时从昆明到印度的小镇利多(美军航运基地)有一条极其重要的空中通道——著名的驼峰航线,航线始于1942年5月,止于1945年11月30日。驼峰航线是二战期间持续时间最长、规模最大、飞行条件最艰险的运输线。

当时杜运燮他们就是乘坐货机沿着驼峰航线抵达印度利多,再转乘铁路到加尔各答。在加尔各答期间,杜运燮居然遇到了好友穆旦,当时穆旦刚从野人山战场九死一生回来休养。

5月初,杜运燮抵达印度比哈尔邦(Bihar)的小城蓝姆伽(Ramgarh),那里有美国举办的中国驻印军训练中心。当时总司令是美国人史迪威,中方最高司令是郑洞国,下面是孙立人和廖耀湘的两个师。杜运燮被分配到一个榴弹炮团的团部任翻译。在炮兵团期间,杜运燮不仅学会了开汽车,驾驶技术还非常好。其间,杜运燮还开车去了蓝姆伽附近的佛教圣地菩提伽耶

(Boddhagayā),即释迦牟尼在一棵菩提树下成道的地方。当时,杜运燮还捡了一些菩提树叶回来。

1944年初,杜运燮跟随部队从利多经缅甸北部密支那回到昆明,这条公路被称为史迪威公路、利多公路、中印公路。这条路极其险峻,一路上能看到很多翻落峡谷的汽车残骸。杜运燮在昆明、沾益及湖南芷江任美国志愿空军大队("飞虎队")担任少校翻译官,当时为军队服务的随军译员有四千多人。在《夜》《月》《季节的愁容》《乡愁》等诗中我们可以感受到身处异邦印度的诗人满身都是挥之不去的乡愁。

1945年3月在缅甸胡康河谷期间,杜运燮极其真切地感受到战争的残酷,感到黑暗的死神随时都会降临,而国家和民族的命运更是令人无比忧虑,"死就是我最后的需要,再没有愿望,/虽然也还想看看/人类是不是从此聪明。/但是,啊,吹起冷风,让枝叶战栗咽泣,/我还是不能一个人在夜里徘徊呻吟"(《林中鬼夜哭》)。

面对时时威胁生命的敌军的狙击手,杜运燮写下这样冷森森的诗句:"他们看不见我,我就安全:/又一次孤独才是自由的天堂……/捉迷藏要用枪声代替笑声/结束,神经系就变成雷管。"杜运燮的名字被刻入"国立西南联合大学抗战以来从军学生题名"碑石。

1945年,杜运燮重回西南联大,办理毕业手续。那时包括昆明在内物价飞涨的程度超出了所有人的想象,每个人都感受到空前紧迫的生存压力,杜运燮在《追物价的人》一诗中通过极其戏谑和批判的方式及时而精准地反映了当时严酷的社会现实："物价已是抗战的红人。／从前同我一样，用腿走，／现在不但有汽车，坐飞机，／还结识了不少要人，阔人，／他们都捧他，搂他，提拔他，／他的身体便如灰一般轻，／飞。但我得赶上他，不能落伍，／抗战是伟大的时代，不能落伍。／虽然我已经把温暖的家丢掉，／把好衣服厚衣服，把心爱的书丢掉，／还把妻子儿女的嫩肉丢掉，／但我还是太重，太重，走不动，／让物价在报纸上，陈列窗里，／统计家的笔下，随便嘲笑我。／啊，是我不行，我还存有太多的肉，／还有菜色的妻子儿女，她们也有肉，／还有重重补丁的破衣，它们也太重，／这些都应该丢掉。为了抗战，／为了抗战，我们都应该不落伍，／看看人家物价在飞，赶快迎头赶上，／即使是轻如鸿毛的死，／也不要计较，就是不要落伍。"袁可嘉高度评价杜运燮这首诗："这首讽刺抗战后期国统区物价飞涨的诗，采取了颠倒的写法，把人人痛恨的物价说成是大家追求的红人，巧妙在于从事实的真实说，这句句是反话，而从心理的真实说，则句句是真话。由此形成的一种反讽效果是现代派诗中特有的。杜运燮还采用了奥登常用的心理分析手段，把隐藏在追物价者心里的精神活动作了细致逼真的描绘。"(《西方现代派诗与九叶诗人》)

1945年10月，杜运燮在老师沈从文的介绍下进入重庆《大公报》工作，任国际版编辑。那时，作为雾都的重庆，重重迷雾给孤独和压抑之中的杜运燮留下了深刻印记，"雾"也在诗人这里成为黑暗时代的绝好象征，而一切最终都会烟消云散、水落石出的："但可怜它并没有想到，就在／我为严寒与疲劳所驱逼，／蜷曲在冻结的棉絮里，而它在／墙外把我的斗室团团围住，／把它变成潮湿的土穴的时候，／我一样可以看到那各方的人群，／他们的步伐与怒吼，海洋的澎湃，／／树木在暴风雨中都高高挥舞起／激昂的手臂，绵绵的细草大胆地／也要相率摆脱大地而远扬；／我一样也看见黑夜一转瞬间／在晨鸟的歌声中狼狈而逃；／春天的田野在短短的一夜之间／穿戴起所有美丽的花朵与露珠。／／而且我觉得从没有看得这么清楚，／从没有感觉过能这样高瞻远瞩。"（《雾》）在重庆期间，杜运燮写了不少诗作，第一本诗集《诗四十首》就是在那时编成并寄给巴金先生的。一年后，杜运燮经马来西亚往新加坡，先后在南洋女子中学和华侨中学任教，三年期间在《中兴日报》做兼职翻译，还参与创办了《学生周报》。其间，杜运燮的诗作主要发表在《学生周报》《大公报》《中国新诗》上。

杜运燮《诗四十首》书影

1946年7月15日下午5时30分,诗人闻一多在昆明遭暴徒暗杀,此时距李公朴惨死不过四日。闻一多和李公朴被刺杀的消息传到新加坡时,杜运燮极其愤慨,连夜写下《闪电》和《雷》以示控诉,表达对闻一多和李公朴的举火者的歌颂:"是时候了,这一大桶干燥火药,/经过多久的压缩又安上雷管,/多少炽热的火把烘炙又烘炙,/只待你最后来举火点燃。"

1946年10月,杜运燮的首部诗集《诗四十首》由上海文化生活出版社推出(列入巴金主编的《文学丛刊》第八集),并很快再版,影响很大。当时年轻诗人屠岸读到《诗四十首》后非常激动,尝试着将包括《被遗弃在路旁的死老总》在内的诗译成英文。屠岸翻译的《被遗弃在路旁的死老总》发表在美国人约翰·鲍威尔主办的英文报纸 *The China Weekly Review* 上,而报纸出来的当天正好是上海解放——1949年5月28日。迟至三十多年之后,屠岸才在北京与杜运燮相见,二人一见如故。

1948年,在新加坡教书的杜运燮通过萧珊把自己的诗作转寄给辛笛在《中国新诗》发表,自此开始了与曹辛之、陈敬容、唐湜、唐祈等人的交往。作为同学,杜运燮与萧珊的关系非常好,进而成为巴金的好友。1964年8月28日,巴金的日记中就提到了杜运燮的来访以及相聚的情形:"杜运燮、汪曾祺、汝龙、刘昆水先后走进房来,不久萧珊也回来了,十一点半同到楼下大同餐厅吃中饭。饭后送他们到大门口外台阶上。"在20世纪70

年代，萧珊还经常给杜运燮寄书，比如《杜甫诗选》《陆游诗选》《唐诗三百首》《诗经》《唐诗别裁》《宋诗选注》《龚自珍集》《李白诗文系年》《元好问诗选》《海涅诗》等。正如1973年巴金给杜运燮的信中所提到的那样："蕴珍病中也常常想到给您寄书，但当时实在找不到中国诗集，后来找到一本就寄上一本。"从20世纪70年代初开始，杜运燮与巴金的书信往来比较频繁，其间巴金还谈论过杜运燮的诗歌："您的诗抒了真挚的感情，不过它还有外国诗的影响，而且显著；知识分子的味道浓，这也是无法避免的。但我想，生活变了，环境变了，多写，写下去，总会有改变。我倒赞成在旧诗和民歌的基础上发展新诗。"（1975年12月8日巴金致杜运燮的信）。可见，巴金的诗歌观念受到了毛泽东诗歌发展道路主张的影响，即在民歌和古典的基础上发展新诗。

多年之后，经历人世风雨的杜运燮重回西南联大旧址，而只有一间当年的教室保存了下来。然而，对于这一代知识分子而言，这里曾经的一切都不可能在记忆中被抹掉，小至草木虫鱼都已经成为他们心目中牢不可破的纪念碑：

> 这里，才华密集
> 智慧的花朵也斗妍争奇
> 多幻想的心灵
> 移植培育着四方新花木

这里，回荡着

永不变弱的声音

讲授新成果，分析新作品、新形势

一致蔑视飞机炸弹声

凤翥街茶馆的辩论

飘满灵感撞击的新火花

翠湖的翠堤

浪漫的脚步酝酿诗行

"民主墙"，使书生成熟得更快

警报，深化了社会责任感

年轻的理想，常带着狂妄的口吻

狂热的想象力，向往闪光的桂冠

——《回西南联大》

忽然的变化

听闻新中国成立的消息，远在海外的杜运燮激动万分，当即准备回国工作。在由新加坡途经香港时，受《大公报》之邀担任文艺副刊的编辑，同时在《新晚报》兼任电讯翻译。其间，杜运燮与金庸、梁羽生成为同事。

在梁羽生的印象里，"虽然是同一个部门的同事，但最初的一个月，我们却很少交谈。他给我的印象是沉默寡言，好像很难令人接近。后来渐渐熟了，发现彼此的兴趣相同，我这才发现，原来我对他的'表面印象'完全错了，他的热情其实是藏在'质朴'之中"（《杜运燮和他的诗》）。

1990年9月12日，金庸去信给曾经的同事杜运燮。

运燮兄：

　　数年来虽疏于通候，时在念中。得悉吾兄安健，至为喜慰。吾兄退休后仍致力译著，质量俱丰，弟仰羡不已。

　　（苏）仲湘先生大作甚多独到之见，已安排于《明报月刊》近期刊出，感谢吾兄荐介。

　　谨驰书问安，尚祈珍摄保重。此请
大安

　　　　　　　　　　　　　弟　良镛顿首

　　苏仲湘先生此作极具价值，故甚为钦佩。我们年纪都大了，请保重身体。注意饮食起居。

　　　　　　　　　　　　　　　　良镛又及

　　朴素、低调、机智、幽默是杜运燮的本色，正如辛笛所评价的："每一念起你机智活泼的诗篇／我心头会立时漾起了涟漪阵阵／但你处世做人的朴素本色／却不由得让人赞美你的表里如一。"杜运燮如此评价自己："一生乐观，但成绩平平／才华有限，又岁月蹉跎／倒是真

诚地热爱过，努力过／爱恋过程有自卑，也有快乐。"（《自画像速写》）

1951年秋，杜运燮终于来到心心念念的北京，从10月起在新华通讯社国际部工作直至1986年退休，先后任编辑、编译、译审。杜运燮为了怀念出生地实兆远，他的儿子（杜实甘）以及两个女儿（杜实宁、杜实京）的名字中都带有"实"字。那时，杜运燮在黄亭子新华社的寓所成为众多诗友时常拜访的地方。

受"双百"方针的影响，杜运燮于1957年在《诗刊》第5期发表《解冻》和《雪》两首诗作，他与同时代人一样加入激越的时代"颂歌"的歌唱之中，这自然是一代知识分子对新时代、新生活、新世界的由衷向往之情："忽然的变化带来共同的喜悦。／一切跟着飘，我的心也更轻，／数不清有多少重轻帘，但看得更远，／穿过去，全身越白越透明。／／白中色彩缤纷，冷中透着热，／空灵中是充实，重复中有变化，／枯硬枝条上浮动着柔软，／寂静中回旋着阵阵喧哗。／／白荫下行人一抬头，脚步就放慢，／看透明的气息轻摇满树银花，／新铺的人行道，红领巾丛中／盛开着一簇簇笑声的红花。／／什么时候又加上这么些新烟囱？／都是当代史诗的必要的惊叹号；／轻烟越飘越淡的地方引人回想，／新温暖只有住新大厦的人知道。／／放眼望去，多少诗句，多少名画，／激情推着联想，联想拉着激情，／触电般的是那《沁园春》，忽然又高又大，／我也有那熟悉的豪迈感情。／／心沿着白路，白野，白山，／飞向远方，急寻诉说的伙伴，／我要拥抱所有的建设者，请他们马上都来天安门广场。"

然而，文艺风向突变，杜运燮的诗歌钟摆也自此停止了二十多年的时间。

"文革"中杜运燮作为从海外归来的历史和社会关系复杂的知识分子成为被改造的对象。

1970年1月4日下午，这是一个杜运燮永生难忘的特殊时刻。

杜运燮因为海外工作以及参加过远征军的经历与妻子王春旭一同下放到山西永济赵柏公社东伍姓大队的新华社"五七"干校，接受贫下中农再教育，劳动改造两年。当时杜运燮的儿子杜实甘已经在侯马插队五年多了，刚新婚不久，他坐了几个小时的车去见父母。杜运燮白天下地劳动，晚上还要参加政治学习班，那时最难熬的还是饥饿，"直到现在我都忘不了那一天：我和保强去永济看他们，父亲来接我们。还是戴着那顶栽绒棉帽，人却瘦多了，大冬天风吹日晒，也黑了许多。一走进盐碱滩见四周没有人，父亲便问：'带罐头没有？'我连忙从包里拿出一听肉罐头递给他。在西北风呼啸的盐碱滩上，他停下脚步迫不及待打开罐头，背着风狼吞虎咽地吃起来，眨眼间就吃完了，我们愣了，一种酸楚油然而生"（杜实甘《无法忘却的时光——记父亲在山西农村的日子》）。透过这间盐碱地附近农家小屋的油灯，杜运燮经历了一个个风雨飘摇之夜，他又未尝不是那个飘忽的火苗,"在一阵又一阵大风大雨,有时甚至是狂风暴雨的袭击下,小油灯的光经常在摇摇晃晃,总像是快要熄灭的样子,有时甚至看来已经脑袋耷拉下来,闭上眼睛,倒下熄灭,但它总是又顽强地挣扎着点燃起来,保持着富有感染力的乐观的笑容"(《小油灯》)。

干校劳动改造结束后,1971年6月,因为妻子生病骂了江青、林彪,杜运燮夫妻被要求搬离借住的农舍,住进放棉花的库房。1971年10月28日,杜运燮因为妻子的"反革命言行"被迫"退职"(开除公职)并到儿子插队的侯马凤城公社林城大队落户当社员,每天下地艰苦劳动,靠挣工分生活达两年之久。离凤城公社不远有一条河,这就是《诗经》中提到的"浍河",杜运燮在劳动之余会去呆坐遥想一下历史以及自我的命运,这期间还写过一首诗《谈绿》。1972年春节,在儿子杜实甘修建的土墙瓦房小院,全家终于团聚,两个女儿分别从山西绛县和内蒙古生产建设兵团赶了回来。

1973年9月,杜运燮接到通知,去北京谈复职和工作安排。杜运燮趁机到天津见了好友穆旦,二人还特意合了一张影。此时,穆旦的头发已经斑白,杜运燮瘦削虚弱得厉害。

1973年冬天,孙志鸣经常去南开大学穆旦家讨教诗歌问题,顺便借读穆旦刚刚翻译的英美现代派诗歌。有一次,穆旦从信封里取出一首名为《冬和春》的诗给孙志鸣看,并说这是一个下放到山西的老朋友寄来的,而这首诗的作者正是杜运燮。当时,《冬和春》这首带有乐观精神的诗作给穆旦和孙志鸣都带来了不小的激励,"记得诗中用活泼的语言和丰富的意象,赞美了'积雪下面隐藏着无限风光'挨过秋后的苦思、在来年点染一片春意的新绿,诗中充满了哲理,有机锋。但留给我更深印象的是充溢于字里行间的乐观主义。须知,当时正是极左思潮、个人崇拜肆意横行,使中国处在非常黑暗的一段时间;而在内蒙古插队多年的我,更是绝望到了顶点,恨不得地球明天就爆炸的心都有。而《冬和春》,像片片绿叶,我这颗被灼热的骄阳烤得快要失去了耐性的心灵带来了一抹希望的阴凉……然而,当时我并没有问作者的名字;在那个年月,任何倒霉的夺都会随时发生;少知道一个名字,或许少一人受牵连"。直至多年之后孙志鸣才在穆旦辞世后从其夫人周与良的口中得知了《冬和春》的作者,当孙志鸣终于见到杜运燮的时候已经到了1997年的夏天。

1974年1月,杜运燮到位于临汾的山西师范学院(现山西师范大学)外语系任教,两个月后妻子也搬了过来。一转眼就是四年,在此期间杜运燮还担任系主任的职务。杜运燮与陕师大外语系的学生留下了一张合影。前排最右侧的杜运燮极其消瘦,戴着帽子坐在土塬上,背后是黄土高原以及一座高塔。

在艰苦的乡村生活的锤炼以及政治运动风雨的冲淋下,杜运燮对乡村生活有了切切实实的认识。在严寒的日子里他一直坚持用诗歌表达独立和自由精神。在临汾期间，杜运燮非常少见地在笔记本上写下一组诗的草稿"农村生活杂写"（修改稿于1990年4月才在《香港文学》发表），这对于已经停笔已久的诗人来说实属不易，尤其是在农村生活的艰苦劳动和真切体验中他仍然没有忘记戏剧化的"命运"和"灵魂问题"。"觅食，求爱，唱歌，养育后代，／就是一个完整的大世界，／从不测算和忧虑自己的命运，／有求索不完的秘密和乐趣。／日月风雨从鸡舍上空飞过，／历史从双脚拨弄中流逝，／主人在另一个世界的悲欢与心计／也影响不了／它们生活的完整和重复。／／有时它们还直勾勾地／用自信的眼睛瞅着我，／带点儿自豪的神气问道：／你们是否像我们／生活得一样有意义而快乐？"（《鸡的问题》）在这组诗中杜运燮的孤独感、荒诞感、现实感和历史感都得到了一定程度的体现，它们彼此交织成一张时代之网以及这一特殊生存境遇下一代人的命运底色和精神情势，"只知这个网，不知何时／无声无息地来／模仿某种战阵／无声无息地闪亮／无声无息地消失／它是主人，织梦者，织网者／一开始又是被囚者／在这透明度很高的／更像艺术品的网里／苦等着，噬咬着，暴食着／满足于建立一代王国与安全堡垒／有时还自以为万能，像神／女性还听从不由自主的安排／吞掉刚交欢完后的白马王子／反正只是来了，又走了／看似复杂，并不复杂／无论是网，是蜘蛛／一生演过多少短剧／最终胜利的／也是历史和大自然"(《蜘蛛和网》)。

前文提及,在山西九年的这段苦难岁月中,萧珊和巴金时常给杜运燮寄书、写信,这给了他以极大的慰藉。杜运燮将山西岁月成为"中原补课",对当地的历史文化有了很多的了解。

穆旦是杜运燮结识最早、结交时间最长、交往最多的挚友。

1975年,杜运燮在给穆旦的信中提及自己的女儿杜实宁准备年内结婚,身处逆境中的穆旦非常高兴并专门从上海买了一个床罩以作贺礼。

在山西严酷而冷彻的冬日里,12月份,杜运燮收到了穆旦寄来的一封信,信中夹带着穆旦的诗作《冬》。

当时,第一版的《冬》中每一节的最后一行都是"人生本来是严酷的冬天",杜运燮认为这样复沓式地强化悲观情绪一定程度上损害了这首诗的成色和完整度,于是,建议删去。穆旦认真听取了杜运燮的意见,改写了每一节的最后一行,"你反对最后的叠句,我想了多时,改订如下:将每一叠句改为①多么快,人生已到严酷的冬天②啊,生命也跳动在严酷的冬天(前一句关于小河,也改为"不知低语着什么,只是听不见")③人生的乐趣也在严酷的冬天④来温暖人生的这严酷的冬天。这样你看是不是减少了'悲'调?其实我原意是要写冬之乐趣,你当然也看出这点。不过乐趣是画在严酷的背景上。所以如此,也表明越是冬,越看到生命可珍之美。

不想被你结论为太悲。这当然不太公平。现在改以上四句，也许更使原意明显些。若无叠句，我觉全诗更俗气了。这是叶芝的写法，一堆平凡的诗句，结尾一句画龙点睛，使前面的散文活跃为诗"（1976年12月29日穆旦致杜运燮的信）。

《冬》恰好是穆旦的绝笔诗，在人生即将落幕的一刻诗人仍然在漫无边际的黑夜中体验悲剧性的精神境遇。接下来，我们一起读读穆旦在人生最后一刻的这首《冬》（节选）。

> 我爱在淡淡的太阳短命的日子，
> 临窗把喜爱的工作静静做完；
> 才到下午四点，便又冷又昏黄，
> 我将用一杯酒灌溉我的心田。
> 多么快，人生已到严酷的冬天。
> 我爱在枯草的山坡，死寂的原野，
> 独自凭吊已埋葬的火热一年，
> 看着冰冻的小河还在冰下面流，
> 不知低语着什么，只是听不见。
> 呵，生命也跳动在严酷的冬天。
> 我爱在冬晚围着温暖的炉火，
> 和两三昔日的好友会心闲谈，
> 听着北风吹得门窗沙沙地响，
> 而我们回忆着快乐无忧的往年。

> 人生的乐趣也在严酷的冬天。
> 我爱在雪花飘飞的不眠之夜，
> 把已死去或尚存的亲人珍念，
> 当茫茫白雪铺下遗忘的世界，
> 我愿意感情的热流溢于心田，
> 来温暖人生的这严酷的冬天。

通过比较原稿和修改稿的结尾，"人生本来是严酷的冬天"与"来温暖着人生的严酷的冬天"对应了两个不同诗人对待命运和时代的差异性态度。较之穆旦，杜运燮确是一个极其坚忍的人，是一个名副其实的乐观主义者，"我是个乐观主义者，即使在逆境中，也要寻找和利用有利条件，取得一些积极成果，尽可能降低'灾害'的消极影响，不浪费宝贵的时间"（《答王伟明先生问》）。

杜运燮1976年冬天给穆旦回信时也写了一首诗，名为《冬和春——答友人》，显然诗人是以双重视野来看待时间、生命、现实以及历史的，正如冬天和春天交替一样，有寒冷也必将有温暖，有暗影也必将有光芒。在"寻找冬天里的春天"中我们看到了一个坚毅的诗人面庞，尽管此刻他仍然在黑暗光线的笼罩之中……

> 炉边的快慰是寻找冬天里的春天，
> 　人生是不绝的希望，无数的新起点；

灰烬里的火星也在发光发热，
地球一转身，又是万山绿遍。

安详的愉快是回忆过去的春天，
青春的诗句和战斗，越久越新鲜。
回忆偏爱摄取有笑容的镜头，
畅谈中不觉已忘掉诅咒过的冬天。

激动的欢乐是想象将来的春天，
看新芽茁长，腐烂的全部埋葬；
寒冷是现实，有时头脑还在发昏，
但一有冬天，新的春天就不远。

1977年，因腿伤卧床的穆旦在寒冷的日子里倍感孤单。等待好友杜运燮的来信成了他最温暖的事情，他经常艰难地走到门外去查看邮箱。"有时空无一人，枯坐室中，这时就想起你已久不来信了。冬日酷寒冻住了邮差吗？"

1977年2月18日，农历正月初一。穆旦写信给杜运燮拜年，这也是穆旦写给老友的最后一封信，其中谈及自己的病情以及要做手术的准备，"我给寄上一点儿糖，想也收到了吧？其中有一点儿算高级糖，还是通过后门从糖厂买来。不管好坏，只是略表意思了。我对天津今年景况是很满意的，因为上海供应很坏，而北京也不甚佳，甚至据说秩序不如天津，所以天津成了全国之首。我的手术，五六天即入总医院，因为那里房子条件好，医生虽年轻，但是熟人，可以照顾好些，大概两个月不能下地，重新骨折一次。这次一定要养好，咱们以后好见面"。

谁料到竟然一语成谶，"希望你把思古幽情的诗写一写，我等着躺在床上拜读了。再谈吧，也许我有一时动不了笔了"。穆旦再也未能拿起那支命运多舛的笔，而他也未能在病床上读到好友的诗作。

"半生中外小回翔"

1979年乍暖还寒的春天，杜运燮才"落实政策"，从山西重返北京。而此前为了"落实政策"，杜运燮不断奔波于临汾与北京之间，吃尽了苦头。而每次回北京，他都会趁机去拜望沈从文先生，甚至有一次在沈从文的强烈建议下他们一起去故宫看了新发掘的文物展览。此后，杜运燮担任《环球》杂志副主编，还担任过中国社科院研究生院新闻系的硕士研究生导师。杜运燮在六十七岁的时候申请加入了中国共产党。

1981年，杜运燮妻子王春旭病逝。此后经人介绍，杜运燮认识了从事新闻工作的菲律宾归侨李丽君，二人有缘携手成为夫妻，"初次见面是在1981年9月。运燮给我第一个印象是他没有旧社会那种世故作风。见面后，双方都感到能谈得来,就同意继续往来。通过多方面的了解和经过数次接触,运燮给我留下很好的印象。他平易近人,脾气随和,心眼儿实在。我们又是同行,有共同的爱好和共同语言,又有不少共同的朋友,相信婚后的生活会是幸福的"(李丽君《深深的怀念》)。婚后,二人去了上海、天津、南京、西安、大连、苏州、杭州、中国香港和新加坡等地,还参加了玉门石油诗会。值得一提的是杜运燮带着李丽君去上海,辛笛听闻老友来专门到车站迎接还让他们住在家里。让我们感受一下辛笛女儿王圣思对他们相遇相聚情形的温暖回忆:"夜晚或餐桌上他们坐在一起谈诗文创作、谈在京在海外的友人,不亦乐乎。运燮叔华侨出身,待人朴实亲切。他个头儿不高,与袁可嘉先生一样,也有饱满的额头,目光柔和,我第一次见他,就感到很亲切。当他和丽君姨从父亲那里知道正逢我的生日,就悄悄买了蛋糕点上蜡烛来庆祝,给我一个温馨的惊喜,至今不能忘怀。"(《杜运燮的"朦胧诗"》)1996年他们夫妻又一同去了美国十几个城市探亲访友,每一次出行杜运燮都称之为"蜜月"。1997年4月,为了纪念十五周年水晶婚,杜运燮献诗给妻子,赞颂一起携手走过的老年岁月,正所谓"平平淡淡的日子也甘甜"。

杜运燮在北京的住所附近有一条小河,每天清晨和黄昏夫妻二人常去散步。这条小河经常使杜运燮陷入沉思,河流带来新的视觉和听觉,仿佛流淌的水系就是幻

杜运燮

想的翅膀，仿佛这条缓慢流淌的小河也是人生之河和历史之河，"流不尽，那理不尽的智性与感性／看不见筛选，只是变化与继承／没有波浪，只有涟漪接着涟漪／流量不大，不能载舟或覆舟／但同样担负着庄严的历史使命"（《小河静静地流》）。

这是一生被诗情点燃的诗人，在他的人生和诗歌世界中没有"衰老"这一词语。在七十岁时杜运燮写出《最后一个黄金时代》："心／你不想老就不会老／仍然能流出汩汩春水／把你的眼光／灌溉得春意盎然。"即使到了老年，杜运燮仍然在歌唱爱情。1992年，时年七十四高龄的杜运燮重回出生地马来西亚。旧地重游，杜运燮倍感时光之易逝无情。诗人是热爱这片热带土地的，正如他所高唱的"你是我爱的第一个"。重回故地，几乎一切都变了，而这注定是永生难忘的"第二故乡"，"在一阵阵惊喜、唏嘘的重逢中／我看见当年无言凝视的挥别"。

1998 年，八十岁生日之际，杜运燮写了一首长诗《八十自语》，表达对生命暮年状态的深沉思考。

> 我服老，又不服老
> 变老，因主动权在天
> 但服老，也不信"人老莫作诗"
> 能点燃时决不停息点燃
>
> 不服老，因主动权在我
> 过早服输，是不体面的不战而降
> 认真向前跑，甚至只是走
> 才会有无愧于自己的最高奖赏
>
> 且看那一棵棵绿树
> 从有芽起，就奉献绿色
> 最后只剩下一片黄叶
> 也要捧出最后一角绿
> 我不愿听枯叶得意的自语
> 人不如树，人不如树

2002年是杜运燮的本命年。春节的时候杜运燮在病房中写成一诗自况此时的身体状态：

个人反思的是"马年"，我又属马
"本命年"似乎也想给我一点颜色
出院两年多，病情可称平稳
可是到年底又叫我"四进宫"
天天看着"吊瓶"过日子

在此后三个多月的时间里杜运燮又五次住进医院，肺部感染。杜运燮在心脏手术之后安装了起搏器，但是身体恢复得很慢，虚弱得很，每次起来坐在椅子上最多超不过半小时。4月22日，杜运燮生病住院期间，家人在宣武医院为他们庆祝结婚二十周年。

病中的杜运燮已不能写作，他就让女儿买了一个袖珍录音机，以口述的方式回忆一生的经历和诗歌写作。5月初，杜运燮终于出院，回家之后仍不能下地走路，双手不由自主地抖动。即使如此，杜运燮仍坚持在沙发上看报写信。

在杜运燮病危前，2002年5月22日夜里，时为《新诗界》主编的李岱淞（时名李青松）偕李天靖曾前去探望，见到杜运燮返老还童之状和回光返照之态他不胜唏嘘，"那天夜色朦胧，北京我不熟，由青松先生引路，在新华社附近买了些水果，走上一幢老式的住宅楼看望了著名诗人杜运燮先生。一进门,就由夫人带我们走进一间约八平方米的朝北房间,一前一后左右两张小床(另一张是男护工睡),还放着一个旧沙发和墙角的一张老式写字台,当中只有容膝之处了,杜先生躺在靠房门的单人病榻上,脸上泛着红潮,他的心脏已经十分衰竭。'近来,就这么一直躺着,医生一再叮嘱不能动弹。'他见我们来访,就一边说一边挣扎着披衣坐起,显得十分高兴。他慢慢将双腿移至床沿,我们就将他扶到写字台前的椅子上坐好,偕李丽君夫人一起拍了几张照,然后他铺纸落笔颤颤巍巍地给我所编杂志的栏目题词,他写道:'写诗追求新、真、深、精。'我不知道这是不是他的绝笔,但这无疑是对后辈的希冀,也何尝不是先生一生的追求所要达到的境界!而当时却令我心酸——这行字在一张白纸上先生竟抖抖索索地写了三遍,越写越发显得吃力,竟有些气喘吁吁了,最后的签名只能依稀可辨——显然,他已用尽了最后的力量,终于,他抬着头望着我。我说:'挺好,谢谢!'他露出了孩童般灿烂的微笑"(李天靖《第五片飘落的叶子——悼九叶派诗人杜运燮先生》)。

2002年杜运燮病逝前一个月,他还抱病接受了湖南青年学者易彬的一次访谈。此次访谈主要是谈论穆旦的情况,从内容可见杜运燮对穆旦的情义之深。6月15日上午,杜运燮躺在病床上接受采访。其间,他艰难地起来让亲人扶着去厕所小解,"那是和杜老师的谈话进行到大约一半的时候,杜老师突然说要小便,我们几个忙着转到客厅（这一点，在场的人都知道）。我们是回避了，访谈自然是暂时结束了，录音却还在继续。这个放在床边的忠实的机器记录了生命流逝的细节：有好几分钟，不再有问和答，有的是磁带转动的嗞嗞声和隐约可辨的琐屑的声音，还有，杜诗人不小心弄湿了裤子，叫人换裤子的声音……磁带重新回到谈话的声音的时候，我将磁带倒回到嗞嗞声开始的地方。然后，又倒一遍。一共听了三遍。那一刻，我知道，我已经被什么东西准确无误地击中了。穆旦消退了，声音消退了，一个倔强而无助的晚年，像黑夜中的一双眼睛，注视着我"（易彬《记与诗人杜运燮的一面之缘》）。

本想着手术后可以再多活几年，可惜天不遂人愿。

2002年7月16日晚7时许，杜运燮因心力衰竭病逝于北京宣武医院924病房，享年八十四岁。当时，杜运燮正在和同室的病友一起看电视，突然说声"我累了"，然后一头栽倒就再也没有起来。正如诗人自己所说："一心跟着梦走，／最后总是看到了灯。"

惊悉老友病逝，同样已经安装了心脏起搏器的辛笛唏嘘不已，老泪闪动，于无比悲痛中写下《挽"九叶"诗友杜运燮》：

> 同样装上了心脏起搏器，
> 你却轻轻地、轻轻地先走了；
> 从此九叶之树又一叶飘零，

但人们也庆幸你未受病痛的煎熬。

《秋》的朦胧虽然激发了一场喧哗和骚动，
你吟唱的活力也重新苏醒；
如今你长眠在碧绿的冬青丛中，
你睿智的诗篇将永久为人们传颂。

听闻杜运燮谢世，郑敏也只能通过诗歌悼念老友："我们共度过烽火之年和昆明的宁静……／你的心灵走过一条滇缅公路／思考这生死搏斗与人类的友爱／这矛盾是一个千古不解之谜／你匆匆地离去了，在无际的高处／重见早逝的诗友的神采……"（《悼念运燮》）

7月17日，李方在电话中得知了杜运燮去世的消息，"7月17日，从不回家午休的我，正午一时竟鬼使神差地冒着烈日回寒舍取文件。未进家门，便听到一阵紧似一阵的电话铃声。电话是杜老的儿子海东先生打来，告知昨晚7时许，杜老因心衰而故去。听筒那边诉说着：三天以后，7月20日，星期六，在宣武医院举行遗体告别，因天气太热，不愿惊动太多友人，故待后事处理完毕再补发讣告……而我木然呆滞在电话机旁，默默流泪而无语作答"（李方《远行，向那宁静的深秋》）。

杜运燮的客厅中几十年间一直悬挂着一幅书法条幅，诗句出自龚自珍《己亥杂诗·其五十三》，"半生中外小回翔"。

杜运燮的骨灰最终撒在新加坡的大海上。对于杜运燮这一代诗人而言，他们所面对的历史、现实以及人性和精神渊薮，未尝不像是一口幽深冷寂的古井，那些伟大而忧悒又独立的灵魂也必将在黑暗中发出历史的有力回声。

  你们只汲取我的表面，
  剩下冷寂的心灵深处
  让四方飘落的花叶腐烂。

  你们也只能扰乱我的表面，
  我的生命来自黑暗的地层，
  那里我才与无边的宇宙相连。

——杜运燮《井》

◎ 辛 笛

小传：辛笛（1912—2004） 原名王馨迪，生于天津，原籍江苏淮安。1935年毕业于清华大学外文系，毕业后于北平艺文中学、贝满女子中学任教。1936年赴爱丁堡大学研究英国文学。1939年回国，先后在暨南大学、光华大学任教，后转入银行工作。1948年，加入中国民主同盟，任《中国新诗》编委、中华全国文艺协会上海分会理事兼秘书、诗歌音乐工作者协会上海分会负责人。1949年参加中华全国文学艺术工作者第一次代表大会。曾任中国作协上海分会副主席、国际笔会上海中心理事、民盟上海市委常委。著有《手掌集》《珠贝集》《辛笛诗稿》《印象·花束》《王辛笛诗集》《听水吟集》《梦余随笔》《夜读书记》《娜嬛偶拾》《王辛笛短诗选》《辛笛集》（五卷）等。主编《20世纪中国新诗辞典》。

三分春瘦七分人

辛笛,你山阳的吹笛人
可为我们吹奏了悠长的六十年
——唐湜

辛笛,原名王馨迪,笔名心笛、一民、牛何之、华缘。辛笛一生的准则是"做人第一,写诗第二"。他六十年的诗歌历程中一直吹响着那只动情而苦难的芦笛。无论是他的爱情,他的诗歌,他的经历,都在时而欢欣、时而幽咽的曲调中呈现了一个时代云谲波诡、唏嘘伤怀的历史面影。

才子名媛、布衣夫妻

辛笛与夫人徐文绮一生患难与共、相濡以沫走过五十多载的风雨。1981 年 5 月,身在加拿大多伦多的辛笛遥念妻子时写下情真意挚的《蝴蝶、蜜蜂和常青树》。

蝴蝶的美丽绚烂、蜜蜂的勤劳甜蜜、常青树的强盛生命力都准确概括了徐文绮美丽坚卓的品质。

开始相爱的时候不知有多年轻,
你是一只花间的蝴蝶,
翩翩飞舞来临。
为了心和心永远贴近,
我常想该有多好:
要能用胸针
在衣襟上轻轻固定。
祝愿从此长相守啊,
但又不敢往深处追寻
生怕你一旦失去回翔的生命。

生活在一起了,
知己而体己。

徐文绮(1913—2003)出生于浙江湖州菱湖镇(古名"秀溪""凌波塘"),为上海博物馆馆长徐森玉之女。徐文绮的亲生父亲为徐森玉的三弟徐鹿君。徐家男丁兴旺,竟然没有女孩儿出生。所以,徐文绮的降生给这个男性聚集的大家庭带来了难以想象的喜悦。在徐文绮两岁的时候,膝下无女的徐森玉多次恳求弟弟徐鹿君把文绮过继给他。徐鹿君夫妇出于兄弟情义只好割爱从命。徐文绮的亲生父母由此成为"三叔""三婶"。

徐森玉（1888—1971），名鸿宝，浙江吴兴人，著名文物鉴定家、金石学家、版本学家、目录学家和文献学家。徐森玉早年就读于"无市井之喧，有泉石之胜"的白鹿洞书院。徐森玉高古、清雅的性格离不开五老峰、森林、清泉、雅舍、书斋的影响。徐森玉于光绪二十六年（1900）考入山西大学堂，时年十二岁。徐森玉在校期间即著有《无机化学》和《定性分析》，一时被称为"奇才"。徐森玉曾任清史馆纂修、北京大学图书馆馆长、中央博物院理事和故宫博物院古物馆馆长等职。北平沦陷前夕，他将图书馆珍藏的八千多卷的善本书和经书连夜抢运到上海保存。解放前夕国民政府逃往台湾，当时五个部门联合聘请徐森玉赴台湾主持文物工作，却遭到他婉拒。在担任上海市文物管理委员会主任和上海博物馆馆长期间，徐森玉征集了王献之的《鸭头丸帖》、怀素的《苦笋帖》、司马光的《手迹》、苏轼的《文同合卷》、宋拓孤本《凤墅帖》《郁孤台帖》等稀世书法珍品。徐森玉于1971年5月19日含恨离世。

徐文绮的祖母是名重一时的刻书世家闵氏的后人，是当地有名的美女。徐文绮的母亲是江苏泰州人，也是典型的江南美女。徐文绮是名门闺秀，才貌俱佳，举止脱俗。尽管出身名门且相貌出众，但徐文绮绝非一个脂粉女子，而是名副其实的才女。当时金城银行的老板、著名民主人士周作民曾夸赞徐文绮："可惜你是个女子啊，你若是个男人的话，那可不得了！"徐文绮自小对锦衣玉食的生活没有兴趣，对读书却情有独钟。家中的藏书楼成了徐文绮的乐园。清晨或黄昏，那个坐在院子里或楼梯口的白衣女孩儿成为徐家的一道特殊的风景。徐文绮自小聪慧并很早就在报刊发表文章，父亲为此甚为得意。徐文绮先后就读于北京师范大学附小和附中。考大学时徐文绮并不想在北京的高校读书，而是偷偷一个人跑到天津报考了南开大学。一天早上吃饭时，徐文绮的大伯父一边吃饭一边读《大公报》。当在南开大学"登录科"看到徐文绮的名字时，他对徐文绮说："报纸上有一个人的名字竟然和你一样啊！"徐文绮听罢立刻抢过报纸，然后兴奋地跳起来对大家宣布："我被南开大学录取啦！"尽管家人不希望一个女孩子跑到外地上学，但既然已成事实，全家还是很高兴。徐文绮进入南开大学文学系，毕业后又东渡日本留学。在日本期间，徐文绮闻悉南开校园遭到日寇飞机惨无人道的轰炸后义愤填膺。她决绝地放弃学业回国。她精通英、日、俄三国文字，回国后她曾在上海海关工作。到上海时徐文绮已经二十五岁，在那个年代属于典型的大龄女青年。养父和生父都急于女儿的婚事。作为民国时期上海的名媛并作为时尚画报的封面女郎，徐文绮身边有大量的倾慕者。徐文绮对那些沾满铜臭和世俗味的追求者不屑一顾，甚至还一度抱有独身主义的念头。只是机缘巧合，徐文绮最终选择了学识渊博的辛笛。辛笛晚年还对女儿王圣思说："当时追求你妈妈的人到底有多少，我到现在还没有弄清楚。"

面对徐文绮将身边的追求者一个个打发掉,徐鹿君非常着急。情急之下,他突然想起来前一段时间金城银行总稽核王轶陶(辛笛的叔父)曾和他谈起有一侄子在欧洲留学,学识和人品俱佳。徐鹿君向女儿小心翼翼地提起此事。徐文绮一直对有学识的人另眼相看,当她听说这个人叫王馨迪的时候竟然有些惊异。真的是机缘巧合,徐文绮在南开读书的时候竟然和辛笛有过一面之缘。虽然辛笛在清华大学读书,但因为家在天津所以每年寒暑假以及每个月末都要回家看望母亲。当时,辛笛的中学好友章功叙在南开读书。每次回天津,辛笛都要跑到南开去找章功叙。章功叙当时正在追求徐文绮的同桌。为了通过徐文绮拉近自己和那位女同学的关系,章功叙知道徐文绮喜欢文学就拿来辛笛的诗歌给她看。文学眼光很高的徐文绮竟然对辛笛的诗歌很是欣赏。

当时徐文绮在同学中被称为"煤油美人",人漂亮,但性子急,一点就着。

又是一年暑假,天津酷暑难耐。辛笛和章功叙恰巧在南开校园里遇到刚从图书馆出来抱着一摞书准备回宿舍的徐文绮。这次见面,二人都有些矜持。他们只是友好地点点头,没有深入交流。而仅仅是这"匆促"的一见,辛笛对徐文绮满是好感,而徐文绮也因诗而识人,默默地将其记在心里。此后,二人各自漂洋过海留学,天各一方。1936年,辛笛到英伦留学,其间开始与徐文绮通信。1939年，辛笛急切地写信给徐文绮，希望她能一同前来。当时徐文绮很是犹豫，于是写信给远在贵州的徐森玉征求意见。由于路途遥远、书信阻隔，一直没有父亲回信。徐文绮非常着急，于是在7月1日和3日接连写了两封信催促。7月19日，刚从贵州回来的徐森玉在思考了一整夜后，给女儿复信，同意出国。

汝披沙拣金有年，得一王馨迪自非寻常之盲从者可比，余闻此事亦深庆幸。凡一切世俗之见均须摒除。若令王馨迪提前归国，于学业损失太大，渠既将为我家婿，应事事从渠之方面着想。

当徐文绮筹措费用准备出国时，辛笛却因为母亲辞世而回国奔丧。辛笛奔丧，途经上海。叔叔王轶陶从上海火车站将辛笛直接带到徐家。辛笛把从英国带回的一把黑色的雨伞送给徐文绮。辛笛送伞时看不出她的表情是高兴还是失望。据后来徐文绮的妹妹文缃回忆，姐姐回到房间后对这把伞简直爱不释手。奔丧结束，辛笛准备再回英国继续留学，只可惜因为二战爆发，他只得前往上海的光华大学和广州的暨南大学教学谋生。

在沪期间，辛笛一上完课就到常德路海关总署黑色大门前等候徐文绮。那时阴雨连天，辛笛经常被淋得满身湿透。

二人的情感终成正果。1940年初春，辛笛与徐文绮订婚。7月28日，二人的西式婚礼在西青会大楼隆重举行，几百人参加了婚礼。此时徐森玉远在贵州无法赶上婚礼，生父徐鹿君代为操办婚事。证婚人是光华大学的校长张寿镛。当婚宴热闹无比进行的时候，受西方文化思潮影响的辛笛和徐文绮竟然悄悄离开，二人乘电车到国际饭店独自享受新婚的快乐去了。

由于辛笛的木讷且不问杂务，婚后的徐文绮辞去公职，毅然放弃一切来精心照顾丈夫。此后几十年，她无怨无悔地甘心付出，正如辛笛所感激和赞美的那样：

　　你不只是一枝带露的鲜花，
　　而且是蜜蜂栖止在颊髻。
　　年华如逝水，
　　但总是润泽芳馨。
　　家已经成为蜂巢，
　　酿出甜甜的蜜，
　　往往更为理想而忘却温存。

他们"才子佳人、布衣夫妻"的一生被传为诗坛佳话。正是有了徐文绮这样一位"全能型"家庭主妇无微不至又不厌其烦的照料，辛笛才得以在工作之余心无旁骛地从事诗歌创作和文学研究。新中国成立后，在艰苦的日子里，徐文绮为了补贴家用，不得不在料理家务的同时在上海俄语广播学校兼职做外语教师。"文革"期间,徐文绮因为出身问题被下放到"五七"干校劳动改造。徐文绮被改造期间,辛笛的生活完全乱了套,由此闹出许多令人啼笑皆非的笑话。穿了很长时间的袜子破了几个洞,实在没有办法的辛笛只得自己拿起针线。可是面对着针和线,辛笛竟百思不得其解,线怎么才能穿到针上去呢?无奈之下,辛笛只好骑着自行车去找女儿来解决这个生活难题。

徐文绮为了丈夫放弃了自己喜爱的外文教学和翻译工作。直到20世纪90年代,拥有出众语言才华的徐文绮才在一次"意外"中圆了夙愿。辛笛曾接手一个翻译任务,可是由于时间和身体原因一拖再拖,而出版社也不得不一次次催促。无奈之下,徐文绮拿起生疏了几十年的笔。在炎热和寒冷的日子里,徐文绮竟日伏案翻译。最终,她与著名翻译家杜南星合译出了七十万字的狄更斯的长篇小说《尼古拉斯·尼克尔贝》。该书于1998年由上海译文社出版,此时徐文绮已是八十五岁高龄了。

2003年,徐文绮去世。辛笛在日记中写道:"无言的爱却有／碧海青天为证。"

一纸轻寒上吹响着芦笛

辛笛祖籍江苏淮安,1912年12月2日出生于天津马家口。此时的马家口已经沦为日租界。辛笛出身于书香世家,父亲王慕庄是前清举人。在良好的家教文化氛围中辛笛极其早慧,四岁识字,五岁进私塾,七岁能成文赋诗,这即使放在大唐神童辈出的年代也毫不逊色。众所周知,杜甫天资聪颖,很早就显现出超于常人的诗歌才能,即"七龄思即壮,开口咏凤凰"。实际上唐代诗人中像杜甫这样的早慧者甚至诗歌天才不乏其人,比如李白"五岁诵六甲,十岁观百家",张九龄"七岁知属文",此外贺知章、王勃、骆宾王、王维、白居易都是少年成名的典范。明代的胡侍(1492—1553)在其《真珠船》的"幼慧"中列举了许多天才型人物。

正所谓"诗关别材",年幼的辛笛对枯燥的"四书""五经"倍感无聊,将此视为"苦事",反倒是对诗歌越发感兴趣,"窗外月明如洗,秋虫唧唧。我正好背诵欧阳修的《秋声赋》,心中模模糊糊地萌发了写诗的兴趣"。辛笛经常把唐诗宋词藏在"四书""五经"下偷读,尤其喜欢杜甫、陆游、李商隐、李贺、辛弃疾、姜夔。为此,辛笛没少受父亲和私塾先生的戒尺。辛笛九岁时,时在唐山开滦矿务局任秘书的父亲看到传统教育难以奏效,便请了家庭老师教辛笛学习英语。辛笛白天跟老师学习,晚上就自己尝试着翻译《伊索寓言》。

平静的无忧无虑的日子很快被打破了。

1924年,因为军阀混战辛笛和家人不得不四处逃难。在居无定所、食不果腹的日子里辛笛只能通过诗歌来表达郁积的心情:"主人只解爱琴书,为卜乡村静地居。野水桥边风浪紧,声声传语缓行车。"十三岁时,辛笛在天津英国教会办的新学书院读书，次年辍学。

1927年，十五岁的辛笛转考南开中学准备插班到初三。由于接受私塾和家庭教育，没有受到多少新文学的影响，而南开中学要求用白话作文，这可苦了辛笛。还好，最终辛笛还是被录取了。在南开中学学习期间，辛笛一开始接触新文学便似乎发现了一个奇异的新大陆。他课余时间几乎都是在图书馆里度过的，为了买书甚至经常一天只吃一顿饭。用节省下来的钱买了鲁迅、胡适、周作人、徐志摩、朱自清等人的书。在南开中学的第二年，辛笛开始在《大公报》副刊发表诗作并开始翻译一些英文作品，其中包括波德莱尔的《恶之花》和莫泊桑的《农夫》等。辛笛几乎每天都要去书店和书摊。辛笛还曾费尽周折为周作人买过一本外文书《杨柳风》（格莱亨），周作人曾记载此事。为表感谢，周作人抄录日本诗人大沼枕山的诗歌相送："未甘冷淡作生涯，月榭花台发兴奇。一种风流吾最爱，南朝人物晚唐诗。"辛笛对这幅字格外珍视，极其可惜的是在战乱中这幅字不幸丢失。在填报大学志愿的时候辛笛与父亲几次发生激烈的争执。父亲抱着工业救国的想法希望儿子读理工科，而辛笛却偏偏决定报考文学。1931年秋，辛笛考取清华大学外文系。他的同学有很多后来成为文学大家，比如钱锺书、李健吾、曹禺、曹葆华、孙毓棠等。入学不久，九一八事变爆发。辛笛与同学一起到火车站请愿，甚至他们还直接趴在铁轨上抗议，不让列车前进。被军警驱散后，辛笛和几个同学在夜色里偷偷爬上火车来到南京，直接到政府门前游行。回到清华后，很多激进的热血青年和学生受到追捕。为此，辛笛经常将他们藏在宿舍和亲戚的家里避难。尽管国难当头，但是当时大师云集的清华园以及新文化给了辛笛以极其重要的影响。当时郑振铎、俞平伯、吴宓等老师的课非常受欢迎。尤其是在叶公超的"英美现代诗"以及吴宓的"19世纪浪漫主义诗歌"课上，辛笛得以系统接受了艾略特、叶芝、里尔克、霍布金斯、奥登等诗人。辛笛潜心阅读，"每每心折"。在校期间，辛笛曾和同窗好友盛澄华准备创办一本刊物，名为《取火者》，但是因为受到当局关注而受挫。其间，辛笛和盛澄华曾参与编辑《清华暑期周刊》和《清华周报》。

1934年1月1日，郑振铎和靳以、巴金等人在北平创办《文学季刊》。在北海与景山之间的三座门大街14号那个幽静的小院里，辛笛通过南开的同学章功叙（靳以的二弟，靳以原名章方叙）结识了靳以、巴金、卞之琳等人。1990年春，辛笛正在病中，为了庆祝卞之琳（1910—2000）的80周年诞辰，还是勉强支撑坐起，赋诗一首《寄季陵》以表心意，可见情意之笃。

> 病榻外传来袅袅箫声
> 叫我一次次听作是
> 你吟咏的长安市的尺八

梦里的三潭印月
一次又一次叫我见到了
你一度失落的圆宝盒
你北在长城脚下
我南在扬子江边
不辞千里迢迢路
凭借三春的江南烟雨
在旧元夜寄给你一份遐思
还有，一枝红梅的祝福

该诗前有小序："今年欣逢诗人卞之琳（季陵）教授八十初度，北京已编成纪念文集付梓，不日可望问世。病中久疏通候，老友起居动静，常在念中。春雨楼头，益增怀想，率成小诗寄北，聊以将意。"

晚年的辛笛曾回忆，当时在北平的巴金于公开场合并不爱说话，但是一到争论起来操着川音的巴金竟然极其雄辩，往往语惊四座。1935年夏天，大学毕业后，辛笛在北京灯市口的贝满女子中学和南长街的艺文中学教授英文和国文。好友盛澄华则留学法国研究纪德。为了鼓励学生学好中文，在课余时间辛笛组织学生参加作文比赛。奖品是辛笛自己用工资买来的刚出版不久的《巴金短篇小说集》（第一集）。

辛笛在北平的时光是安闲而惬意的，1936年3月11日他于甘雨胡同6号在日记中写道："上午无课，给嘉兴言冷一信,说我城居的日子过得很好;说我毕竟不忍离去北平,它是这样静好的地方,处处都有着深深的庭院;说住处有花有木;窗下的是一株丁香,春天若果已来时,当不致感及颜色的寂寞;说地点也很适中,去市场去学校都不过隔两条街,而烦嚣的市声却只隐隐地传来,觉得辽远,时有啼鸟,给这院落的平静添一点儿韵响。"此外,《丁香、灯和夜》一诗也是反映此时北平生活的,请看:

今夜第一次
我惊见灯下
我的树高且大了
花的天气里夜的白色
映照中一个裙带的柔和
今夜第一次
我试着由廊下探首窗间
绿窗有无声息
独自为主人
描一个轻鸽的梦吗

一年后,辛笛在著名美学家朱光潜的推荐、盛澄华的反复催促以及父亲的"科举"同年(一位银行家)的资助下前往英国爱丁堡大学攻读英国文学。1935年,辛笛和弟弟辛谷合出了第一本诗集《珠贝集》(上海光明书局)。1937年对于辛笛来说是一生中极其重要的一年。该年春天，爱丁堡大学为艾略特举行授予博士学位的隆重仪式。辛笛见证了这一重要时刻，当年在清华园从叶公超以及书本那里了解到的倾慕已久的大师级诗人竟然如此真实地站在面前。激动不已的辛笛回到住处后几乎彻夜难寐，而床头艾略特的诗集早已经被他翻看得散了架。辛笛还有幸聆听了艾略特在爱丁堡大学做的关于莎士比亚戏剧的专题讲座。当时辛笛已不记得艾略特讲了些什么，但对听课时的舒畅感觉一生难忘。艾略特衣着讲究，举止优雅的绅士派头、潇洒的风度以及自我嘲讽都令辛笛倾倒。在英期间，辛笛不仅结识了艾略特、史本德、刘易士、缪尔等一大批重要诗人，还参加了很多诗歌讲座和朗诵会。那时的朗诵会多在乌烟瘴气的小酒馆举行。此时辛笛的诗歌创作渐趋成熟，经常在《大公报》副刊和戴望舒主编的《新诗》月刊上发表。那时是4月，英国遍地盛开的杜鹃花燃起了辛笛浓浓的乡愁：

年年四月，勃朗宁怀乡的四月
雾岛上看见此花肥硕与明媚
(啊，迢迢亦来自古中国)
便招激起我心中
故国故城里此鸟的啼声

利用假期，辛笛还专门从爱丁堡乘夜车到巴黎找盛澄华。当时盛澄华住在拉丁区的一个三层楼的学生公寓。他们一起参观法国作家的故居。每天清晨,辛笛都要到卢森堡公园散步,下午到香榭丽舍大道看夕阳。在巴黎期间辛笛写下"阳光如一幅裂帛/玻璃上映着寒白远江/那纤纤的/昆虫的手,/昆虫的脚/又该粘起了多少寒冷/——年光之逝去"。

1939年,辛笛回国为母亲奔丧,途经新加坡时他特意拜访了时在《星岛日报》任总编的郁达夫。尽管郁达夫正忙于抗日募捐,但还是抽出时间请辛笛到南天酒家小聚。临别前,郁达夫送了辛笛一张签名的相片。

辛笛和徐文绮婚后没过多长时间,1941年太平洋战争爆发。上海沦陷后,辛笛为躲避敌伪注意只得离开大学进入金城银行任秘书,后担任信托部主任。

"孤岛"时期,徐森玉与郑振铎等人想尽办法转移和保护当年从北平转来的八千多部珍贵古籍和经书。辛笛和徐文绮将其中的十几箱藏在中南新村寓所顶楼上的隔层里。后来,这些保存完好的珍贵书籍存放于国立北平图书馆。

抗战胜利后,因为内战,上海的文化环境迅速恶化。1946年6月4日端午节这天,辛笛等人准备在上海辣斐大戏院举行诗歌朗诵会。但是大批军警封锁了前后门,禁止开会,原定八点半开的朗诵会不得不被推迟到九点半。由于军警的疯狂冲击,朗诵会最终没有开成。

1946年7月15日,闻一多遇刺身亡。闻此噩耗,辛笛在万分悲痛中写诗悼念。

> 对有武器的人说
> 放下你的武器学做良民
> 因为我要和平
>
> 对有思想的人说
> 丢掉你的思想像倒垃圾
> 否则我有武器
> ——《逻辑——敬悼闻一多先生》

1946年8月间，辛笛和袁水拍、倪海曙、徐迟、夏白、李丽莲等人创办《民歌》诗刊。第一期发表了郭沫若、洪深、贺绿汀、马思聪、辛笛、袁水拍、徐迟等人的诗作和文论。《民歌》创刊号销路很好，首印一千多册很快售罄。正当辛笛等人备受鼓舞的时候，《民歌》引起当局注意并很快被查封。尽管如此，利用银行工作的便利，辛笛仍以各种优惠的贷款大力支持文化生活出版社、平明出版社、星群出版社、森林出版社、开明书店以及《文艺复兴》《诗创造》等杂志。其间，辛笛出版了诗集《手掌集》以及散文集《夜读书记》。我们可以看看辛笛这段心路历程以及写作经历的变化，"最初九年，我是先去欧洲读书，临末回来，因为避乱改习了做生意，如是我的思想和情感一直在深深的静默里埋藏。抗战胜利，银梦在死叶上复苏,于是在工作的闲余,我重新拾起了文字生涯"(《夜读书记·后记》)。

1948年1月,《手掌集》由星群出版公司出版。该诗集32开,初版印数是1050册。其中1000册为西报纸本,另50册为道林纸。诗集的封面设计是曹辛之。封面采用的是英国版画家Gertrude Hermes女士的木刻《花》。《手掌集》出版后影响很大,甚至后来还受到港台诗人的追捧。正如香港诗人克亮所回忆的:"有人找到了王辛笛的《手掌集》,几乎喜欢新诗的朋友都借来抄录或影印,以备吟咏品赏。当年喜欢这部诗集的朋友真多,后来有人把这部诗集私自影印出版,新诗的爱好者和研究者莫不人手一册,连海外的朋友,台湾的诗歌研究者和诗人,也纷纷托买这部《手掌集》。"唐湜高度评价《手掌集》:"洋场才子的逢场作戏与遗老遗少的赋诗应酬的时代过去了,未来是一个庄严的时代,一切诗人必得忠诚于时代,忠诚于自己的艺术良心。《手掌集》无疑是一册清新的诗作,在目前投机迎合的粗制滥造的诗市场与诗赝品市场上也许是一剂解毒剂,至少,我想,辛笛先生是曾经历了无限的甘苦来写诗的,他对诗是有过一番挣扎、

辛笛《手掌集》书影

一番坚持的,凭这一点,这集子便值得我们去一读。"(《论〈手掌集〉》)当时,谢冕还是福州的一名十六岁的中学生,为了买《手掌集》,他几乎是倾囊而出。此后,从初中到高中,从参军、土改到剿匪以及北大求学,谢冕的背包里一直带着辛笛的这本诗集。后来,辛笛与谢冕成为好友。1980年,香港出版《手掌集》后,辛笛立即寄给谢冕并在扉页上写下:"这是三十多年前所集旧作,本已久不写新诗,过去的就让它过去吧。不想近年香港书商私自翻印,承好友远道见惠,感到汗颜之中又有欣慰之意。更不想在拨乱反正的今天,我要重新以无限振奋的心情拿起笔来写诗,这真要深深感谢'文艺复兴'春天的气息了。为此敢以一册奉请谢冕同志指教。辛笛,1980年6月28日。"

受志同道合青年诗人的影响,1947年,辛笛与曹辛之、陈敬容、唐祈等人决定创办一份刊物。辛笛邀请陈敬容、曹辛之、唐湜和唐祈到家里聚会并商定具体刊物事宜。刊物定名为《中国新诗》,编委是辛笛、杭约赫、陈敬容、唐祈、唐湜、方敬,辛笛负责出版事务。尽管《诗创造》和《中国新诗》被迫停刊,但是"九叶诗人"在这里的集体露面开启了中国新诗的一个崭新时期。在香港期间,辛笛曾与戴望舒一起在永别亭前祭奠一代才女萧红。1948年,辛笛加入中国民主同盟。该年夏天,辛笛乘火车在沪杭线上,路旁的茅屋、坟墓的凄惨景象激发了辛笛对一个黑暗时代和生存困境的深沉思考。

列车轧在中国的肋骨上
一节一节的社会问题
比邻而居的茅屋和田野间的坟
生活距离终点这样近

1948年秋冬之际,在上海空前紧张的白色恐怖和随处可见的暗杀中辛笛也被敌特跟踪监视。为安全起见,辛笛将家人转移到香港,独自留在上海。

"更与何人问暖凉"

1949年5月底,上海宣布解放。为了支持国家建设,满怀热情的辛笛决定把父亲留给他的十五万美金捐给国家。由于特殊的外汇政策,直到三十年后这一愿望才得以实现。

辛笛曾任中华全国文艺协会上海分会理事兼秘书、诗歌音乐工作者协会上海分会负责人。1949年7月,巴金、辛笛随以夏衍为团长的上海文艺代表团出席在北平召开的第一次文代会。新朋旧友知道辛笛在银行任职,于是就经常让辛笛出面打牙祭。辛笛也不推辞,时常与巴金、方令孺、靳以、郑振铎、赵家璧等一众朋友到琉璃厂附近的餐馆以及丰泽园一聚。一代才女,"九姑"方令孺称辛笛为"当代小孟尝"。文代会期间,辛笛与艾青、臧克家、何其芳、沙鸥、冯至、卞之琳、戴望舒等人发起全国诗歌工作者联谊会。会后,北平、天津、上海、南京等大城市也分别成立诗歌工作者联谊会。在 8 月 2 日的全国诗联成立大会上,辛笛等被选为候补理事。

辛笛的代表纪念册上记录着当时很多著名诗人给他的题词。

为人民服务,无畏地,无伪地!

——胡风

我们不再像蝼蚁一样死
像牲口一样活。

——戴望舒

向太阳!

——艾青

歌唱人民!

——何其芳

我们听到一个响亮的声音:"人民的需要!"

——冯至

过去我们善于歌唱自己,
今后必须善于歌唱人民。

但这种转变并不是容易的,
首先得离开自己,
真正走到人民大众中去。

——苏金伞

热心家要光明,光明也要热心家。

——田间

在当时诗歌大众化、民歌化以及为工农兵和政治服务的影响下,回到上海的辛笛,尝试着写了一首符合时代口味的《保卫和平,保卫文化》。1962年,辛笛曾写有民歌风的《陕北道情》。但是辛笛终于意识到这样的诗歌表达方式已经难以真实地表达内心感受,于是就此搁笔近三十年。直至1979年秋天,辛笛才重新拿起诗笔。诗人终于能够抒发郁积在内心的苦闷了,"我又站在阳光下了"。

新中国成立后,辛笛历任上海烟草工业公司、上海食品工业公司副经理。1951年6月,辛笛辞去金城银行职务,到上海财委地方工业处任秘书。当时,周而复曾邀请辛笛到上海作协担任办公室主任,被辛笛婉拒。

辛笛一生嗜书如命,藏书甚多,然而在"文革"那个"破四旧"的年代他不能不为此遭殃。平时,书不小心掉在地上,辛笛都会赶快捡起来掸掉书上的灰尘,心疼得要命。子女要看他的新书,必须先净手才行。"文革"开始后,几大橱子的书让辛笛苦恼不已。他挑来拣去,把没甚用处的废旧报刊拿去卖废品,竟然用卖报的钱拎回一串大闸蟹。单位来抄家的人还是如期而至。几大军用卡车不仅拉走了辛笛几乎所有的藏书,而且连高大的书橱以及巴金先生专门赠送的白色铝合金书橱也被拉走了。徐文绮被下放到嘉定的干校劳动改造。1968年冬天,辛笛坐车去嘉定给妻子送过冬的棉衣。二人相顾无言,唯有眼泪纵横。回到住处后,夜不能寐的辛笛吟七绝两首遥寄妻子:

更与何人问暖凉,秋深废井对幽篁。
簪花屡卜归期误,未待归来已断肠。

篱边传语感凄惶,相见何曾话短长。
珍重寒衣聊送暖,卅年鸳思两茫茫。

不久,年近六旬的辛笛被下放到奉贤干校劳动改造。常年不劳动的"书生"为此尝尽了苦头,下田插秧、拔草施肥、拉犁运土、挖渠开河、沤肥喂猪。劳动之余,辛笛用竹子做成肥皂盒、灯罩、晒衣架等生活器具。而此时,另一位"九叶诗人"曹辛之则在乡下用竹子雕刻笔筒和臂搁。命运是如此相似!

即使环境再恶劣,辛笛还是偷偷创作了数量可观的旧体诗。"文革"中徐文绮的腰椎被红卫兵打伤。即使如此，她无微不至的照顾使得辛笛渡过一次次难关。1975年，辛笛写给妻子两首七绝《赠内》以示感激：

怜卿怜我不为贫，且学行僧脚暂伸。
一自连朝风雨骤，三分春瘦七分人。

梁孟相庄卅五年，平时心意藕丝牵。
出门叮嘱家常语，话到唇边已惘然。

在离开故乡几十年后，辛笛才重又踏上回乡之路，然而一切早已经物是人非，"欲语泪先流"。僵化的文艺观念，尤其是"文革"流毒还是多少影响到了辛笛。

20世纪70年代末期上海工人文化宫举办诗歌讲座，辛笛是首场开讲人。辛笛可能是心有余悸，讲座过程中几乎都是教条的术语和枯燥的宣传，很像是政治报告。当时辛笛的女儿王圣思就坐在台下。听到父亲的讲座，她如坐针毡，非常失望。会场上的观众窃窃私语，哈欠连天。坐在王圣思身后的一个青年不满意地挖苦道："这下好了，辛笛，辛笛，笛子吹破了！"回家后，王圣思将这句话转述给辛笛，辛笛听后不仅没恼反而哈哈大笑。确实，坚冰只能是一点点融化，思想解放也不是一朝一夕能完成的。

"默存淡泊已忘年"

辛笛一生的朋友当中不乏钱锺书、巴金、沈从文、卞之琳、郑振铎这样的文学大家。这与他不计得失的慷慨和真诚待人的性格有关。

抗战时期,郑振铎化名西谛,租住在沪西居尔典路上很不起眼的一座小楼里。这里恰好紧挨着辛笛的居所,于是二人经常交谈至深夜。郑振铎丰富的藏书更是吸引着辛笛的频频造访。当时郑振铎尤其担心这些珍贵的藏书被国民党当局查抄,辛笛主动提议将家里的阁楼腾出来安放这些书籍。一个深夜,二人大汗淋漓地将这些书打捆装箱,趁着茫茫夜色运到地点。当时郑振铎为了研究戏曲杂剧看中了书肆中八九百册的清代文集。窘迫拮据的郑振铎只得再次求助辛笛,辛笛费尽周折从银行贷款买下了这些书。后来,郑振铎在《劫中得书记》中动情而感激地谈到了这段往事。

值得一提的是辛笛与钱锺书是清华校友,但二人大学期间并不相熟。直到1941年太平洋战争爆发后钱锺书夫妇来沪探亲才与辛笛开始了真正的交往。钱锺书夫妇滞留上海期间,辛笛给予了力所能及的帮助。冬至那天,钱锺书和杨绛受辛笛的邀约前往家中吃日式火锅,作陪的还有郑振铎和徐森玉等亲友。当时钱锺书夫妇暂住的地方离辛笛家很近,于是辛笛经常前往住处谈论文学发展和社会动向。"文革"浩劫中，难以排遣内心苦闷的辛笛开始偷偷尝试写作古体诗。他在给钱锺书等人的书信里经常抄录自己的诗词。此后很长一段时间，辛笛都通过这种特殊的方式与远方的友人诗词唱和并抒发心中块垒。辛笛和钱锺书有很长一段时间在京沪两地以诗唱和往来。钱锺书在回复辛笛的书信时曾经写过一首诗，回顾半生的多舛命运："雪压吴淞忆举杯，卅年沉殁两堪哀。何时榾柮炉边坐，共拨寒灰话劫灰。"辛笛更是在诸多回信中赠诗给钱锺书，比如下面这首（写于1973年11月7日）：

鹪鹩栖息一枝安，私愿从今早去官。
淡泊容教忘悔吝，衰迟渐解逐波澜。
清狂裘马尘生忆，细酌杯盘兴未阑。
终是诗人言语好，恍同晤对把书看。

1993年酷暑，辛笛得知钱锺书因病割去一个肾时万分忧虑，当即给钱锺书去信询问病情。病榻上的钱锺书收到信后非常感动，强忍阵痛，于当天给辛笛回信。1998年12月19日早上7时38分，一代文学巨匠钱锺书于北京病逝。巨擘星沉！闻此噩耗，辛笛十分悲痛，情难自已。在寒冷的深夜，辛笛眼含热泪用颤抖不已的手写悼诗以作怀念："默存淡泊已忘年，学术钻研总率先。何可沉疴总不起，临风洒泪世称贤。"

辛笛 1994 年 4 月 29 日于上海

　　当年在北平，巴金参与创办《文学季刊》。辛笛经由靳以介绍与巴金、郑振铎和沈从文等结识。那时，辛笛深深沉浸于巴金的燃烧着理想和热情的小说世界当中。当年巴金和靳以都租住在三座门大街 14 号那个小小的庭院里。这里宁静而干净，三间平房朝南，门向东开，窗前有两棵高大的槐树。就是在这个小院里，辛笛与巴金、与时在燕京大学和清华大学兼课的郑振铎，与清华大学的同学曹禺、北京大学的学生卞之琳等有了深入的交往。每逢周末，辛笛都会早早从西郊赶过来。1934 年 7 月，曹禺的《雷雨》发表于《文学季刊》第一卷第三期，引起文坛注意。在辛笛的印象里当时的曹禺正在热恋中，经常带着女友来此参加活动。实际上,曹禺和女友来此也正是为了约会。为了成人之美,巴金和靳以就特地让出地方到外面去闲逛。1936年,辛笛去英国留学,在意大利邮船上度过了二十天枯燥烦闷的海上生活。在这些无聊的日子里,随身携带的《巴金短篇小说集》给了辛笛以温暖和精神慰藉。抗战胜利后,辛笛与巴金同住上海,交往更为密切。正如辛笛所说,他们成了"通家之好"。由于交往频繁,巴金的日记里经时有辛笛记述。1977年5月至该年年底,巴金的日记中关于辛笛的记录就达三十多次。在冬天寒冷的日子里,巴金夫妇经常来到辛笛家里,因为他们最喜欢徐文绮亲自煮的热气腾腾、香气四溢的咖啡。二人交好四十年后,在巴金生日当天,辛笛通过《为巴金先生寿》一诗表达自己对巴金的敬重之情:

你在我的心目中
一直是一座长者的铜雕
你把全部心血都呈现给读者
自己只赢得光辉的白发满头

"文革"期间,巴金与辛笛都受到冲击。在暴风骤雨般的运动中他们已经不能正常交往。无比想念巴金的辛笛曾一次次在黄昏或清晨徘徊在武康路和湖南路一带,希望能遇到老友。然而现实是如此残酷。情急之下,一个风雨交加之夜,辛笛竟然冒着风险敲开了巴金的家门。前来开门的巴金妹妹琼如见是辛笛,简直有些不敢相信,因为这实在太危险了。在周恩来总理逝世的日子里,辛笛和全国人民一样处在无比的悲痛之中。当一个偶然的机会,辛笛在淮海中路看到墙上张贴的"四人帮"垮台的大字报时简直难以置信。他第一时间气喘吁吁地跑到巴金家里去通知这个天大的好消息。正在藤椅上午休的巴金没想到辛笛会突然出现在面前。当巴金得知此消息后,二人长久地抱头痛哭。辛笛和巴金友情的深厚程度已经胜似兄弟了。在北平期间,何其芳曾来信告知辛笛北京东安市场书店有一套纪德送给盛澄华并亲笔签名的《纪德全集》,希望他买回来。当时辛笛要临时找朋友凑钱,当钱终于凑齐后书却被别人买走了。解放前盛澄华赠给辛笛的《纪德研究》也在"文革"中不知所终。后来,辛笛偶然间与巴金谈起此事,巴金当即送了自己哥哥李尧林收藏的《纪德研究》相送。二人厚谊可见一斑。1990年以后,巴老的身体每况愈下,一年里有多半年在医院度过。而此时的辛笛也时常生病,身体机能老化得也很严重。辛笛可以算得上是诗坛的美食家,但是因为身体不便,连离家不远处的梅龙镇餐馆也不能去了。但是只要身体稍好些,他就坚持前去巴老的病房探望。有时两人只是在默默中相对,两只经历沧桑的手紧紧握在一起。1999年,巴金病重,而此时的辛笛也已是八十七岁高龄。即便如此,听闻巴金病重的消息,辛笛仍让巴金胞弟李济生帮忙传递问候。李济生成了巴金和辛笛之间的通信员。2003年11月，巴金百年诞辰之际，上海图书馆举办"巴金在上海图片文献展"。辛笛接到邀请后坚持让家人推着轮椅前去参加活动。

1976年7月28日，唐山大地震。为了躲避余震，沈从文坐火车从北京来到苏州岳父张吉友家。8月，沈从文在给巴金的一封信中提到自己将来上海并希望见上一面。巴金收信后，立刻书信一封给辛笛："从文有信来，他廿日来沪，住在朋友家，希望你能给他引路去看看四马路新旧书店。请你考虑。从文的通信处是桂林路音乐新村师大宿舍程应镠转。他打算二十一日到我家里来。别的话面谈。祝好！"而此时的辛笛刚好卧病在床，病中的他给巴金回信并说明自己会尽可能照顾好从文先生。最终，沈从文在苏州有事耽搁了，一再推迟前来上海的日期。到了9月，沈从文终于抵达上海，住在程应镠家里。此时，辛笛的病情刚刚好转。听到巴金说沈从文已到，辛笛立刻不顾病身前去程家探望并陪沈从文去逛福州路上的旧书店。1979年3月，沈从文与妻子张兆和借出差的机会再次来到上海。3月24日傍晚，辛笛先去衡山宾馆接沈从文夫妇然后去拜访巴金先生。两天后，辛笛夫妇专门在"红房子"宴请巴金、沈从文夫妇以及施蛰存、许杰等。新朋旧友相聚，自是一番感慨。1988年5月10日晚，沈从文因心脏病逝世于北京。辛笛在萧乾写于5月12日的信中闻此噩耗。在5月15日的日历牌上辛笛写道:"萧乾5／12信到,告沈从文5／10晚病逝,电李家始悉沈老5／10下午发心脏病,晚遂不治。"此时,辛笛正准备去新加坡参加作家交流周活动。即便在新加坡,辛笛仍处于悲痛之中。面对《联合早报》等媒体他强调沈从文是中国最伟大的作家之一。从新加坡回来后,辛笛病重住院。当时辛笛所在的病房紧挨着太平间,每天夜里都能听到撕心裂肺的哀号声。此时老友近逝,自己多病,辛笛每每在夜里起来用旧体诗抒发自己关于时代以及死亡的深沉思考:

劫火余灰忆尚温,相濡以沫故存存。
年来悼念愁如染,风义何堪哭寝门。

秋云渐远渐无痕,何处先生未死魂?
老病推窗惊坐起,伤心吞泪更声吞。

边城读罢又三更,窈窕楼台外有星。
饱味文章羞鼠蠹,愁人美丽唤灯青。

为纪念沈从文逝世一周年,辛笛为上述三首诗写序补记:"客秋连月住院卧病,索居无俚。每于午夜梦回,间有号丧永别之声路经窗下,辄为动容。顾死生相去,其薄何啻一纸,而蜉蝣冥止万千,命在朝夕,亦人生应有之义。逝者既已远行,老牛自知夕阳苦短,余热无多,固不待扬鞭自奋蹄矣。"

1989年，辛笛收到张兆和寄来的沈从文生前的一张照片。照片的背面写着："辛笛兄留念　兆和赠　一九八九年五月卅一日　摄于八十年代得病前。"

辛笛和卞之琳早在20世纪30年代即北平时期就结下深厚友谊。二人都是巴金和靳以在北平三座门大街14号《文学季刊》编辑部的常客。待到后来卞之琳编《水星》，辛笛也常在上面发表诗作。"文革"结束后，辛笛女儿王圣思在抄家返还的极少的旧书中看到了卞之琳翻译的纪德的《窄门》。在译本的序后附记中卞之琳谈到此书极其艰难的翻译过程。而在此过程中，辛笛和李健吾等人都曾给予他很大帮助。1946年11月6日，卞之琳在辛笛的寓所完成了《窄门》这本书的序言："这部译稿于1937年夏天开始于雁荡山中，最后一小部分于8月间完成于上海炮声中，于李健吾先生家里，嗣后曾带到过成都和昆明，寄到过桂林，错误百出的印成过书，今在滞沪途中，上星期校毕于北郊周煦良先生家中，此刻成序于西区王辛笛先生家中。"卞之琳应邀到英国访问，1947年8月3日在上海的轮船码头辛笛为他送行。回家后辛笛写出《赠别——一九四七年八月三日送季陵》：

今天有人对你轻轻地说：
不离开生长的国土
不懂什么才是最难与割舍

我相信，一天待你回来时，也会如此说。
今天瘦长个子的你，孤独的你，
没奈何的你，
坐着这个稀奇古怪会划水的东西走了
我从今再不想叫它是"船"。

2000年11月中旬，辛笛收到从北京寄来的纪念卞之琳90岁寿辰（12月8日）的研讨会暨《卞之琳文集》首发式的邀请函。当时的辛笛已经卧病在床，但是他还是在病榻上坚持写成一首七绝和一首新诗以表祝贺之情："义山长吉久同游，鸿雁传诗辄未休。今日举箸遥祝酒，晚晴更喜有新俦。"辛笛让女儿王圣思用电脑将诗用大体字号打出寄给卞之琳先生。然而，被辛笛称为"我们中间的先行者"的卞之琳先生却未能过完九十岁生日就驾鹤西归。12月3日上午，辛笛在宫玺打来的电话中得知了卞之琳在前一日辞世的消息。闻此噩耗，辛笛长久呆坐不语。听说卞之琳辞世的消息已经刊登在《文汇报》，他立即托人找来报纸，看后连声慨叹："没有想到，真没有想到，怎么说走就走了？"当他得知卞之琳先生是无疾而终没有痛苦地离开时，辛笛才稍稍感到些许安慰。在悲恸与怀念中辛笛又赋诗一首《送诗人卞之琳远行》："方期《文集》庆新装，噩耗惊传枉断肠。佳句从今难再得，海天生死两茫茫！"

1995年，辛笛和施蛰存、柯灵一同获得亚洲华文作

· 241 ·

家文艺基金会颁发的敬慰纪念奖。

晚年的辛笛生活很有规律,每天早上六点起床,早饭后下楼散步,上午工作三小时,中午午睡三小时,下午阅读书报,晚饭后看看电视,晚上九点就寝。辛笛总是能给他的朋友们带来快乐、安慰和启示,比如当时上海的年轻诗人缪克构与其交往就是鲜活的例子,"从1997年大学毕业,到2004年初辛笛先生去世,有六七年的时间,我经常出入上海南京西路花园公寓。诗人辛笛先生就住在那里。我每次去看辛笛先生,一迈进公寓大门心境便澄明起来,仿佛外界的喧嚣和浮躁不再跟随。而每次从那里出来,繁华街市似乎也洗去了雾气和奢靡,散发着理性而清澈的光辉,这种光辉会在一段时间里相伴我的左右。这也许正是书香的力量、诗歌的力量、一位温厚长者散发的智慧的力量"(缪克构《"水手问起雨和星辰"——记我和辛笛先生的交往》)。

晚年的徐文绮因为患骨质疏松症以及脊椎多次压缩性骨折也已卧床。

2001年深秋,辛笛突发心脏病从椅子上摔到地板上,随后被送往医院。从此,辛笛安上了心脏起搏器。自以为大限已到的辛笛口占一诗:"驽材闷损本无多,况值衰年奈病何。起困博通感圣手,无常只好悄然过。"然而病情竟然奇迹般地好转。

辛笛在最后的几年开始整理自己的旧体诗,最后结集为《听水吟集》。

九十岁的时候,辛笛作小诗《寒冷遮不断春的路——九十抒怀》,这是面向时间、存在、暮年与死亡的深沉低唱。

从潇洒少年
走到蹒跚步履的今天
我的一生该是交织了
多少的必然和偶然

人生七十古来稀
我已经多活了二十岁
有什么可感慨的呢
我也不过是一个人间的过客

天国里
已经有不少老朋友
正等着我去聚会
但在这多彩的世界里
我新结交的年轻朋友只会更多更多

漠漠轻阴的四月
都市里从远处传来
杜鹃鸟的啼鸣
是它深情地在倾诉:

寒冷遮不断春的路

2004年1月8日上午9时20分,辛笛在上海中山医院病逝,享年九十二岁。而仅仅三个多月前——2003年9月30日下午5时5分,妻子徐文绮辞世。

妻子故去数日,辛笛作《悼亡》一诗:"钻石姻缘梦里过,如胶似漆更如歌。梁空月落人安在,忘水伤心叹奈何。"

女儿王圣思说,父亲是追随母亲而去的,"想到他与我母亲分离百日又能团聚,我们做子女的在悲痛之余又略感安慰"。

辛笛生前曾写有一首诗《一个人的墓志铭》:"我什么也不带走,/我什么也不稀罕;/拿去,/哪怕是人间的珠宝!/留下我全部的爱,/我只满怀着希望/去睡!"

辛笛一生最爱听舒伯特的《小夜曲》。在离世前他竟偷偷写了一首诗《听着小夜曲离去》。女儿王圣思在整理父亲遗物时偶然间在书页里发现了写在纸条上的这首诗:

走了,在我似乎并不可怕
卧在花丛里
静静地听着小夜曲睡去
但是,我对于生命还是
有过多的爱恋
一切于我都是那么可亲可念

人间的哀乐都是那么可怀

　　为此，我就终于舍不开离去

2004年1月17日，辛笛遗体告别仪式上大厅里播放的正是舒伯特的《小夜曲》。

辛笛遗体告别仪式第二天，冬雨绵绵，辛笛和徐文绮合葬在青浦福寿园。

隔着尘世漫漫雨幕，那支清脆、欢欣而又忧伤的芦笛将在另一个世界继续吹响……

邵燕祥曾经说过："在中国现代诗歌史上，像辛笛这样的诗人是可遇不可求的。"

◎ 唐湜

小传：唐湜（1920—2005）　浙江温州人，原名唐兴隆，乳名兴龙，学名扬和，笔名迪文。1948年毕业于浙江大学外文系，参与编辑《诗创造》工作。1948年在上海加入中华全国文协，1954年，在中国戏剧家协会的《戏剧报》任编辑。著有《骚动的城》《英雄的草原》《飞扬的歌》《幻美之旅——十四行诗集》《泪瀑》《春江花月夜》《蓝色的十四行》《遐思：诗与美》《海陵王》《意度集》《新意度集》《翠羽集》《月下乐章》《霞楼梦笛》《唐湜短诗选》《唐湜诗卷》《一叶谈诗》《九叶诗人："中国新诗"的中兴》《民族戏曲散论》以及昆剧《百花公主》，整理昆剧《荆钗记》，译著《坡道克之歌》。

孤独中驾一叶幻美的轻帆

这真是一条梦幻样迷离的道路，一方面痛苦地深陷在长时期的灾难之中，一方面却在抒写着纯净得几乎一尘不染的诗的花朵。

——唐湜

从飞霞山烟雨到西北烽烟

唐湜于庚申猴年农历五月二十八日（公历7月13日，星期二）出生于浙江温州杨府山（又名瞿屿山）北面的涂上涂（今名唐宅）。唐湜原名唐兴隆，乳名兴龙，学名扬和，字迪文。父亲唐伯勋，经商创业，曾在当地创办小学。母亲王丽则，出身书香门第，祖上为秀才。兄弟姐妹十人，唐湜排行老大。

唐湜的舅父王季思（1906—1996）后来成为著名的戏曲史家，他对唐湜的戏剧影响非常大。在唐湜很小的时候，舅父就把《林冲夜奔》《玉堂春》《长生殿》《牡丹亭》《单刀会》《连环计》等唱片放给他听。在后来追怀舅父的文章中,唐湜仍对这段往事念念不忘,可见舅父对其影响之深,"季思舅父是我母亲的弟弟,我从小就爱跟他在一起,上初中过暑假时,我常跟母亲去外婆家度夏,他也总带着一家人从外地回家。我爱听着他放唱片唱《梳妆·掷戟》里那一段《懒画眉》:'自从淹滞虎牢关,失却明珠泪暗弹!'或那一段《新水令》:'大江东去浪千叠……'或读他带来的许多线装本的元曲剧本"(《悼五位逝者》)。

唐湜的家乡靠近瓯江,水系蜿蜒纵横,"瓯江之水,发源于处州(今丽水)山中的百山祖西北麓锅帽尖,自西向东,贯穿整个浙南地区,流经处州、温州等诸多村镇。江水从山谷滩林间曲折而来,一路上绵绵不绝,雄奇多姿,来到温州城区地段,却已浪花滚滚,莽莽苍苍,缓缓东流,从温州湾注入东海"(曹凌云《生为赤子——唐湜与他的文友们》)。这里曾经巫风盛行。村庄有好几座海神庙和财神庙,每年这里都有戏班演出。儿时的唐湜对戏曲很是着迷,常常让家里的一个帮工背着他去看戏。当时唐湜印象最深的戏是头戴长翎、赤脸长髯的李自成拜吊死的崇祯皇帝,还有妖怪变成村姑吃人心肝的恐怖场面。唐湜之所以给自己的书房取名为飞霞楼,是因为此处临近飞霞山,山因飞霞洞而得名。从楼上远望就是青翠氤氲的群山,年轻时的唐湜最爱在楼头窗口吹笛、看书、唱戏。山脚下有一片池水,池中是大大小小突兀的崚嶒岩石。池水清澈见底,锦鳞游来游去。在池边的岩石上刻的是唐湜母亲的祖父王仲兰题的四个大字"磊落奇才"。飞霞洞旁几棵合抱的大树曾是唐湜孩童时代的乐园。可惜,在唐湜上小学时一场山火烧死了这些老树。

唐湜七岁时,家里给他请了几位家庭教师。其中一位新潮老师叫陈国华,因学潮被师范学校开除。陈国华激进的思想也影响到了小小的唐湜。1928年开始,唐湜在温州中学附属小学和初中部就读。小学二三年级时,唐湜已读完《三国演义》《东周列国志》《七侠五义》"三言""二拍"《红楼梦》《西游记》《水浒传》等。暑假的时候,唐湜和母亲一起到上田村外婆家度假。那时在外地教书的二舅父王季思也带着家人来消夏。王季思在东南大学时曾跟随曲学大师吴梅学艺,他带来的大批线装杂剧传奇以及时髦的唱片让唐湜如醉如痴。唐湜与表兄弟们一起听《夜奔》和《游园惊梦》,还跟随舅父咿咿呀呀学了一阵子的戏。在中学期间,唐湜开始接触到新文学并尝试着写作短诗。起初冰心的散文诗对唐湜影响不小,后来则是何其芳的《画梦录》和《预言》使他着迷。有一次暑假,唐湜在涂山老宅的东楼上读何其芳。表哥陈桂芳的书房里有大量的新诗集,其中新月派更是吸引着唐湜。

在中学时期,朱自清对唐湜的影响很大。朱自清从1923年春天开始在温州中学教国文三年,校歌就出自他的手笔:

雁山云影，瓯海潮淙。看钟灵毓秀，桃李葱茏。
怀籀亭边勤讲诵，中山精舍坐春风。

英奇匡国，作圣启蒙，上下古今一冶，东西学艺攸同。

不仅朱自清的诸多关于温州的散文让唐湜沉醉，而且他炼狱般的知识分子精神对唐湜影响更深，"我更爱把朱先生看成这时代受难的到处给人蔑视的知识生活的代表，从他身上看出人类的受难里更深重的知识的受难，他的'背影'是很长的"。1948年8月12日朱自清病逝，唐湜写作《手》一诗以作纪念：

雁山蔚蓝如悲怆的
大地的琴弓，河岸上
星光沉落，渡河的
坚定的姿于一闪间
凝结，亲切的光耀
在海上升起，朝霞晕开
如金色的莲花，思想的
手在不经意间伸入混沌
因为人们已经醒来
因为人们已经起来……

在温州中学读书期间，唐湜与林斤澜、赵瑞蕻、莫洛等同学参加了"野火读书会"。当时这些追求进步的学生读得最多的是鲁迅、茅盾、高尔基和法捷耶夫以及《大众生活》《世界知识》《中流》《译文》《光明》等刊物。"一二·九运动"也影响到了温州,当时唐湜和赵瑞蕻、莫洛等同学参加了拆除日本人开的洋货店"东洋堂"活动,但是因为警察出面阻止而没有成功。因为此事,已经参加共产党的莫洛被学校开除。唐湜也两次因为参加学潮被学校开除,只是校长迫于学生压力才让唐湜复学。1936年,唐湜读到了卞之琳、何其芳、李广田"汉园三诗人"的《汉园集》。这个硬布面的烫着银字的诗集深深吸引了这位中学生,尤其是何其芳的《预言》和曹葆华翻译的《现代诗论》对唐湜的影响更大。

1937年春天,唐湜考入宁波中学高中部。入学不久,唐湜即在校刊《宁中学生》发表了近百行的长诗《普式庚颂》("普式庚"现译为"普希金")。紧接着抗日战争全面爆发,唐湜的中学生活就此结束。唐湜加入莫洛组织的"永嘉战时青年服务团"以及"前哨剧团",用青春的热情参加诸多抗日救亡活动中。

1937年冬天,唐湜与姨妈陶谢言和表兄陈桂芳坐火车经武汉去西北。三人乘骡子车过干涸的渭河,前往安吴堡。大西北寒冷的冬夜,借宿在茅店的一晚给唐湜留下了极其深刻的印象。这不仅是来自温庭筠的诗句"鸡声茅店月,人迹板桥霜"的身临其境,而是更多地来自一个异乡人的愁绪,"泥炕上过了沉沉一夜,/听一夜风吹茅草的声音,/朦胧中就要入黑甜乡中,/鸡声却惊醒了一店旅人"。

唐湜的二弟文荣于1938年春天离开温州前往延安,在抗大参谋班学习。后来离开延安到中原解放区参加革命工作,一次突围北归时遭遇不幸。1938年春天,唐湜跟随新四军驻温州办事处主任吴毓到了挺进师根据地山门。当时救亡干校副校长黄先河(校长为粟裕)对唐湜的帮助和影响很大。其间,唐湜曾准备报考丽水的一个高中,未果。后来经舅父王季思介绍到丽水专署任政工室干事。半年后失去职位,无奈之下,唐湜考取了西安的国民党中央所属的干训团。在军训一年后,唐湜在干训团一份内刊任上尉编辑。

1939年夏天,唐湜与友人姚国价、孙友良等准备从江西徒步到西安,却因为孙友良的爱人郭思琼的告密而与七个同伴一起被捕。唐湜等人先后被囚禁于团内重禁闭室、军委特种拘留所和西安集中营达两年之久。正如晚年唐湜所回忆的,"在狱两年,受刑甚苦"。最终在同乡好友项景煜的营救下,唐湜才得以出狱。出狱后,唐湜回干训团接受三个月的监管。几经周折,唐湜跟随友人去了四川,却不料连日都是42摄氏度的高烧,几乎丧命。1942年,唐湜到《黄河》文艺月刊工作,任助编,那时的主编是著名的女作家谢冰莹。因为唐湜曾经被捕入狱,这使得谢冰莹也受到了牵连而坐了一个星期的牢。在《黄河》工作了不到一年时间,1943年春,唐湜经桂

林、衡阳、长汀、南平回到故乡温州。身心俱疲的唐湜最终在故乡病倒了,而那时的思绪却被一次次扬起:

驾一叶纯白的轻帆

到蓝色的海上去……

湖畔遐思与沪上岁月

1943年夏天,唐湜考取了浙江大学外文系,当时学校为避战乱在龙泉山中。浙大期间,唐湜系统接触到莎士比亚、雪莱、济慈等西方诗人。大学一年级,唐湜开始写作叙事长诗《森林的太阳与月亮》。该诗前后写了竟然有一年多的时间,总共达六千五百行,后改为《英雄的草原》由森林出版社1948年出版。

唐湜《英雄的草原》书影

阅读打开了另一个世界,"我记得十二年前,怎样在一条山间的小溪流畔第一次打开维吉尔的'牧歌',那是一本蓝皮的牛津小书,诗人德莱顿的译品,现在还静静地躺在我的小书架上。我记得我是怀着怎样的渴望打开它,又怎样静静地躺在溪边的金色的小草花间,啜吸着这些诗的晶莹的露珠的。我几乎像在 Hendon 的诗人弥尔顿那样沉湎在这些单纯而清明的诗行里，渐渐，诗的明快的旋律在我心里与小溪的淙淙的奏鸣化而为一"（唐湜《维吉尔的"牧歌"》）。浙大期间，唐湜一直被诗情燃烧着。在木屋的桐油灯下，他每晚能写一二百行的诗。唐湜对华兹华斯等湖畔派诗人的浪漫主义诗歌产生了浓厚兴趣，正如他自己所说的："我很难忘记那一个个黄昏，与同学们在银铃样歌唱的溪流边躺着，朗读'银舌'的莎士比亚，沉醉在仲夏夜的梦幻里；或听雪莱的云雀尖叫着飞过天际，济慈的夜莺不经意地在树林里轻啼。我让异国的诗人引导自己去漫游象征的森林，和谐的诗的王国。"（《一叶谈诗》）

当青春与诗歌、爱情一同降临的时候该是怎样一番妙不可言的情形！1945年春天，唐湜与小自己四岁的陈爱秋（来自瑞安）相识并相爱。事情的进展简直是神速，一年之后，二人就结婚了。此后，育有两儿两女，大女儿唐洛中（1948年出生）、小女儿唐绚中（1954年出生）、大儿子唐维中（1949年出生）、小儿子唐彦中（1955年出生）。1981年5月，唐湜给风雨相伴的妻子写了一首深情缱绻的诗《赠内》：

> 这会儿，你的明媚的春色
> 跟夏日的郁郁无欢都过去了，
> 该到了果实累累的秋天，
> 一个多恬静的迟暮的中年！

在时间的流沙上跋涉三十年,
你给我的欢愉早成了一片烟;
可我凝望着初放的水仙花,
就恍若见到你少女时的风华;

我们的孩子是一些小花铃,
一个个都叫人想起了往日
展现在你自己脸儿上的红云,
你眼睫下的星星也闪在他们
稚气的脸儿上;流光如驶,
我们该珍惜那剩下来的时辰!

生活在一起了,
知己而体己,
心心念念于共同事业的一往情深。
你不只是一枝带露的鲜花,
而且是只蜜蜂栖止在颊鬓。
年华如逝水,
但总是润泽芳馨。
家已经成为蜂巢,
酿出甜甜的蜜,
往往更为理想而忘却温存。

峥嵘的岁月战斗方新,

送走了多少个期待的早晨，
度过了多少个焦灼的黄昏。
两只小船相依为命，
有时月朗天清，有时也风雨纷纷。
熟悉而服帖，
彼此心上的皱纹早经一一熨平。
常青树深深合抱生根，
更给我们以清凉的覆荫，
遮雨遮阳，就像一把伞那样殷切可亲。

作为"诗人评论家"，唐湜尤其受到了李健吾（笔名刘西渭）和梁宗岱的感悟式的"亲切而又精当风格"的文学批评的影响。正如唐湜所说："呵，亲爱的刘西渭先生／这忽儿我想起了您爽朗的笑／四十多年前，一个中学生／由于您的《咀华》的光照／进入了一个新奇的世界／从此，自己也学习着凝眸／拿诗似的精致散文来抒写／书国的行旅中一次次感受／可一直学不到您的真淳／您富于人情味的潇洒风华／直到后来，在上海见到您／才明白风格即人，您笔下／翩翩的文采是打您的纯朴／您含咀的英华里来的气度！"（《怀刘西渭先生》）

而早在 1936 年，唐湜在故乡温州读初中的时候就在《水星》和《大公报》上读到了李健吾的评论文章。全面抗战开始后，李健吾因为在上海编译了大量的反抗性的戏剧而被日本宪兵逮捕。出狱后，李健吾前往大后方，于抗战胜利后才回到上海。1945年，远在温州的唐湜将自己的诗寄给李健吾，李健吾选了几首以"山谷与海滩"为题发表在他与郑振铎一起合编的大型文艺刊物《文艺复兴》上。

直到抗战胜利后，唐湜才在上海见到李健吾。唐湜当时暂时借住在暨南大学上海宝山路的宿舍里。突然一天早上接到《文艺复兴》编辑部的通知，要他到陕西路李健吾的家中领取诗歌的稿费。当时无比激动又惴惴不安的唐湜敲开了李健吾的家门，而一开门李健吾爽朗亲切的笑声立刻感染了还有些拘谨的唐湜，二人相谈甚欢，长达四五个小时，遂成至交。于是，此后唐湜经常去李健吾的寓所谈论文学，尤其是此间接触到的欧美文学对唐湜有很大影响。暂住暨南大学宿舍的唐湜希望以借读生的身份转入该校从而能够聆听李健吾、钱锺书和施蛰存等先生的课。不料，当时任教务长的刘大杰却要求唐湜参加转学考试。无奈之下，唐湜只得继续回杭州的浙江大学学习。然而几乎每个周末，唐湜都要乘火车到上海，住在舅父王国桐的家里去拜望李健吾等先生。

经朋友林岚的介绍，唐湜带着油印的六千余行的长诗《森林的太阳与月亮》（《英雄的草原》）去拜望臧克家。正是在臧克家的家里，唐湜结识了陈敬容和曹辛之。1947年7月，唐湜参与臧克家和曹辛之等人创办的星群出版公司的一些工作。在昆山陆家浜中学教书期间，唐湜经常到上海帮着陈敬容编《诗创造》的翻译专号。唐湜与陈敬容以及她当时的爱人蒋天佐一起去听过梅兰芳的《洛神》。此后,唐湜又与辛笛、方敬、陈敬容、杭约赫、唐祈等作为《中国新诗》的编委为新诗的现代化作出不小的贡献。

唐湜曾经在《文艺复兴》和朱光潜主编的《文学》杂志上读到过穆旦的几首诗以及王佐良所写的评论,但是在当时的唐湜看来穆旦的诗过于晦涩因而没有留下太深刻的印象。1947年秋天,唐湜到上海致远中学找汪曾祺。在唐湜的印象中,"如果说何其芳(在文章里表现的)有六朝隋唐人的华彩丰姿,那么汪曾祺就像是一个萧然一身的魏晋士人"(《江曾祺速写》)。

本来唐湜此次来是想借机找一些资料好给汪曾祺写篇评论,可汪曾祺竟然从书桌上拿起一本厚厚的诗集给他,并说诗人都很寂寞你给他写写评论吧!唐湜接过诗集一看,原来是穆旦的《穆旦诗集》。读完诗集,唐湜一改此前对穆旦诗歌的印象而完全被新鲜感、陌生感牢牢攫住。1948年1月,洋洋洒洒的一万多字的《穆旦论》完成,后来发表在8月、9月的《中国新诗》第三辑和第四辑上。1947年的时候,唐湜与汪曾祺有过通信,在信中汪曾祺主要谈及自己小说的写作状态:"我现在似乎在流连光景,我用得最多的语式是过去进行式(比"说故事"似的过去式似稍胜一筹),但真正的小说应当是现在进行式的,连人,连事,连笔,整个小说进行下去,一切像真的一样,没有解释,没有说明,没有强调、对照的反拨、参差……绝对的写实,也是圆到融汇的象征,随处是象征而没有一点象征'意味',尽善矣,又尽美矣,非常的'自然'。"(汪曾祺致唐湜的信)

直到1949年初,唐湜才得以见到穆旦。元旦过后没多久,唐湜受《新民报》友人宋凯邀请来到南京。唐湜得知此时穆旦正在位于南京的联合国救济组织工作,于是托同乡赵瑞蕻和杨苡夫妇帮忙找到穆旦地址。在穆旦寓所,二人都相见恨晚。穆旦的气度给唐湜留下了极其深刻的印象,二人几乎一整个晚上都在热切地交谈。

1954年,他们才又相聚于北京。五年时光人世已经改变了很多,尽管这一改变可能是悄然发生的,正如唐湜在写给穆旦的诗中所描述的那样:

> 我记得秦淮畔的一个黄昏,
> 你我一见,就欢若平生;
> 悄然过去了五年,我们
> 又相见于京华的朝夕风尘;
>
> 你依然风姿潇洒,可豪情,
> 你往日豪气万丈的放歌呢?
> 我就能听你为黑土的歌人
> 抒唱着姬妲尼娅孤寂的怆恻,
> 又化作英格兰的云雀、夜莺
> 为欧罗巴的清晨、幽夜歌唱!

穆旦逝世后，唐湜曾在路过天津时与妹妹深夜拜访过穆旦夫人周与良。看到周夫人过早的满头白发，唐湜百感交集，一时无语凝噎。

"上帝和魔鬼都是人的化身"

1949年后，唐湜在温州师范学校任教。1950年，唐湜在温州二中任教，诗论集《意度集》也终于出版。他立刻把书寄给了李健吾和钱锺书。钱锺书看完书后欣喜地回信加以鼓励："你能继我的健吾学长的《咀华》而起，大有青出于蓝之概！"那是一个新的时代开始的日子，唐湜也按捺不住激动和喜悦，在1950年的一天，写下《我的欢乐》。

> 我不迷茫于早晨的风
> 风色的清新
> 我的欢乐是一片深渊
> 一片光景
> 芦笛吹不出它的声音
> 春天开不出它的颜色
> 它来自一个柔曼的少女的心
> 更大的闪烁，更多的含凝
>
> 它是一个五彩的贝壳

海滩上有它生命的修炼
日月的呼唤,水纹的轻柔
于是珍珠耀出夺目的光华
静寂里有常新的声音

袅袅地上升,像远山的风烟
将大千的永寂化作万树的摇红
群山在顶礼,千峰在跃动
深谷中丁丁的声音忽然停止
伐木人悄悄归去
时间的拘束
在一闪的光焰里消失

1951年,唐湜再次来到上海,在李健吾虹口的新家二人再次相聚。此时,李健吾任上海戏剧专科学校(前身为上海实验戏剧学校)的教授兼文学系主任。他希望唐湜到上海来做他的助教,可惜上海市教育局拒绝接受唐湜,此事只得作罢。1952年,唐湜在上海罗店的罗溪中学任教。该年下半年,唐湜离开上海前往北京。本被安排在《人民文学》编辑部工作,但因为种种原因未能如愿,只得进北京的十一中学任教。尽管唐湜与袁可嘉在解放前就曾通信多次,但是一直无缘见面。刚到北京安顿下来,唐湜就与曹辛之一起到西单附近去找袁可嘉和钱锺书先生。当天午饭,几个人一起畅饮了通化葡萄酒。

1954年初，唐湜调入中国戏剧家协会刚刚创办不久的《戏剧报》工作。妻子带着孩子也来到北京，一家住在剧协芳草地附近的宿舍里。值得一提的是在大学期间，唐湜曾经爱上了一个同学并为她写了不少的情诗。当时，两人一起参加演出话剧《原野》，可惜因两人缘分不够而最终分手。到北京后，唐湜曾经请她和她的丈夫一起看过几次戏。最初两人见面时她竟然已经认不出唐湜了，只是在端详了几次之后才叫出了唐湜的名字。尽管穆旦在南开大学工作，但是当他得知唐湜在《戏剧报》工作后，就经常从天津赶到北京与唐湜、袁水拍、唐祈和曹辛之等老友相聚。1957年，穆旦在《诗刊》和《人民文学》拿到稿费后请包括唐湜在内的北京诗友在翠华楼撮了好几顿。时在《戏剧报》工作的屠岸就是经过唐湜结识了穆旦。

唐湜、穆旦和朋友们此时没有想到，暴风雨马上就要来了。

1956年的一天，唐湜在前门大街买东西时极其偶然地遇到李健吾，惊喜之下才得知李健吾已经从上海调到中国社会科学院外文所工作。当时李健吾住在西郊中关村的宿舍。唐湜立刻邀请李健吾到便宜坊烤鸭店欢聚，两人谈笑甚欢，一口气吃掉一整只烤鸭。席间，李健吾谈到自己发表在《文艺复兴》上的话剧《青春》，该剧早在1948年即演出并获好评。《青春》被沈阳唐山评剧院的编剧曹克英（1922—2008，河北乐亭聂庄人）稍作改编以《小女婿》之名在北京、天津和沈阳等地公演并引起轰动。该剧曾于1952年10月参加第一届全国戏曲观摩演出并获剧本奖和演出一等奖，受到毛主席、周总理、朱总司令等中央首长接见。然而这位编剧竟然没有提李健吾一个字。闻听此言，唐湜十分不平。很快，唐湜就此事写成文章交给《戏剧报》编辑部。不久后，"反右倾"运动开始，文坛风向大变。李健吾赶紧找到时在《戏剧报》编辑部工作的上海时的学生张江东，及时撤下唐湜的这篇文章才幸免于难。唐湜因为20世纪40年代曾经与胡风有过交往，因而在反胡风运动中受到了牵连。戏剧性的是因为阿垅（1907—1967）曾经在一些文章中痛批过唐湜，唐湜才最终躲过一劫，"40年代，我还在胡风先生主编的刊物上发表过文章，也与胡风先生有过交往。50年代反胡风时还因此受到了牵连。幸亏阿垅的批评我的文章中的谩骂，才免于戴上'胡风分子'的帽子，但后来，还是没有逃脱右派的帽子。这也是我一生中的悲剧"（孙凯风、崔勇《唐湜先生访谈录》）。

唐湜对戏剧的研究非常有心得，比如对黄梅戏《天仙配》电影版（上海电影制片厂拍摄，1956年上映，严凤英、王少舫主演）的布景问题所提出的建设性意见就非常具有启发性，"不必要的，不美的，甚至不恰当的布景太多了，有些戏曲身段如不取消，势必与布景发生矛盾。例如，《路遇》一场，在电影中是野外实景，当然无舞蹈身段可言，稍有一些也与实景不协调。在最近的演出中，有上、下两条路的实景，两人却都不走，仍在台上兜来兜去，就与布景发生了矛盾。在傅员外家里的一场，半个内景，半个外景，动作只好都挤在上场门做，景不但没有与表演结合起来，反而大大妨害了表演。神话剧本来是对美好生活的想象，布景应该美化，设计者应该大大发挥想象力，但这个戏中现在却搬上了许多墙壁窗子，并不美，反而局限了人们的想象，从艺术精练与经济节约上看，都不合算，更违反了民间戏曲的传统风格。这一切，都由于电影导演与编剧对民族戏曲传统与地方戏传统的不够尊重"（唐湜《"天仙配"中严凤英的表演》）。此外，唐湜的《谈越剧〈红楼梦〉》《谈连台本戏》《看广东汉剧团的两个戏》《读〈访问盖叫天〉》《读〈舞台生活四十年〉》等文章均有诸多真知灼见。唐湜还曾执笔永嘉昆剧团的革命历史剧《千里岷山雪》。

"反右倾"运动中，唐湜因为和同事杜高合写了批评赵寻的儿童剧本《小苍蝇变成大象》的大字报而被打成右派，开除公职。没过多久，唐湜等几百个右派分子由公安部押送北大荒下放改造。

在此极端的环境下，"为了使自己不至于在残酷的斗争中精神崩溃"，唐湜竟然一头埋在故纸堆里完成了十五万字的《古歌舞剧〈九歌〉初探》。1958年初夏，唐湜开始写作南方风土故事诗《划手周鹿的爱与死》（后改名为《划手周鹿之歌》）。

1961年夏秋之交，唐湜终于解除劳教从寒冷的北大荒戴着右派的帽子回到故乡温州。在途经北京时，唐湜去幸福大街见温州时的同学、好友林斤澜。林斤澜看到唐湜时简直目瞪口呆，唐湜当时衣衫破败、浑身浮肿。

回到故乡后，唐湜作为昆剧团的编剧跟随剧团在浙东沿海的一些村庄和渔港演出。其间，唐湜与朋友们在深山和大海上与那些伐木人、猎人和渔人深入交往。这丰富了唐湜对故乡风土人情的了解，尤其是当地的民歌和传说对他的叙事诗和昆剧写作产生了重要影响。然而好景不长，唐湜又被下放到温州房管局下属的修建队劳动改造拉板车。一次，父亲看到唐湜浑身大汗在烈日下拉板车竟然嘲讽地对旁人大声喊："看啊，这就是我的大学生儿子！"

即使是在苦难重重的岁月，唐湜仍然坚持写作，甚至按照个人写作习惯他往往是从凌晨三点钟左右开始写，一写就是两三小时，"那段时间写作我觉得非常畅快，诗思如泉涌。而且我觉得在'日夜边际'这段时间内，最能进入诗的境界，不会有什么打扰。那时候的光线黑暗，但暗中有亮；万事安静，但生生不息。所以我特别喜欢这段时间，诗作之中也就不免出现这段神秘时间了。我觉得现实不太好写，也不容易写好，在凌晨作一些沉思和想象在我来说还是比较适合的"（孙凯风、崔勇《唐湜先生访谈录》）。在这段时间里，唐湜深受历史故事与地方民间文化的影响，完成了包括《划手周鹿之歌》《泪瀑》《边城》《明月与蛮奴》《海陵王》《桐琴歌》《萨保与摩敦》《春江花月夜》《敕勒人，悲歌的一代》《魔童》《白莲教某》《少年游》等在内的南方风土叙事长诗以及系列主题组诗。

在民间文化、历史原型与个人性格、年代氛围的契合、龃龉与磨砺中这些民间历史叙事长诗和南方风土故事诗闪现出那个时代少有的幻想、神秘主义以及悲剧特质，"我从小就爱读古书，因此对许多历史故事有较深的印象，对许多历史人物有一些自己的想法，把这些印象、想法通过诗歌的形式表达出来，就是历史叙事诗。我的家乡确实远离文化中心，但正是因为远离中原文化中心，风土人情中就有很多在外面人看来很神秘的东西，而神秘意味正是可以增加诗歌魅力的二个不可或缺的因素。也许可以这么说，我写历史叙事诗，写南方风土故事诗，是觉得容易写得好"（孙凯风、崔勇《唐湜先生访谈录》）。其中《划手周鹿之歌》的生产过程就非常具有代表性，"小时候我就听人说起周鹿的故事，那上面闪耀着一片动人的传奇色彩，说周鹿是南方水车的制造者，农人里的多面手，差不多是周弃那样的人物；可又说他离我们才不过一百来年，是砍伐森林，划木排的能手。他是个美少年，过着漂泊的生活，几个少女都迷上了他，为他发着傻；他的爱情导致了他的死亡，更是个感人的传说。浙东一带的几个岛上有他夫妻的庙，他们似乎成了水手们眼里的海神；可陆地上也有他们俩的庙，年轻人常去祈求爱情，祈求爱的胜利，看来他们又仿佛是我们这儿年轻人的爱神，有点儿原始意味的爱神"。

1963年夏天，朋友张峰到唐湜的飞霞楼来访，其间讲述了一个关于泪瀑的故事。唐湜深受感动，于是开始写作长诗《泪瀑》。1969年12月，唐湜又重写此诗。

唐湜在家乡被数次批斗、抄家。唐湜白天接受监督劳动，而晚上街道的老头儿老太还要来巡查。在无限的孤寂和痛苦中唐湜不断想起李健吾、穆旦等好友。1964年除夕，孤寂中的唐湜在稀疏的新年鞭炮声中失眠了。他似乎听到了远处飘来的呜咽的箫声，年华过往在此刻一起涌上心头。于是，在夜色中唐湜起身下床，拉开灯写作。就是在一个个风雨敲窗的日子，唐湜完成了四十多首的十四行组诗《遐思：诗与美》。

在极端的岁月中这些诗歌曾经在一个个寒冷的夜晚慰藉着唐湜这颗惊悸的内心，他"像只被人追逐的鹿，怕走上大街，爱穿过小巷，心里有一片荆棘，只祈求和平的夜晚到来，给我片刻的宁静"。

在严苛的环境下，这些诗歌也遭遇不幸，倾注了诗人大半生心血的珍贵诗稿被付之一炬。唐湜一百多万字的手稿被红卫兵用大卡车抄走了，其中包括《论三国戏》《南戏初探》等戏剧论稿。连唐湜托舅父王国桐从香港买回来的1952年新版的注释本《柔密欧与幽丽叶》（《罗密欧与朱丽叶》）也被红卫兵从顶楼上搜走了。这不能不归功于邻居的日夜"监督"。

俞平伯曾经送给唐湜一个洒金扇面，上面是用小楷手书的宋人萧彦毓的诗《西湖杂咏》："花心亭上坐，满眼是湖光。只为便幽趣，能来倚夕阳。水边春寺静，柳下小舟藏。不待清明近，莺花已自忙。"唐湜非常珍爱这把扇子，为了不让红卫兵抄走，他让一位医生朋友代为保管。不幸的是，这位医生因为是"台属"被搜查得更严。这位医生只得将那把扇面随身带在身上，一次不小心掉在地上。红卫兵见此，二话不说，抢过扇子撕得稀巴烂。

当时唐湜将长诗《划手周鹿之歌》的手稿托一个夜校的学生保管，这部手稿还是被其他学生搜走了，这个朋友还因此挨了数日的批斗。后来，唐湜托夜校的两个女学生取回了《划手周鹿之歌》手稿。这总算是不幸中的万幸了。其中，温州的一个造反派朋友将唐湜的手稿专门放在"工总司"政治处的保险箱里予以特殊保管。"文革"结束后，其中的一部分手稿得以返还。甚至更可笑的是唐湜浙大的毕业证因为印有"中华民国三十七年"字样而被红卫兵抄走。那时唐湜捏了一把冷汗，因为毕业证上签署的"文学院长张其昀"曾是"台湾行政院"院长。幸亏这些造反派不知道张其昀是何许人也而作罢。

驾一叶幻美的轻帆远行

唐湜多年居住在花柳塘新村22-302，那时街道油腻喧嚣，满河都是污水。整个楼道漆黑，屋子里也基本没有装修，简朴异常。在唐湜的家中，有艾青送给他的一幅书法，"上帝和魔鬼都是人的化身"。没有经历过政治灾难和人性考验的人是不会理解其中的深意的。

上海的同乡好友许思言给唐湜写了一封长信。信中谈到中央已经下发文件，右派问题可以平反。1978年，为了平反，唐湜再次来到北京。在东城区罗圈胡同见到分别已久的李健吾先生。李健吾送给他宁夏人民出版社刚刚出版的话剧《贩马记》。1979年初，唐湜因事再次到京。当他带了七月派诗人冀汸的信去拜访胡风的时候，此时的胡风已经神志不清了。1981年，李健吾逝世前一年，他与妻子要南下经上海、杭州到长沙参加湖南人民出版社为他翻译的《莫里哀全集》举办的首发式。当时，唐湜正好在北京，于是与李健吾夫妇一同南下，一路予以精心照顾。

20世纪80年代，唐湜凭借记忆陆续整理了六七十年代写的一些长篇叙事诗，如《海陵王》《幻美之旅》《泪瀑》《魔童》《遐思：诗与美》《少年游》《明月与蛮奴》《东瓯王之歌》《桐琴歌》《敕勒人，悲歌的一代》《春江花月夜》《萨保与摩敦》《白莲教某》等。

唐湜重写了近五万字的《南戏探索》，再加上其他文章共计二十万字，以《民族戏曲散论》为书名于1987年由上海古籍出版社出版。当时负责编书的友人何满子支付了两千五百元的稿费。唐湜觉得稿费太高了，想退还，何满子却说他的这本书是需要特殊支持的。

郁达夫曾有诗自况："曾因酒醉鞭名马，生怕情多累美人。"唐湜一生也曾钟爱过几个女子。在20世纪80年代，唐湜曾与一位诗友在杭州参加一个舞会，从而结识了一位"多情"的舞伴。唐湜眼中的这个舞伴俨然如一朵盈盈盛开的玫瑰，"呵，你的花瓣在翕张，／我的舞伴，看你的眼睛，／有一片春之旋律在含凝，／一张开，就那么神采飞扬"！这份情感延续了几年，但最终没有结果，二人都为此惆怅了好长时间。

唐湜与冯至常年保持着书信交往。1992年2月7日，唐湜在写给冯至的信中抄录了自己献给冯至八十五岁寿辰的六首十四行诗。唐湜在诗中深情地写道："当我还是个绿鬓的少年，／我曾在梦窗下进入您的／帷幔上极乐的世界，看着／牧童的笛声里涌出片白莲。"冯至收到信后非常感动，随即书信一封并附赠自己的书《冯至学术精华录》和《中国新诗库·冯至卷》。在信中，冯至高度评价了唐湜的评论集《意度集》，"时过四十年，我读起来还是新鲜"。20世纪90年代，唐湜曾经在京津住了一个多月的时间，此时的冯至已经辞世，卞之琳的身体也十分堪忧。除了拜望鲁藜、邵燕祥等文坛旧友外，唐湜最想见的是卞之琳，而此时的卞之琳因为身体每况愈下已经完全闭门谢客。在时任《文艺报》编辑的李健吾女儿维永的带路下唐湜才见到了多年不见的卞之琳先生。此时的卞之琳已有阿尔茨海默病，但是见到唐湜居然还能想起名字并且一谈就是大半天。这让卞之琳的家人感到不可思议。

1996年冬天，唐湜到北京参加全国第五次作代会。12月21日，唐湜与老友杜运燮专门乘车到八宝山公墓的骨灰堂去拜祭陈敬容。在地铁熙攘的人群中，杜运燮和唐湜都想到了杜运燮翻译的庞德的名诗《在一个地铁车站》："人群中这些面孔幽灵一般显现；/湿漉漉的黑色枝条上的许多花瓣。"到了八宝山公墓，费了半天劲，二人才在一道大墙上找到了那五个黑色的字——"诗人陈敬容"以及两张很小的遗像。唐湜买了四个苹果放在陈敬容遗像下。此刻，泪水伴着屋外的冬雨一起寂寂流淌。

唐湜晚年患有糖尿病，可是他对饮食并没有禁忌，甚至还吃糖果、葡萄、苹果。唐湜不善交际，甚至温州当地的文化界人士都很少知道他。唐湜为人率真、坦诚、没有城府。温州文联曾经办有一个比较有影响的刊物《文学青年》，20世纪80年代贾平凹、王安忆、铁凝、张承志、韩少功都曾经在此发表作品。但是因为有一期的封面有问题，刊物被叫停，后来改为内刊《温州文学》。每次，唐湜来编辑部都会带走大量的稿纸和信封，并且告诉编辑稿费他要自己来取，千万不要寄到家里。编辑问他何故,他说老婆太厉害了,如果钱寄到家里他一分钱都拿不到。

从 2004 年开始,唐湜不断生病住院。在 1999 年 7 月,辛笛曾写诗一首赠唐湜:

> 饱从翠羽忆京华,历历前程恰似家。
> 半臂不知凉是雨,醒来微湿在荷花。

晚年的唐湜被糖尿病及并发症困扰,记忆力更是衰退得厉害。一个人的暮年总是让人唏嘘感叹,然而诗人的特殊之处恰恰在于其灵魂世界的深邃丰盈以及诗歌自身闪现的长久的精神伟力,"和往常一样,那天唐湜的穿着也很随便,头上还戴着一顶现在已经很少见到了的鸭舌帽,整个儿穿着打扮让我觉得是一个不折不扣的工人老大哥形象。老诗人头发全白了,而且蓬松得有点儿凌乱。老先生甚至连裤子的裆口都忘了拉上了。但是,就在我提议要和他拍张照片的时候,他非常自然地拿下了头上的帽子,还用手捋了捋头发。我一直对唐湜的这个动作印象深刻,它让我觉得,即使是诗人尴尬的晚年,一生歌唱美的诗人,内心仍然本能地固守着自己的美丽。合影后,在我的要求下,我特意让老诗人戴着他那一顶时代的帽子留了一个单独的身影。拍好照片,我们还欣赏起了唐湜的几大本照相本,大家纷纷夸赞他青年时潇洒的神采。唐湜不出声地微笑着,告诉我们,那边还有

2002年11月5日孙良好与唐湜

几大本，看得出，那一天他是多么高兴"（邹汉明《唐湜的微笑》）。

2005年1月28日下午4时5分，冬雨凄迷中唐湜辞世。2月1日上午9时，唐湜的遗体告别仪式在温州基安山殡仪馆举行。

唐湜的一生是在苦难风雨中用灵魂坚持"幻美之旅"的一生。为此，诗人不得不接受一个个惨烈的悲剧，也为此他在布满荆棘的路上开出了高昂着人性头颅的诗性之花，"为了不叫自己的精神（在灾难的岁月里）濒于崩溃，我拿诗作自己的支柱，把苦难的历程变成了'幻美之歌'……这真是一条梦幻样迷离的道路，一方面痛苦

晚年唐湜

地深陷在长时期的灾难之中……一方面却在抒写着纯净得几乎一尘不染的诗的花朵"。

这是诗人一生的幻美之旅!

驾一叶纯白的轻帆
到蓝色的海上去

◎ 袁可嘉

小传：袁可嘉（1921—2008）　浙江余姚人，1946年毕业于西南联合大学外文系，曾任北京大学西语系助教，中共中央宣传部《毛泽东选集》英译室、外文出版社翻译，中国社会科学院外国文学研究所研究员、研究生院博士生导师，中国翻译工作者协会理事，中国小说学会副会长。著有《论新诗现代化》《半个世纪的脚印——袁可嘉诗文选》《现代派论·英美诗论》《欧美现代派文学概论》，译著有《布莱克诗选》《米列诗选》《彭斯诗钞》《驶向拜占庭》《叶芝抒情诗精选》《英国宪章派诗选》《美国歌谣选》，主持编译《现代美英资产阶级文艺理论文选》《外国现代派作品选》《欧美现代十大流派诗选》《现代主义文学研究》等。1998年获得鲁迅文学奖全国优秀文学翻译彩虹奖荣誉奖，2007年获得全国杰出翻译家奖。

"凝视远方恰如凝视悲剧"

> 你站起如祷辞：无所接受亦无所拒绝，
> 一个圆润的独立整体，"我即是现实"；
> 凝视远方恰如凝视悲剧——
> 浪漫得美丽，你决心献身奇迹。
>
> ——袁可嘉《走近你》

"恍然于根本的根本"

1921年9月18日，袁可嘉出生于浙江余姚县六塘头袁家村（今慈溪市崇寿镇仲寿乡大袁家村）。袁可嘉兄妹九人，他排行老五。袁家村距离钱塘江不过十里，童年的袁可嘉经常步行到江边。每年农历七八月间尤其是八月十八日的钱塘大潮被誉为天下奇观，钱塘大潮的奇绝澎湃以及恐怖至极的力量更是深深印刻在童年袁可嘉的内心深处："上楼观望，狂风暴雨中只见远远一条白线汹涌而来，一眨眼就冲进屋内，淹没底层。十级飓风，天震地摇，盐民多有伤亡。第二天退潮，留下一屋子鱼虾，

中国社会科学院外国文学研究所

走近你

袁可嘉

走近你，才发现比倒尺的实际距离，
旅行家的脚步从图而移回土地；
如高塔升起，你按一程绕寂寞，
怠了你，狭隘者始悟些予同的适用。

原始林的丰实，热带夜的蒸郁，
今夜我已允你的合奏，在在是一切；
火辣，坚定，如立任萱全次序的焦的，
你进入方位比星座更确定，明晰；

刈清和呼临星便到造了真实，
星与星间一片无限，通明而有力，
我象一绺山脉浮上来对抗明净空间，
降化了蓝色，再度绿起训练；

你说起如诗辞，无所接受亦无所拒绝，
一个困难的独立整体，"欢即是犯实"，
拥抱远方始初近视悲剧——
浪费与美丽，你决心放身努践。

——1947

袁可嘉手迹《走近你》

打开门看，鱼虾满地，美不胜收。"

袁可嘉的故乡为滩涂产盐区，千里平川，一眼望过去，地面因为盐粒结晶而犹如白雪铺就。祖父贤庆公曾为船老大，苦撑多年经营而成为富商。袁可嘉父亲袁功勋也以经商为业并善于经营之道。这是一个大家族，人丁兴旺。是祖父给袁可嘉起的名字，但是由于子孙太多，他每次见到袁可嘉的时候却弄不清楚他是哪一个。袁可嘉母亲施小妹为旧式家庭妇女，一生操劳，育有九个子女。母亲的性格对袁可嘉影响很大，正如他在1946年所写的《母亲》一诗所写道："面对你我觉得下坠的空虚，/像狂士在佛像前失去自信；/书名人名如残叶掠空而去，/见了你才恍然于根本的根本。"

在三岁的时候袁可嘉突染额头巨疮和疝气，差点儿丢掉性命。是深谙热带疾病的堂兄袁可仕想尽各种办法才治愈了袁可嘉的顽疾。袁可嘉儿时体弱多病，多亏父母细心照料方才躲过一个又一个劫难。兄弟姐妹中对袁可嘉影响最大的是长兄袁可尚。袁可尚1938年毕业于清华大学社会学系，曾在胡适主编的《独立评论》发表文章。其广博的学识和人生阅历都对袁可嘉有很大影响。在很大程度上袁可尚既是袁可嘉的兄长又是启蒙老师，是他读书求学的坚强支持者。1994年，袁可尚因病辞世。悲痛中的袁可嘉在挽联中深情地写道："恩如考妣，情同良师。"

1928年，袁可嘉进入当地的庆德小学学习。年幼的袁可嘉酷爱文学，不仅家里的古典文学他极其贪婪地阅读，而且袁可尚从北京带回来的新文化的报刊给他以极大的心灵冲击。尤其是冰心的《寄小读者》使得年幼的袁可嘉喜欢上了文学。1932年，袁可嘉初小毕业后考入余姚县第一高等小学。每次上学，袁可嘉都要在距家三里远的姚江支流的小河港乘船。1934年高小结业后，袁可嘉随长兄袁可尚到上海，自修英文和算术，其间主要是长兄在辅导。这对袁可嘉后来走上欧美文学翻译和研究的道路不无影响。

1935年秋天到1937年夏天，袁可嘉在浙江省立第四中学（即宁波中学）初中部学习。这一时期，袁可嘉开始练习新诗写作并参加校刊的编辑工作。我们可以看看袁可嘉刊发在1935年第6期《宁波中学生》上的诗《奉化江上一瞥》。

> 空中袭来一阵狂风，
> 浑浊的水开始动荡，
> 一波未伏，一浪又起；
> 阳光映着，
> 起伏处发出闪闪的光亮。
>
> 张着红黄色帆的渔船，
> 一艘艘逐浪而来；
> 水手们停止了划桨摇橹，

安静地蹲在船尾吸烟,
——一刹那的麻醉,安慰!
夹岸丛树中,
不见只鸟飞旋;
夕阳徐徐向西坠,
翘首更见袅袅婷婷的炊烟。
人张开两臂,打了个呵欠,
轻轻地说:"一天又付诸流水。"

在特殊的时代背景下袁可嘉和同时代人一样参加了学校的童子军活动。这使得他不仅多思善学,而且练就了一个好身体。1937年夏天,袁可嘉考入浙江省立杭州高中,但是因为抗日战争的全面爆发而未能入学。为了生计,袁可嘉不得不回到老家的庆德小学教书。其间,接受进步思想的袁可嘉在教书之余积极从事抗日救亡活动。好几次,袁可嘉被特务追捕,而每一次都化险为夷。1938年夏,于袁可嘉老家不远的商埠乍浦沦陷。袁可嘉觉得已经无路可走,遂与一位远亲结伴出走,并考入战时工作干部训练团第四团民训大队。袁可嘉与其他学员一起在江西农村接受六个月的艰苦集训,随后被派驻湖南攸县国军第103师政治部见习。张治中将军任该师政治部部长,周恩来任副部长。当时正处于国共合作时期,袁可嘉与诸多年轻士兵接触到艾思奇的《大众哲学》等书。当时袁可嘉所处的第103师是时任国民政府军政部部长何应钦的嫡系部队。该部在1939年以湘西剿匪为名向四川秀山地区撤退。一路上，袁可嘉等青年人刷标语、发传单、街头演讲、高唱抗战歌曲。当时日军几次在夜间发动大规模的轰炸，而袁可嘉也都幸免于难。但是每次在噩梦中惊醒并躲避的情形也在他内心留下阴影。随着形势的转变，部队的恶习以及沿途的强拉民夫、敲诈勒索使得袁可嘉等有志青年极为不满。通过袁可尚的帮助，袁可嘉最终离开了第103师。

经过数月舟车辗转，1939年夏天袁可嘉抵达山城重庆并考入了由南京迁来的青年会高中部（现为南京第五中学）。当时学校在巴县江北靠近嘉陵江的一个小镇上，交通极为不便。一年多的时间里袁可嘉几乎没有离开过简陋的校园，这一时期他接触了大量的英国文学作品并与同学创办油印刊物。这时袁可嘉写的大多为抒情短诗，表达了对抗战的热情以及民生疾苦的忧虑。尤其值得一提的是，袁可嘉在重庆读书期间结识了后来名满天下的"乡愁诗人"余光中。当时袁可嘉读高中二班，小袁可嘉七岁的余光中在初中一班。两人再次相见则是五十年之后了，在北京的秋色秋声里二人百感交集、热泪盈眶，感慨岁月的无情和命运的无常。

1938年2月18日至1943年8月23日，日本对战时"陪都"重庆进行了长达五年半的惨无人道的轰炸。据不完全统计，在五年间日本对重庆进行了轰炸218次，出动9000多架次飞机，投弹11500枚以上。重庆伤亡人数达61300多，17600幢房屋被毁。袁可嘉的读书生活就是在隆隆的轰炸和惊险日子里度过的。1940年到1941年正是日军轰炸最猛烈的时候，袁可嘉和师生们经常从教室和宿舍中跑出来躲避敌机的轰炸。同时加上物价飞涨、交通瘫痪、治安恶化的原因，很多同学纷纷退学或转校。即使在如此恶劣的条件下，袁可嘉仍然坚持读完了高中。

1940年冬天，山城重庆空前寒冷。经过长兄袁可尚的挚友南开大学经济研究所陈振汉教授的大力举荐，袁可嘉从青年会中学转入重庆南开中学（南渝中学）文科班。当时的教师朱光潜、柳无忌的夫人高鸿霭在提升袁可嘉的文艺理论和英文水平方面给予很大帮助。尤其是朱光潜的《文艺心理学》和《给青年的十二封信》，袁可嘉都是在夜晚点着蜡烛读完的。

辛苦备尝的联大岁月

西山沧沧，滇水茫茫，这已不是渤海太行，这已不是衡岳潇湘。同学们，莫忘记失掉的家乡，莫辜负伟大的时代，莫耽误宝贵的辰光。赶紧学习，赶紧准备，抗战、建国，都要我们担当！同学们，要利用宝贵的时光，要创造伟大的时代，要恢复失掉的家乡。

——西南联大校歌（勉辞）

1941年，袁可嘉考取了近在咫尺的重庆大学和中央大学，但是他最终却"舍近求远"到昆明西南联合大学外文系读书。在重庆考试的时候，为了躲避日机轰炸，袁可嘉和同学在早上四点就进入了考场。可考卷刚刚发下来，防空警报就拉响了，师生一起紧急疏散到附近的防空洞。考卷不得不作废，第二天再重考。如此三番五次折腾，袁可嘉和其他考生已经苦不堪言。即使如此，晚上还要在防空洞里复习备考。在去昆明赴考的火车上，专心复习的袁可嘉竟然没有觉察到火车正遭遇空袭。当从卧铺被震到地板上的时候，他才发现车厢里的人早都跑光了。当他刚从车窗跳到路边的一条土沟里，身后的车厢就在巨响中瞬间被炸烂。1941年7月，袁可嘉在重庆《中央日报》副刊发表了悼念重庆大轰炸死难者的诗作《死》。

袁可嘉之所以远赴西南求学正是看中了那里民主的学术氛围和特殊的文化精神。在浓浓的山雾和难耐的酷热溽暑中袁可嘉终于离开山城，搭上一辆装满黄沙的货车上路了。路途极为崎岖颠簸，不能坐在货车的沙子上，因为那样的话很容易被颠下车来，袁可嘉只得接连数日躺在沙子上。沙子在白天经过暴晒酷热无比，晚上经过夜寒又湿冷难熬。正是在头顶烈日暴晒，身下热沙蒸烤中，袁可嘉和货车在川、黔、滇的崇山峻岭和峭壁悬崖间苦不堪言地行进。兄长送的路费袁可嘉几乎都送给了卡车司机，在荒无人烟的地方如果被司机甩掉将是不可想象的后果。车到贵阳境内时，袁可嘉已经身无分文。无奈之下他只好以流亡学生的名义到青年会告贷，费尽周折借到了一百五十元法币，勉强维持到了昆明。

1941年9月23日，袁可嘉终于住进了西南联大位于昆明大西门外的新校舍。此时穆旦已任外文系助教，郑敏还在读。校园刚刚经历了8月14日的大轰炸。其中新校舍内四栋学生宿舍、北区常委会办公室、训导处、总务处、图书馆、第7和第8教室、南区生物实验室、北院的师院教职员宿舍以及南院的女生宿舍均被炸毁。在民族危难时刻，年仅二十岁的袁可嘉立志要做一名作家兼学者。事实证明，他的一生很好地实现了他的愿望。

当时日军对昆明频频展开轰炸。轰炸一般是在中午进行。为避免和减少空袭伤亡，联大把授课时间改为上午7时至10时，下午3时至6时，晚上7时至9时。每节课四十分钟，课间休息五分钟。遇有空袭警报，一律停课疏散，警报解除后一小时照常上课。1940年9月30日，日军大规模轰炸昆明，闻一多的住宅内落下一枚炸弹，万幸的是竟然没有爆炸，而冯至的住所却在这次轰炸中毁坏。环境如此残酷，但是当时校园诗人的创作和师生之间的相互影响一时形成了"筘吹弦诵在春城"的盛况。当时西南联大的冯友兰、朱自清、冯至、卞之琳、闻一多、陈梦家、沈从文、金岳霖、杨振声、陈寅恪、刘文典、余冠英、叶公超、威廉·燕卜荪、吴宓、陈铨、钱锺书、柳无忌、闻家驷等大家名师对袁可嘉、穆旦、郑敏和杜运燮等西南联大校园诗人的影响是巨大的。

1941年，袁可嘉第一次见到卞之琳时还闹出一个笑话。见面时，袁可嘉称卞之琳为"卡先生"。卞之琳严肃地说："我不姓卡，我姓卞。"辛笛专门谈论过卞之琳名字的故事："当年，之琳初到北大读书，一般人不识'卞'字，常误读或误写成'卡'，因此师友间一时戏称故云。据说，卞于1931年初，在《华北日报》副刊发表诗文短稿，常用各种笔名，有一次试图署'老卡'，取'不上不小'打一字的谜底意，亦表'我将上下而求索'意，发表出来，竟反又排成'老卞'，大为扫兴。"（《春光永昼话之琳》）

西南联大先后竟然有一百多个文学社团和各种校园组织，如"南湖社""高原社""南荒社""冬青社""文艺社""新诗社""耕耘社""布谷社"等。

在校期间，袁可嘉除了参加西洋喜剧学会和英文壁报《回声》的活动外，还与同学陈明逊（后为加拿大湖滨大学历史学教授）、马逢华（后为美国华盛顿大学教授）、邹承鲁（后为中国科学院院士，著名生物化学家）合办刊物《耕耘》。该刊物在政治上标榜中间道路，强调学术自由。这一时期，袁可嘉的诗文经常在《耕耘》上刊发。尤其是在1942年，受朱自清、闻一多、李广田、冯至和卞之琳等诗人的影响，袁可嘉的兴趣从浪漫主义文学转向了现代派诗歌。这位曾躺在草地上面对春城高声朗诵雪莱浪漫主义诗歌的年轻诗人开始转向里尔克、奥登以及西方现代主义文学。

冯至在杨家山潜心践行的十四行诗写作以及用土纸印刷的诗集《十四行集》（桂林明日出版社）给袁可嘉、郑敏以及其他热爱诗歌的学生打开了一扇新的窗口，"1942年我在昆明西南联大新校舍垒泥为墙、铁皮护顶的教室里读到冯至的《十四行集》，心情振奋，仿佛目睹了一颗彗星的突现。新诗坛上还没有过这样的诗。它是中国第一部十四行集，当时昆明已是大后方的文化中心，联大校园里现代主义新诗潮，经过三十年代后期的引进孕育，如今开花结果了。《十四行集》是一面中国现代主义胜利的旗帜，高高飘扬在春城五彩缤纷的天空。它不仅在当时震撼诗坛，影响了正在崛起的一代青年诗人，而且经历了半个世纪的考验以后，今天仍然是我国新诗优秀传统中的一颗明珠"（袁可嘉《一部动人的四重奏》）。

当时校园里强劲的"现代风"使得袁可嘉放弃了自己曾经钟情的19世纪的英国浪漫主义诗歌并且对中国的浪漫主义诗风开始反思。换言之，在正式提出新诗戏剧化理论之前袁可嘉更多是从个人美学趣味出发的，还并未结合当时中国诗坛的现状甚至弊端。当时，济慈、雪莱、拜伦、华兹华斯以及徐志摩已经不能满足袁可嘉等青年诗人的时代要求了，"青春期的感伤诗"在严酷的时代背景下已经显得不合时宜。袁可嘉在西方现代派诗人艾略特、叶芝、奥登以及西南联大诗人冯至和卞之琳那里惊奇地发现了另外的诗歌道路。1942年1月6日,袁可嘉参加了联大学生千余人声讨孔祥熙的游行活动。1943年,林语堂参观了西南联大。他幽默风趣的举止令袁可嘉印象深刻。1943年7月7日,香港《大公报》转载了袁可嘉抒写抗战的诗歌《我歌唱,在黎明金色的边缘上》。此诗经冯至推荐发表在昆明《生活周报》副刊上。

> 有一天,冯至先生对我说:"听说你写诗,能不能把你的诗给我看看?"我不好意思地把一束幼稚的习作交给了他。过了几天,他把诗稿还给了我,说:"我想挑一篇去用。"那就是他拿去登在《生活周报》副刊上的诗《我歌唱,在黎明金色的边缘上》。
>
> ——袁可嘉《译事漫议》

正是在奥登的十四行诗《在战地中国》的引导下袁可嘉通过并不太严格的十四行诗抒写了南京、上海和北平大都市的黑暗本质和沉闷颓败的时代气息。在校期间,英国著名记者兼诗人罗伯特·白英教授开设的现代英诗课受到袁可嘉等大量青年学生的追捧。应白英教授的邀请,袁可嘉尝试着翻译了徐志摩的几首诗,后来收入白英主编的《当代中国诗选》(1947年)。这也是袁可嘉第一次发表译作。

1940年以后物价飞涨,这对袁可嘉以及联大师生的生活产生了很大冲击。比如,1944年1月26日社会学系教授陶云逵病逝，夫人林亭玉生活无着，投滇池自尽，幸亏被渔民救起。1945年5月，《西南联大概况调查表》之"教职员待遇及生活情况"一栏写道"近来昆明物价飞腾，职员一般皆入不敷出，负债借薪度日"。1943年下半年，昆明物价为抗战初期的四百零四倍，联大教职员工薪金仅相当于战前的八元三角。很多教职员工不得不变卖衣物和书籍，甚至不得不卖文为生。营养不良、病痛缠身、儿女夭亡成为普遍现象。朱自清的妻子陈竹隐后来回忆道："生活贫困，饮食低劣，加上他仍是拼命地工作，就生了胃病，常常呕吐。人也日渐憔悴了，虽然才是四十多岁的人，但头发已经见白，简直像个老人了。""佩弦的旧皮袍已经破烂得不能穿了，他又做不起棉袍，便趁龙头村的'街子'天，买了一件赶牲口人披的便宜的毡披风，出门时穿在身上，睡觉时当褥子铺着。"袁可嘉因为营养不良导致痉挛性胃痛，很长时间里夜间难以入睡。在饥饿难耐的时候袁可嘉只得跑到学校的后山里去嘶吼几声。偶然发现的草丛间的鸟蛋让袁可嘉欣喜若狂。当时西南联大的师生大多衣衫褴褛，形同流民，但是他们以强大的精神力量成为中国文化界的铮铮脊梁。

1946年5月，随着抗战结束，在艰苦卓绝中完成了育人三千任务的西南联合大学宣告解散。原来的北京大学、清华大学和南开大学的师生各自返回北平和天津。1946年，袁可嘉从西南联大毕业，毕业论文是用英文撰写的《论叶芝的诗》。当回到阔别八年之久的故乡见到母亲的那一刻,一个游子才恍然发现了母爱这一伟大根系的永恒力量,才发现自己怀着的是深深的愧疚:

> 迎上门来堆一脸感激,
> 仿佛我的到来是太多的赐予;
> 探问旅途如顽童探问奇迹,
> 一双老花眼总充满疑惧。
>
> 从不提自己,五十年谦虚,
> 超越恩怨,你建立绝对的良心;
> 多少次我担心你在这人世寂寞,
> 紧挨你的却是全人类的母亲。
>
> 面对你我觉得下坠的空虚,
> 像狂士在佛像前失去自信;
> 书名人名如残叶掠空而去,
> 见了你才恍然于根本的根本。
>
> ——袁可嘉《母亲》

当生命熟透为尘埃

袁可嘉与老师卞之琳、同学赵全章等乘卡车经云贵高原辗转梧州、广州和香港终于回到了南方老家。同年

10月，经袁家骅老师举荐，袁可嘉被北京大学西语系聘为助教。那时工作并不繁重，大量时间袁可嘉用在了诗歌研究上。

在1947年到1948年间，袁可嘉创作了大量诗歌，大多发表在沈从文、冯至、朱光潜和杨振声等先生主编的报刊上。这一时期袁可嘉将诗歌研究的注意力放在了"新诗现代化"上，倡导新诗走现实、象征和玄学相综合的道路。值得注意的是袁可嘉的诗歌批评、理论建构与西方现代性诗歌、文论之间的互动关系，从20世纪40年代开始，袁可嘉译介了包括叶芝、里尔克、艾略特、奥登、燕卜荪、庞德、埃利蒂斯、劳伦斯、史班特、洛威尔、肯明斯、杜里特等内在的诸多代表性诗歌和诗论（包括"新批评"理论），比如《驶向拜占庭》《丽达和天鹅》《基督重临》《荒原》《四个四重奏》《诗章》《记本地花木》《释现代诗中的现代性》《语言即姿势》《嘲弄———种结构原则》《乐观主义和浪漫主义》等。

在1946年年底到1948年间，袁可嘉提出"新诗现代化"和"新诗戏剧化"的主张，在《诗创造》《诗号角》《文学杂志》《大公报·文艺》《益世报·文学周刊》《平明日报·星期艺文》等发表二十余篇相关文章。这与当时的时代背景、新诗创作的现代主义实践以及相应的诗歌观念的转换密不可分。显然，袁可嘉西南联大时期的知识背景对他建构"新诗现代化""新诗戏剧化"的理论发挥了重要作用，"我所提出的诗的本体论、有机综合论、诗的艺术转化论、诗的戏剧化论都明显地受到了瑞恰慈、艾略特和英美新批评的启发"。

在战时的语境之下，文学的社会功能得到极端化的强调。据此，袁可嘉的新诗现代化和戏剧化理论的提出与倡导，其意义重大。针对当时的诗歌写作的主导性弊端，袁可嘉强调当时的诗歌创作无外乎两类："一类是说明自己强烈的意志或信仰，希望通过诗篇有效地影响别人的意志或信仰的；另一类是表现自己某一种狂热的感情，同样希望通过诗作来感染别人的。"(《新诗戏剧化》)然而这两类诗歌本质上是一样的，即诗人的急于表达和急功近利的心理，尤其是强烈的意识形态性使得这些诗作因为必要的艺术转换过程的缺失而成为抽象的说教和干瘪的口号，所以在袁可嘉看来这些新诗沾染了"说教"与"感伤"的时代病。袁可嘉的新诗现代化尤其是新诗戏剧化的提出显然是反拨了当时的题材决定论和文学工具论，搁置了诗歌的社会和政治文化而是强调诗歌艺术的转化和生成过程，强调诗歌的本体性和艺术品质，"批评的标准是内在的，而不依赖诗篇以外的任何因素"(《新诗戏剧化》)。这与英美新批评所强调的文学性、主体性以及以文本为中心的诗学观念相一致。

现代诗歌戏剧化或戏剧化倾向在西方诗学中显然有着更悠久的传统，如波德莱尔、叶芝，尤其是在 T. S. 艾略特这里得到全面、综合的呈现。复调、情境、场景、细节、对话、戏剧性冲突在带有跨文体的色彩中进入诗歌写作。而在中国，新诗的戏剧化是在20世纪40年代开始倡导并在一部分诗人的诗歌实践中得到张扬，而这种短暂的新诗现代化的尝试与拓荒却在此后近半个世纪的政治烟云和极端而偏狭的诗歌美学桎梏中被搁置、忽视甚至否定。新诗戏剧化在长时期淡出文学视野之后在90年代以来的诗歌写作中再次出场。自这一时期起，作为"新诗戏剧化"的理论倡导者的袁可嘉先生显然在90年代以降的中国诗歌话语场中占有着相当重要的位置，甚至，我们已经看到"新诗戏剧化"理论已经成了这一时期诗歌写作的圭臬甚至唯一的标杆。不可否认，袁可嘉的"新诗戏剧化"理论及其倡导无论是在40年代还是在今天都有着相当重要的不可替代的历史意义和现实价值。

显然，新诗的戏剧化从诗歌写作层面考量并非始自袁可嘉的倡导，作为新诗实践的一个方面，新诗戏剧化的倾向显然要更早，例如朱自清、徐志摩、闻一多、卞之琳等人就在诗歌中运用戏剧性情节、场景、对话。袁可嘉在《新诗现代化》《新诗现代化的再分析》《新诗戏剧化》《谈戏剧主义》以及《对于诗的迷信》的系列文章中从学理上具体阐释了新诗戏剧化的主张。在以袁可嘉为首的新诗戏剧化的理论倡导中，"九叶诗人"进行了最先的写作实践，将戏剧性结构、戏剧性情境、戏剧性对白等融入诗歌写作当中并取得了相当的成效。对于袁可嘉的"新诗戏剧化"提出，其历史背景、诗坛状貌、知识场域的转换以及现实的针对性显然相当重要。新诗戏剧化在20世纪40年代克服和反拨了新诗"感伤"和说教的不良倾向,对此前的象征派、现代派强调"玄学"而忽视日常经验予以了反思。尽管袁可嘉关于新诗戏剧化的理论主张是在1946年到1948年间提出的,但实际上早在1942年的时候,袁可嘉的兴趣已经由浪漫主义转向了现代主义。由此我们不难发现,袁可嘉的新诗戏剧化以及新诗现代化的倡导除了针对中国诗歌的具体现状之外,还有着对普泛意义上的浪漫主义诗歌的批判与反拨。当时强劲的校园里的"现代风"使得袁可嘉放弃了自己曾经钟情的19世纪的英国浪漫主义诗歌并且对中国的浪漫主义诗风开始反思。换言之,在正式提出新诗戏剧化理论之前袁可嘉更多是从个人美学趣味出发的,还并未结合当时中国诗坛的现状甚至弊端。

袁可嘉在1946年底到1948年提出新诗现代化和新诗戏剧化的主张,这显然与当时的时代背景、新诗创作的实践以及相应的诗歌观念的转换密不可分。再有,袁可嘉西南联大时期的知识背景显然对他建构新诗现代化的理论有着非常重要的作用,"我所提出的诗的本体论、有机综合论、诗的艺术转化论、诗的戏剧化论都明显地受到了瑞恰慈、艾略特和英美新批评的启发"(《欧美现代派文学概论》)。在战时的语境之下,文学的社会功能得到极端化的强调。据此,袁可嘉的新诗戏剧化理论的提出和倡导其意义非常重大。袁可嘉的新诗现代化尤其是新诗戏剧化的提出显然是反拨了当时的题材决定论和文学工具论，搁置了诗歌的社会和政治文化而是强调诗歌艺术的转化和生成过程，强调诗歌的本体性和艺术品质。"批评的标准是内在的，而不依赖诗篇以外的任何因素"（《谈戏剧主义》），这显然与新批评强调文学性和以文本为中心的诗学立场一致。瑞恰慈把语义学方法引入新批评，袁可嘉认为新诗戏剧化还要在语言的韧性和弹性中间接地表现情智。在《新诗现代化的再分析》《诗与意义》《诗与晦涩》《论诗境的扩展与结晶》《谈戏剧主义》等文章中袁可嘉对诗歌的意象以及诗歌语言的象征功能、隐喻、反讽、悖论等修辞技巧进行了系统论述。袁可嘉强调新诗戏剧化就是表现上的客观性与间接性，强调客观对应物、想象逻辑、意象比喻、文字的弹性与韧性，强调对话性、复调性以及戏剧冲突、场景、细节和事件在诗歌中的重要性。与此同时，袁可嘉认为诗人作为创作主体应该从文本中退场，这在强调智性的同时就相应地批评甚至在一定程度上否定了诗歌表现上的主体性、情感性和直接性，诗歌的抒情、独语在一定程度上受到了排斥。袁可嘉的这种观念与艾略特所鼓吹的"诗歌不是感情的放纵，而是感情的脱离；诗歌不是个性的表现，而是个性的脱离"的"非个人化"思想同构。无可否认，无论是当年艾略特的《传统与个人才能》还是袁可嘉的"新诗戏剧化"的主张都具有重要的诗学意义，但是我们在今天同样应该对其中的观点进行反思。是否艾略特的以文本为中心而一定程度上忽视甚至贬抑诗歌与社会历史、时代背景的关系就是完全正确的？是否经验诗学就一定要优于情感诗学？

在20世纪40年代的诗坛，袁可嘉和其他"九叶诗人"从理论和实践中倡导新诗戏剧化无论是对于现实诗坛的意义还是对新诗现代化的理论建构都是有非常重要作用的。而当新诗的戏剧化尤其是"叙事性"成为90年代以来诗歌写作的口号甚至是唯一的圭臬的时候，诗人和评论者实际上已经忽略了袁可嘉当年的新诗戏剧化主张的时代意义和诗学价值。当然，不可否认袁可嘉先生的新诗现代化和新诗戏剧化主张很容易让人对诗歌的抒情性和诗人的个体主体性在诗歌中的张扬报以嗤之以鼻的不屑。诗歌写作从来都是多元的，以抒情为主和以客观、间接的戏剧化为主都会生成优异的诗歌文本，但是在20世纪90年代后期以来显然戏剧化以绝对的压倒性优势放逐和排挤了"抒情性"。所以在一定程度上和一定的时期，新诗戏剧化并非新诗创作和新诗理论研究的唯一"圭臬"，有时候一种理论倡导在种种时代和诗歌多重因素合力作用下会程度不同地出现偏差和误读，所以今天必须正确认识和重估新诗的戏剧性。

1947年，在上海参与创办《诗创造》和《中国新诗》的陈敬容与袁可嘉开始了书信交往，并邀请袁可嘉、穆旦、杜运燮、郑敏、马逢华等北方诗人写诗撰稿。这一时期，袁可嘉的研究成果以《新批评》为名结集收入朱光潜先生主编的"诗论丛书"。但是因为战乱的关系，这些稿件不幸在投寄途中丢失了。迟至四十年之后,《新批评》更名为《论新诗现代化》由北京三联书店出版。

1950年夏天,袁可嘉离开北京大学,被调往中宣部《毛泽东选集》英译室任翻译。在此后三年多的时间里,袁可嘉接触的是毛泽东著作以及马列主义的经典文论。其间,袁可嘉得到钱锺书先生的诸多指点,结识了杨朔、杨宪益和叶君健等人。

同为"九叶诗人",袁可嘉和唐湜的第一次见面是在1952年的秋天。在西单附近一个胡同的饭店里,袁可嘉和唐湜以及钱锺书先生一起聚会。他们在畅谈诗歌以及畅饮通化葡萄酒的时候真正感受到了"深秋如酒"的陶醉时刻。

1954年初,袁可嘉调入外文出版社英文部任翻译。这一时期的重要收获是袁可嘉翻译了大量的现代诗。1955年,已经三十四岁的袁可嘉才在感情生活上找到了归宿。1月20日,袁可嘉与在机械部十局做俄文翻译工作的程其耘结婚。

1955年冬天,袁可嘉大女儿晓敏出生。尽管只是居住在宣武门内西侧象来街(现在的长椿街,明清之际用来饲养大象的地方)的一个摇摇欲坠破旧不堪的危楼上,但是迟来的家庭温暖还是让袁可嘉无比激动。

程其耘出身于书香世家,身体瘦弱,不曾做过家务。但是为了照顾两个多病的女儿和袁可嘉,她毅然辞去公职。此后,她几十年如一日地家里家外操劳。在袁可嘉遭遇寒冬般的那些受难的日子里，是妻子给了他无尽的温暖和宽慰。2000年，程其耘生日的当天，袁可嘉在给她的贺卡上这样动情地写道：

  这45年来的风风雨雨证明我们的情谊天长地久，固若金汤。为此，我要感谢你的全力支持；你深刻理解我的志趣，在各种艰苦关头，都以你娇弱的身躯挺身护卫我度过十年"文化大革命"、七年的下乡改造、四年的劳改生涯。

  1957年，随着政治形势的变化袁可嘉觉得自己已经不适合在外文社工作。经过老师卞之琳的推荐，该年春他进入中国社会科学院哲学社会科学部文学研究所，在西方文学组任助理研究员。从此开始，袁可嘉着手英美文学的翻译和研究工作。反右斗争开始后，袁可嘉因为"右派言论"受到隔离审查。1958年秋天，袁可嘉被下放到河北建屏小米峪村接受劳动改造。在近一年的时间里，袁可嘉借住在一位张姓贫农的家里。在修水库等繁重的体力劳动中，袁可嘉不堪重负，几次病倒和饿晕。这段时间每天天不亮就出工，甚至晚上十一点多才收工。即使是在此困境中，在1958年冬天滴水成冰的日子里袁可嘉仍在陋室里借着微弱的灯光翻译了彭斯的七十余首诗作。写作条件极其艰苦，屋子里没有桌子，他就拿被褥和枕头代替。有一段时间，袁可嘉负责在工地上翻石灰。夏天，酷热难耐又没有一丝风，扬起的石灰呛鼻刺眼，这对常年患有高血压和高度近视的袁可嘉来说痛苦难以想象。因为石灰刺激的原因以及多年劳累，袁可嘉的一只眼睛因为眼底黄斑而失明。

在劳动生产与监督改造中袁可嘉也希望不断改进知识分子的弱点，1959年4月他这样写道："我是平原上长大的，不习惯走山路，走得不大稳当。不论我上坡下坡，离我尺把远的地方，总有个长长的影子跟着。不用说，这是咱们的生产队长。他忙着指挥战斗，也忙着照顾这个新上阵的近视眼战士。"（《散文诗（一）》）在思想改造运动中袁可嘉认识到"批评正是更高级的关怀"。在建屏（已改称平山县）劳动期间（1959年9月），袁可嘉曾赶上一次少有的食堂杀猪改善伙食。很早的时候，食堂窗口就已经排了长长的队伍，等到一碗肥肉拿到手的时候袁可嘉觉得从来没有吃得这样香过。回到北京后，袁可嘉翻译了《现代美英资产阶级文学理论文选编译》。此书作为内部材料印制五百册。"文革"时期，这本书被列为禁书（"黄皮书"）。在反资批修中袁可嘉也写了批判英美现代派文学的文章，其中自然避免不了当时"左"的思想倾向，"托麦斯·史登斯·艾略特（T. S. Eliot）是第一次世界大战以来美英两国资产阶级反动颓废文学界一个极为嚣张跋扈的垄断集团的头目，一个死心塌地为美英资本帝国主义尽忠尽孝的御用文阀。从20世纪20年代起，他在美国法西斯文人庞德、英国资产阶级理论批评家瑞恰慈等人的密切配合下，在美英资产阶级理论批评家和诗歌创作界建立了一个'现代主义'的魔窟。四十年来，他们盘踞着美英资产阶级文坛，一直散布着极其恶劣的政治影响、思想影响和文学影响。从20年代就开始刮起的所谓'艾略特风'是一阵传播资产阶级反动文艺思想和颓废艺术的歪风。它有显明的阶级根源、时代背景和政治目的。艾略特所宣扬的新经院主义的文化思想、反现实主义的文艺理论和批评，散布虚无主义和神秘主义的诗歌和剧本，由于它们投合日暮途穷的资产阶级的美学趣味、适应垂死挣扎的帝国主义的政治需要，因此在资产阶级文艺界不胫而走，靡然成风。在诗歌创作界，颓废的情绪、庞杂的内容、晦涩的技巧居然成为一代诗歌的特征。在文艺理论批评界，艾略特的影响特别恶劣。20年代后期，艾略特和瑞恰慈的唯心主义理论合流以后，引出了不止一个的形式主义批评流派，他们结成了20世纪美英资产阶级反现实主义理论的垄断集团"（《托·史·艾略特——英美帝国主义的御用文阀》）。这是非常时期的非常之举，正如后来袁可嘉所进行的自我批评一样，"盲目地全面否定他们反映现实的一面和艺术成就。这对我是一个深刻的历史教训"。

1963年之后，袁可嘉接连参加了三期"四清"运动，先后到过安徽寿县、江西丰城和北京门头沟郊区。

1966年开始，袁可嘉不断写交代、做检讨、挨批判，"在外文所接受监督劳动。这样，我有四年时间停止业务工作,每天打扫厕所或从事其他劳动"。

1970年,袁可嘉随外文所的其他同事下放到河南息县东岳公社"五七"干校接受劳动改造。一天,在息县干校广场放露天电影,新闻纪录片上出现了一个女孩儿为埃塞俄比亚皇帝献花的镜头。当时袁可嘉对坐在身边的吴元迈说:"这个女孩儿就是我的女儿,在北京一一九中学读书。"

1972年夏,袁可嘉回到北京。因为不愿意介入运动,他偷偷在晚上记日记并坚持翻译西方现代派文学。1973年3月,袁可嘉在西南联大的同学美籍作家许芥昱来京。在半年多的时间里二人交往频繁,这引起了公安部门的警惕。1973年7月10日,北京市公安局来人找袁可嘉谈话并要求交代问题,许芥昱被驱逐出境(1982年1月4日许芥昱在旧金山死于一场泥石流)。当时,袁可嘉被定性为"为美国间谍提供情报的反革命"。袁可嘉自此接受大规模批斗,"罪行图片"被展览。此后,袁可嘉在外文所接受监督劳动,还要天天写检查。其间,袁可嘉还因为私下议论林彪和江青而受到处分。

受到不停打击的袁可嘉经常在深夜吟诵自己的诗《沉钟》。

> 让我沉默于时空,
> 如古寺锈绿的洪钟,
> 负驮三千载沉重,

听窗外风雨匆匆；
把波澜掷给大海，
把无垠还诸苍穹，
我是沉寂的洪钟，
沉寂如蓝色凝冻；
生命脱蒂于苦痛，
苦痛任死寂煎烘，
我是锈绿的洪钟，
收容八方的野风！

这首诗成为他苦难中的精神支撑。

1976年7月28日唐山大地震，北京和天津也受到了影响。还在接受监督教育的袁可嘉接受上级任务蹬着一辆板车挨家挨户送搭棚子的木料。直至1979年，袁可嘉才得以平反。"文革"中大女儿晓敏作为"可教育好的子女"到北京郊区劳动接受"贫下中农再教育"。那时，几个月晓敏才能回家一次。为了能够让女儿在家多住一晚，袁可嘉往往在凌晨四点从家里出发，骑着自行车带着晓敏去郊区。那时是冬天，朔风扑面，袁可嘉来回差不多就得一天的时间。晓敏在父亲的鼓励和辅导下最终考取了北京第二外国语学院，后来到美国留学，成为一名电脑专家。次女袁琳中专技校毕业后到工厂工作，后来调到北京金融学院图书馆工作。

新的转机与暮年之重

新时期的袁可嘉重新焕发出对西方现代主义文学的翻译和研究的热情。这一时期最重要的成果就是《外国现代派作品选》，收入19个国家和地区的11个流派99位作家的194部作品，计300万字。

经过袁可嘉的联系和动议，在京的杜运燮、郑敏、陈敬容和杭约赫与外地的辛笛、唐祈、唐湜商议编订出版九人诗选事宜（穆旦已经去世）。辛笛说："我们知道自己的位置，我们不是鲜花，就做一点绿叶吧，九个人就九叶吧。"于是《九叶集》问世。该诗选于1981年出版后，旋即引发广泛关注。由此，这九个人被命名为"九叶诗派"。

在当时社会转型新旧交替的时节，《九叶集》的出版还引发了一些争议。相关部门认为这些诗人大多有出国留学的经历并且还搞所谓的"现代派"，所以认为不宜多宣传。这导致当时的一些刊物不得不临时撤下关于"九叶诗派"的文章和诗作。

《九叶集》出版后，袁可嘉和郑敏等人也交往不多。郑敏印象最深刻的一次是去袁可嘉家里吃饭，沈从文先生也在场。饭吃到一半的时候，沈从文突然拉住袁可嘉的手问："以前有一个写诗的人叫郑敏现在哪里去了？"听到此，袁可嘉和郑敏都同时哈哈大笑。袁可嘉笑着说：

"去哪里了？她就在你旁边呢！"

1980年秋天，袁可嘉前往美国旧金山州立大学比较文学系做访问学者。到旧金山不久，袁可嘉受聂华苓的邀请前去参加"中国作家周末"活动，遇到了从国内来参加活动的艾青、王蒙、陈若曦等著名作家。在半年多的时间里袁可嘉搜集了大量的欧美文学资料。在美期间，袁可嘉还遇到了来美讲学的老师沈从文、卞之琳和冯亦代先生。作为袁可嘉西南联大时期的老师，沈从文和卞之琳的到来让袁可嘉无比兴奋。接连数日他们一起深谈到凌晨，而西南联大的美好时光只能成为唏嘘感叹中发黄的记忆了。1981年3月，旧金山的讲学任务结束后，袁可嘉前往威斯康星大学麦迪逊分校、印第安纳大学伯明顿分校、北卡罗来纳大学查佩尔山分校讲学。在妻子来美期间，夫妇游览了波士顿和华盛顿等地。其间，袁可嘉还与著名诗人郑愁予相识。

1982年6月中旬，袁可嘉回国，在上海等高校作专题演讲。上海期间，辛笛的女儿王圣思第一次见到袁可嘉。她印象里的袁可嘉是胖墩墩的，额头饱满，平易近人，深度眼镜背后闪着一双智慧的眼睛。回到北京后，袁可嘉主编和翻译了《现代主义文学研究》以及《外国现代派作品选》（1980—1985）。因为当时正赶上"清除精神污染"和"反资产阶级自由化"，袁可嘉对西方现代派文学的译介冒着不小的风险。其专著《欧美现代派文学概论》将西方现代派文学的研究推向了一个新的高度。

值得一提的是，袁可嘉在1983年1月23日致辛笛的信中谈到了他对徐敬亚《崛起的诗群》一文的批评性意见，"现代派的问题本来已渐趋平静，却不料兰州《当代文艺思潮》今年第一期又发了青年诗人徐敬亚的长文：《崛起的诗群》，又引起波澜了。徐文有许多错误观点，举其要者有三：（一）鼓吹不同的社会观点，甚至与主流派对立的社会观点；（二）否定新诗的传统，认为新诗要从80年代才算开始；（三）认为现代主义是未来主流。他的艺术分析尚有见地，但上述三点太出格了，又是帮倒忙的行动。文艺界领导连日开会，究竟下文如何，尚无消息"。

袁可嘉翻译的诗中流传最广的是叶芝在二十九岁时写成的爱情名诗《当你老了》：

当你老了，头白了，睡思昏沉，
炉火旁打盹，请取下这部诗歌，
慢慢读，回想你过去眼神的柔和，
回想它们过去的浓重的阴影；

多少人爱你年轻欢畅的时候，
爱慕你的美丽、假意或真心，
只有一个人爱你那朝圣者的灵魂，
爱你衰老了的脸上的痛苦的皱纹。
…………

1985年，袁可嘉应邀去玉门参加石油诗会，在前往敦煌途中不幸遭遇车祸。袁可嘉在此次事故中被撞断四根肋骨，只得在玉门临时救治疗养。

1986年在英国访问期间，袁可嘉有幸结识了桂冠诗人塔特·休斯以及陈西滢和凌淑华的女儿陈小滢。1987年，袁可嘉和杜运燮合编的纪念穆旦的文集《一个民族已经起来》由江苏人民出版社出版。值得一提的是，某出版社拟在1987年出版劳伦斯的小说《查泰莱夫人的情人》一书并邀请袁可嘉作序。限于这本小说巨大的争议，袁可嘉婉拒并劝出版社慎重行事。结果是该书出版后不久即被没收。

1988年5月10日，沈从文先生因病辞世。听闻噩耗，接连数日袁可嘉悲不可言。参加完遗体告别仪式后，袁可嘉撰文《从一本迟出了40年的小书说起》（发表于香港《大公报》和台北《联合报》）予以纪念。三个月后，为了排遣内心的痛苦袁可嘉来到山东青岛疗养度假。8月的一天，海边突遇暴风骤雨。海天茫茫，袁可嘉不禁悲从中来，发出生死之问：

　　生也茫茫，
　　死也茫茫，
　　宇宙洪荒，
　　我将何往？

我将何往？
地狱？
天堂？
我将何往？
火化？
水葬？

何处我来，
何处我往，
青山绿水，
皆我故乡。

1991年，袁可嘉从中国社科院退休后前往美国探亲。截至1991年底，袁可嘉编译的单行本共计二十种二十九册。

我们在诗人的暮年听到的是"曾久久抑郁在霉烂的叹息"，在痛楚的记忆里是"没有路的路上／忘了饥渴，疲惫，生命，爱情"。

袁可嘉笔耕半个世纪之久，"半个世纪过去了我，人也进入了古稀之年，回顾一步步走过来的脚印，心情是酸甜苦辣，四味俱全的"。这位经受了时代痛苦和磨难砥砺的诗人和学者深爱着自己的祖国。当家人在美国定居多年之后，他在已经没有能力一个人住在北京的情况下才在1997年下半年移居美国。此后，袁可嘉对北京和故乡的思念不断加深。正如他自己所慨叹的：："老了却在纽约做中国梦，夜夜梦着北京。"

1990年和2000年的时候袁可嘉为老师卞之琳发起祝寿和诗歌研讨活动。2000年12月，袁可嘉不顾家人的竭力反对，决定拖着病身从纽约飞往北京，为卞之琳举办学术研讨会。只可惜天不假年，研讨会前夕，12月2日卞之琳竟突然辞世。这给病中的袁可嘉极大的打击。

2001年袁可嘉80岁寿辰时，83岁高龄的杜运燮以诗祝贺："你在北国，我在赤道／以诗会友，未见面就订交／我们从共同源头汲水／到北京一见如故，诗谊长流不觉老。"袁可嘉和家人收到此诗时非常激动，11月17日袁可嘉回信给杜运燮："尤其使我感动的是你居然为我写了一首出色的祝寿诗。我和家人都读了几遍，觉得一脉情谊的热流涌动心胸。你以八十三岁高龄还能写出这样优异的诗章，实在令我雀跃。"

晚年客居美国的袁可嘉，多年病痛缠身，曾因连续中风三次而卧床不起，并患有心脏病、糖尿病、高血压、脑缺氧和帕金森综合征。曾经敦实的袁可嘉因为病痛而变得消瘦不堪。坐在轮椅上的他甚至一度不能提笔和进食，生活难以自理。

袁晓敏、袁琳后来回忆，父亲总会在半夜泪流满面地惊醒，问家人自己是不是身在家乡慈溪。可惜，故乡再也回不去了，北京再也回不去了。袁可嘉生前的愿望就是希望在人民文学出版社出版自己的文集，但是这成了他生前最大的遗憾。

2008年11月18日，袁可嘉在美国辞世，又一个诗人的背影远去了。噩耗传到北京，郑敏非常悲痛，不免发出无比苍凉和无奈的感慨："我们'九叶'很惨啊，又一片叶子凋落了，就剩下我这最后一叶。"

早在1946年，年仅25岁的袁可嘉就为自己写下了墓志铭：

> 愿这诗是我的墓碑，
> 当生命熟透为尘埃；
> 当名字收拾起全存在，
> 独自看墓上花落花开；
>
> 说这人自远处走来，
> 这儿他只来过一回；
> 刚才卷一包山水，
> 去死的窗口望海。

◎ 郑 敏

小传：郑敏（1920—2022）　福建闽侯人。1939年考入西南联合大学哲学系，1943年毕业。在西南联大就读期间开始诗歌创作，1949年4月上海的文化生活出版社出版郑敏的第一本诗集《诗集　一九四二——一九四七》。1948年赴美国布朗大学就读，1952年获英国文学硕士学位。1955年，郑敏与丈夫童诗白返回祖国，1956—1961年在中国社会科学院文学研究所工作。1961年调入北京师范大学外语系。著有诗集《寻觅集》(1986年，四川文艺出版社，获中国作家协会第三届全国优秀新诗奖)、《心象》(1991年，人民文学出版社)、《早晨，我在雨里采花》(1991年，突破出版社)、《郑敏诗集（1979—1999）》(2000年，人民文学出版社)、《郑敏文集》(六卷本，2012年)、《郑敏的诗》(2016年，北京师范大学出版社)，译著《美国当代诗选》(1987年，湖南人民出版社)，学术著作有《英美诗歌戏剧研究》(1982年，北京师范大学出版社)、《结构—解构视角：语言·文化·评论》(1998年，清华大学出版社)、《诗歌与哲学是近邻——结构—解构诗论》(1999年，北京大学出版社)、《思维·文化·诗学》(2004年，河南人民出版社)等。

智性之花与"最后的诞生"

诗人给灵魂披上纱裳
踏上天梯化为俯视世界的月光

——郑敏

2022年1月3日7时,郑敏在京去世,享年102岁。作为中国现代诗派"九叶诗人"中最长寿的诗人,她在长达八十多年的诗路跋涉中留下了让人沉思的脚印。从她的第一首诗《晚会》到《最后的诞生》,从第一本诗集《诗集 一九四二——一九四七》到《郑敏文集》,这棵历经时间风刀霜剑的诗坛常青树蓊郁丰茂。她一以贯之地坚持新诗现代化的多元探索,追求里尔克式的沉思品质。这是一个有着"成熟的寂寞"的女性,而随着时间展示的智慧使得她的诗歌独树一帜。

童年:"也许最美总是沉默"

1920年7月18日(农历六月初三)郑敏出身于北京

的一个知识分子官僚家庭。从儿时起郑敏就对每天出入的东华门外筒子河东部的闷葫芦罐（瓜）胡同倍感兴趣。在北京，闷葫芦罐（瓜）胡同就指死胡同。这条胡同东西走向，西起骑河楼南侧，东口不通。闷葫芦罐胡同1947年更名为蒙福禄馆胡同，1965年改称福禄巷。新月派诗人朱湘（1904—1933）曾经在散文《胡同》中提到闷葫芦罐（瓜）胡同："京中的胡同有一点最引人注意，这便是名称的重复：口袋胡同、苏州胡同、梯子胡同、马神庙、弓弦胡同，到处都是，与王麻子、乐家老铺之多一样，令初来京中的人，极其感到不便，然而等我们知道了口袋胡同是此路不通的死胡同，与'闷葫芦瓜儿''蒙福禄馆'是一件东西。苏州胡同是京人替住有南方人不管他们的籍贯是杭州或是无锡的街巷取的名字。弓弦胡同是与弓背胡同相对而定的象形的名称。以后我们便会觉得这些名字是多么有色彩，是多么胜似纽约的那些单调的什么Fifth Avenue, Fourteenth Street, 以及上海的侮辱我国的按通商五口取名的什么南京路、九江路。"

郑敏的祖父王又点（1867—1929）系福建长乐人，光绪十一年（1885年）举人。王又点为前清颇有诗名的碧栖词人，著有《碧栖诗词》。郑敏的生父王子沅早年留学法国和比利时，回国后在外交部任职并曾出任悉尼公使。然而他却因为情感上遭遇重创而精神消沉，再加上肺结核的病扰，越来越陷入对人生的追问与怀疑。最终，他辞去公职，成为一位不问世事而每天念经诵佛的居士和素食主义者。坐吃山空终致生活无着,王子沅只得外出四处借粮借钱。不善言辞的他尽管早出晚归,但往往每次都是空手而返。而有意思的是,有一天他在山中看见一座古寺和几个僧人,于是就坐下来闲谈,竟然忘记了自己出行的目的。在与僧人的谈经论法以及山中溪流淙淙、鸟声啁啾里饥饿似乎已经离他远去。由于体弱多病及贫困饥饿,王子沅四十多岁就去世了。郑敏此后对生命哲学的探索多少还是受到了父亲的性格和命运的一些影响。郑敏的生母林耽宜,为王子沅的第二位夫人。她读过私塾,贤惠聪敏,知书达理,还经常喜欢用闽调吟诵古诗词。她对郑敏的影响很大,只可惜三十多岁就守寡,含辛茹苦拉扯着六个子女,可见其艰难和坚忍程度。由于无力照顾,郑敏等兄弟姐妹六人曾一段时间暂居在外祖父家。郑敏的二姐王勘最终夭折了,而郑敏也在两岁的时候突然患上脑膜炎,差一点儿死去。经过多方救治以及外祖父四处寻找民间偏方,郑敏才算逃过一劫。病情好转的郑敏需要一个比较清幽的环境休养身体,于是她被过继给了姨妈林妍宜。由于养父姓郑,于是这个王家小姑娘也自然改姓郑了。郑敏的养父郑礼明与生父王子沅两家是世交并且都曾留学法国,后来还结拜为把兄弟。郑礼明曾经在留学法国时与一个法国女子结婚。回国后,这位法国妻子因为不能适应中国的生活习惯最终离郑礼明而去。受国外文化思潮的影响,郑礼明为人处世遵循自由、平等、博爱的思想。宽松自由的家庭环境使得小小的郑敏养成了沉静、多思、独立的个性。正如她自己所说，从1939年踏入西南联合大学的校园开始之所以能够坚持探索的道路就在于独立思考的本能。

郑礼明是总工程师，他与留学归国的朋友一起经营着一家煤矿。年幼的郑敏与养父来到位于河南安阳观台镇的六河沟煤矿。该煤矿创办于光绪二十九年（1903年），率先使用机器开采。20世纪二三十年代是六河沟煤矿快速发展的鼎盛时期，计有资本三百万元，职工五千多人，矿区面积十二万平方米，厂区有发电厂、火车房、铁路、学校、职工宿舍等。当时郑敏与养父一家暂时居住在半山坡的一栋房子里。人生地疏的郑敏感受到了些许孤独，她的童年是寂寞的。这种寂寞和多思使得郑敏在清晨或黄昏像是一个雕塑，她静默地坐在树下的一条青石上发呆。傍晚的时候只有院子里的蟋蟀和蝈蝈的叫声陪伴着她。也是从那时起郑敏养成了静心观察事物以及体察内心感受的习惯。那时，她唯一的乐园就是煤矿附近的东山。那里四处是荒坟，年幼的郑敏不敢轻易外出走动。草木鸟虫的自然声响以及每天无声的日升日落陪伴着她。每天郑敏在矮墙前看山坡下唯一的一条大马路上矿工们上班下班的人流。突发矿难的尸体和家属撕心裂肺的哭声使得郑敏对人世无常有了过早而成熟的理解。然而当时最吸引郑敏目光的是每天经过的一对梳着麻花辫子、穿着长裙短袄的姑娘。她们举止温文尔雅，每次分手时还彼此鞠躬告别。后来，郑敏听说其中的一个姑娘得了肺病死了。此后，在这条喧闹的马路上就只剩下一个姑娘，形单影只，着实可怜。孤独的郑敏对这个姑娘无比同情，心有戚戚。养父希望郑敏学自然科学，于是在她五岁以后就教她数学。可是郑敏对数学没有半点儿兴趣。看到每天晚上郑敏在院子里呆呆地仰望星空，父亲又开始教授她天文知识。可是郑敏感兴趣的却是翻看父亲的闲书。四大古典名著以及《小说月报》成了郑敏的启蒙读物。于是父亲只好改弦更张，每晚让来自北京的保姆给郑敏讲一些民间故事和市井奇闻。闲暇时他也亲自给郑敏讲讲《西游记》和《红楼梦》的故事。但是因为工作太忙碌，父亲又给郑敏从矿上请了一位家庭教师。这位老师家学渊源，又写得一手好字。可是郑敏似乎对背诵古文也不太感兴趣，只对屋外的大自然充满了无尽的好奇心。

"上天仍赐给你季节的沛霖"

1930年春天，为了接受更好的教育，十岁的郑敏随母亲回到了北平。

郑敏插班在培元小学读四年级。培元小学前身是1916年成立的培元女子小学（设在教堂内），1924年改称培元小学，"培元"取自孙中山先生的"培养中华民族之元气"。

当时校舍以及师资环境都比较差，老师动不动就对学生打板子,甚至还罚跪羞辱。郑敏对这种教学方式以及师生的冷嘲热讽很不适应,还时常生病,功课也跟不上了。生母和养母对此都很着急,利用暑假时间她们请老师给郑敏补习功课。每天早上五点多钟就起床,然后坐洋包车赶路。年幼而忧愁的郑敏对每天挥汗如雨的车夫产生了同情。

> 二十年代的北平,每个破晓
> 衰老的人力车夫的咳嗽
> 在人生的尽头,呼出白色寒气飘绕
> 我在车子里,幼小的心灵满载忧愁

1931年郑敏转学到贝满女子中学附属小学,学习成绩有了很大提升。然而平静的日子没过多久,1931年九一八事变爆发。父亲不得不辞去六河沟煤矿公司的工作,先后在蚌埠和淮南的煤矿任职。因为父亲调南京任度量衡局局长,举家又南迁,郑敏跳级考入了江苏省立南京女子中学。读初三时来自北京大学中文系的老师章骏仪对郑敏的文学影响很大。在她的引导下,郑敏开始阅读《古诗十九首》以及李商隐、李清照和李煜的诗,并且还接触到了尼采的《查拉斯图特拉如是说》以及《简·爱》等西方著作。受此文学环境的濡染,郑敏和同学创办了读书会。每个周六,七个女孩子在蓊郁的法国梧桐下一起讨论中外文学作品。在南京女中读高中期间,时在清华大学社会学系读书的大哥王勉使郑敏进一步接触到了新文学。如饥似渴的郑敏对各种文学流派都有所接受，她不仅喜欢鲁迅、周作人和梁实秋，而且也喜欢徐志摩、戴望舒、陈梦家。对废名的禅宗意蕴的小说她更是情有独钟。这似乎再次体现了生父对她潜移默化的影响。抗战全面爆发后，郑敏不得不休学，跟随养父一家辗转到庐山避难。1938年全家坐船经三峡到达陪都重庆。郑敏在张伯苓创办的南渝中学（后改名重庆南开中学）继续读书。

1939年考大学前夕，郑敏生了一场重病，但最终还是考取了西南联大的外文系。该年9月，郑敏独自一人从重庆出发经贵州抵达昆明。在报到时，郑敏临时决定放弃外文系而改修哲学系。这一决定改变了她的命运。

在校期间她不仅系统接触到中西哲学，而且几乎天天到国文系和外文系去蹭课，比如闻一多的"楚辞"研究，沈从文的"中国小说史"。这些简陋的铁皮屋顶的教室给了郑敏等学生巨大的影响，"我也从白衣青裙的校服／走出，穿过昆明的街巷／奔向那一排排的铁皮之屋／来到智慧之堂，心灵之乡"。按照学校规定，哲学系的学生必须选修德文，于是郑敏就选修了冯至的歌德研究和德文两门课程。尤其是冯至对里尔克等德语诗歌以及十四行诗的研究使得郑敏开始真正了解西方诗歌并付诸写作实践。通过外文系的卞之琳，郑敏又接触到了17世纪的玄学诗以及艾略特、奥登等英美现代主义诗歌。

一有了诗歌灵感郑敏就记录在随身携带的一个淡蓝色封皮的小本子上。1942年，在一次冯至的德文课后，郑敏红着脸，非常忐忑地将自己积累了两年多的手抄诗集递给了这位诗人老师。第二天课后，冯至归还诗稿时肯定了郑敏的诗歌："这里面有诗，可以写下去，但这是一条寂寞的道路。"晚年的郑敏每当回忆起西南联大岁月的时候仍然无比激动。日常交往中的冯至不善言辞，郑敏每次去找冯至先生的时候，两个人各自阅读的时间多于交谈。以闻一多、冯至、沈从文等人为代表的课堂之内以及课堂之外的师生交往打开了非常时期青年知识分子的精神通道，对于郑敏等这些年轻诗人而言则是诗歌道路启蒙的开始，"那时冯先生才步入中年，虽然按照当时的习惯穿着长衫和用一支手杖，走起来确是一位年轻的教授，但他在课堂上言谈的真挚诚恳却充满了未入世的青年人的气质。但冯先生是很少闲谈的，虽然总是笑容可掬，因此没有和学生间闲聊的习惯。不过联大的铁皮课室和教授学生杂居在这西南小城里的处境，和'跑警报'的日常活动也使得师生在课外相遇的机会加多。在知识传播和任教方面存在课内和课外的两个大学。我就曾在某晚去冯至先生在钱局街的寓所，直坐到很晚，谈些什么已记不清了，只记得姚可崑先生、冯至先生和我坐在一张方桌前，姚先生在一盏油灯下不停地织毛衣，时不时请冯先生套头试穿，冯先生略显犹豫，但总是很认真的'遵命'了"（郑敏《忆冯至吾师》）。冯至私下不善言谈，但在当时，郑敏觉得两个人默默阅读的感觉也很好。冯至翻译的里尔克的《给一个青年诗人的十封信》以及冯至的诗集《十四行集》使得郑敏逐渐找到了一条属于自己的诗歌之路，值得她一生探寻下去的诗歌世界。与此同时，诗歌与哲学的大门同时为郑敏打开。大哥王勉从清华大学社会学系毕业后来到昆明工作。在生活和学习上他给予了郑敏诸多的照顾。王勉曾经担任过国民党远征军的美军翻译，其间他与西南联大的冯至和闻一多等人有着深入的文学交往。尽管20世纪40年代战火频仍，但是昆明在郑敏的青春岁月里仍是"迷人"的。大学期间的一个暑假，郑敏和一个女生外出旅游，结果半路上钱就花光了。无奈之下，她们想到了老师沈从文。于是，她们一路来到湘西凤凰，可惜老师不在。是张兆和想办法凑了一些钱，她们才得以乘火车返回昆明。后来，沈从文遭到批判，郑敏等诗人也受到了牵连，"抗日战争时期，胡风对沈从文还有我们这些南北的诗人非常讨厌，说沈从文是个大粪坑，我们这些南北才子佳人围着这个粪坑乱转。当时我们也没话可说。这些东西都养成了我一个心态，我永远不管人家怎么评价，好也好，坏也好。我走我的路"（郑敏）。

古希腊德尔斐神殿上铭刻着一句话："认识你自己。"这句充满了哲学意味与终极探问的话对郑敏的诗歌写作有着灯塔一般的烛照作用。"诗歌与哲学是近邻"也成为郑敏一生的诗学追求。作为一位诗人哲学家，在长久的向天空仰望以及对事物的深度凝视中,诗性的哲学之思不断生成,"唯有坐在像里尔克那样的心灵里,你才会透过那无限沉静的注视与倾听"。

秋日的一个黄昏,郑敏在昆明郊外回小西门里女生宿舍的路上突然看到一片稻子收割过后的田野,远处则是黛青色的远山。此时,夕阳的光辉给一切事物镀上了金黄。金黄的稻束,低垂、饱满的稻束,静穆、孤独的稻束,它们一下子就攫住了诗人的灵魂,一瞬间激发了诗人的沉思与想象:

> 金黄的稻束站在
> 割过的秋天的田里,
> 我想起无数个疲倦的母亲,
> 黄昏的路上我看见那皱了的美丽的脸,
> 收获日的满月在
> 高竿的树颠上,
> 暮色里,远山是
> 围着我们的心边
> 没有一个雕像能比这更静默。
> 肩荷着那伟大的疲倦,你们
> 在这伸向远远的一片
> 秋天的田里低首沉思,
> 静默。静默。历史也不过是
> 脚下一条流去的小河,

而你们,站在那儿,
将成为人类的一个思想。

——《金黄的稻束》

收割过后,劳作的农人在疲倦中离去。此时的田野,无比空旷、寂寥。空荡荡的田野上,疲倦、低垂的稻束多像一个个平凡而伟大的母亲在静默中伫立,风在此刻也停止了它的呼吸。在郑敏的审视中,稻束与孕育了儿女的疲惫、沉默、苍老而美丽的母亲一样获得了同等重要的哲学内涵。

在郑敏一次又一次的沉思、凝视中,事物在智性的光晕中获得了永恒的生命力和象征力,在20世纪40年代的战乱背景下这些诗又携带了深沉的民族情感和家国情怀。

我从来没有真正听见声音
像我听见树的声音
当它悲伤,当它忧郁
当它鼓舞,当它多情
时的一切声音
即使在黑暗的冬夜里
你走过它,也应当像
走过一个失去民族自由的人民
你听不见那封锁在血里的声音吗

当春天来到时
它的每一只强壮的手臂里
埋藏着千百个啼扰的婴儿。

——《树》

这正如郑敏所强调的诗人的责任就是"他永远远眺，永远思考人类的命运"。西南联大对郑敏等同时代人的影响非同一般，"回忆 40 年代大学时的哲学课和文学课，它留在我心灵深处的不是具体的知识，而是哲学和文学。特别是诗，酿成的酒，它香气四溢，每当一个情景触动我的灵魂时，我就为这种酒香所陶醉，身不由己地写起诗来，也许这就是诗神对我的召唤吧"。西南联大尽管处于抗战时期，但是对于培养学生的人格以及能力起到了非常重要的作用，甚至小到日常生活方式、思维方式、阅读习惯都成为此后文学史和社会史叙事中可以大书特书的地方，比如联大教师和学生"泡茶馆"就非常具有代表性，"抗日战争时期，我在昆明住了七年，几乎天天泡茶馆。'泡茶馆'是西南联大学生特有的说法。本地人叫作'坐茶馆'，'坐'，本有消磨时间的意思，'泡'则更胜一筹。这是从北京带过去的一个字，'泡'者，长时间地沉溺其中也，与'穷泡''泡蘑菇'的'泡'是同一词源。联大学生在茶馆里往往一泡就是半天。干什么的都有。聊天、看书、写文章。有一位教授在茶馆里读梵文。有一位研究生，可称泡茶馆的冠军。此人姓陆，是一怪人。他曾经徒步旅行了半个中国,读书甚多,而无所著述,不爱说话。他简直是'长'在茶馆里。上午、下午、晚上,要一杯茶,独自坐着看书。他连漱洗用具都放在一家茶馆里,一起来就到茶馆里洗脸刷牙"(汪曾祺《寻常茶话》)。

1943年夏天,郑敏从西南联大哲学系毕业并获得学士学位。她的学位论文是《柏拉图的诗学》。大学毕业后,郑敏在重庆北碚的一个护士学校教授英文和语文,后来到国民政府"中央通讯社"做翻译。当时工作比较清闲,一天工作四小时,主要是翻译英文报纸。在空闲时间里郑敏阅读了大量的文学、哲学作品。她的诗歌也开始在《大公报·星期文艺》等报刊发表。当时正在北京大学中文系读书的青年诗人李瑛(1926—2019)第一次读到郑敏的诗歌时激动之情溢于言表:"我们可以说她是一个极富热情而又极富理智的人,因富于热情始有人道的浪漫的神秘倾向,因重于理智与现实,始产生了自然主义的作品。"

在诗歌的大海上,郑敏犹如一只勤勉的河蚌,在无尽的咸涩潮汐中坚忍地等待诗神的眷顾,最终在沙粒的磨砺中生成闪光而圆润的珠贝。正如诗人公刘所评价的那样:"如果现实可以比作一个能够目测的坐标,那么,女诗人郑敏大概是九叶中距离最为遥远的星座。她有一部分诗作,写得很美,仿佛一口布满青苔的古井:幽深、清澈而甘洌,还寒气逼人,云天的影子隐约可见,却又不甚了然。"

"奥菲亚斯拿着他的弦琴"

1948年,郑敏申请留学美国,她最终获得了罗得岛州普罗维登斯市布朗大学的研究生奖学金。为了凑足女儿的路费和学费,养父母毅然卖掉了房产。郑敏在父母送别的泪水中乘船前往大洋彼岸。在近一个月的时间里,郑敏在颠簸不定的船上度过。大海起初的新鲜很快被单调和枯燥所替代,只有每天的日出和日落能够给远离父母的她以暂时的慰藉和安宁。

到美后,郑敏在英语系攻读英国文学硕士学位。郑敏不得不勤工俭学,在餐馆、商店、珠宝首饰厂以及电容器厂打工。后来搬到青年会,这样可以节省住宿费和餐费。

1949年5月,远在温州的唐湜给郑敏写了一篇评论《郑敏静夜里的祈祷》:"她仿佛是朵开放在暴风雨前历史性的宁静里的时间之花,时时在微笑里倾听那在她心头流过的思想的音乐,时时任自己的生命化入一幅画面,一个雕像。"该年夏天,郑敏突然收到了从国内寄来的自己的首部诗集《诗集 一九四二——九四七》。该诗集收入巴金先生主编的《文学丛刊》。郑敏抚摸着散发着油墨芬芳的诗集几乎夜不能寐,她触摸到了诗歌、汉语以及祖国的体温。

郑敏出版第一本诗集时期

在美期间，郑敏对西方现代主义文学有了深入系统的研读并以17世纪英国的玄学派诗人约翰·邓恩（这一流派还包括赫伯特、马韦尔、克拉肖、亨利·金、克利夫兰、特勒贺恩、沃恩、考利、凯利、拉夫莱斯等人）作为硕士学位论文。由于经济拮据，郑敏必须加班打零工，因此未能及时提交论文。在美期间，郑敏有一个来自国内的男朋友，但最终因为立场不同而分手，"他非常痛苦，他家是地主，他的父亲被关押致死，他的妹妹被流放，

郑敏《诗集一九四二——一九四七》书影

他就跟我说，他痛苦极了。我当时就是抱着所谓那种'革命的立场'，我就说哎呀大革命时代难说出点儿什么不妥的，咱们还是别去记这个事了。他有切身之感，非常的痛苦。他说假如你这样不理解我，那么我们就分手吧。没办法，我们只好分手了"（《读郑敏的组诗〈诗人与死〉》）。1951年秋天，郑敏到伊利诺州立大学申请了博士预科。这一年，郑敏遇见并结识了西南联大的校友童诗白（1920—2005，后任清华大学自动化系教授，中国电子学学科和课程建设的主要奠基人）。两人一见钟情，文学、音乐和哲学成了他们共同的话题。童诗白与

郑敏同岁，2月14日出身于沈阳的一个教育世家。童诗白的祖父曾任沈阳女子师范学校的校长。父亲童寯（1900—1983）早年毕业于清华大学，1928年获得美国宾夕法尼亚大学建筑系硕士学位。童寯曾先后在东北大学、中央大学和南京工学院等高校任教，与梁思成、刘敦桢、杨廷宝一起被誉为"中国建筑四杰"。童诗白于1946年毕业于西南联大电机系，1948年秋天进入伊利诺伊州立大学攻读硕士学位，1951年获得博士学位。由于朝鲜战争爆发，在美的华人留学生被禁止离境。童诗白因为曾经参加华罗庚等组织的"中国留美科学工作者协会"而受到美当局注意，更是被阻挠回国。主管留学生的院长汉密尔顿找他谈话时说："敌对国家公民擅自离开美国将受到罚款和监禁等严厉的处分，你看美国培养你们那么多年，你回去帮共产党打我们美国人，说不定你一个人的作用要顶一个师，顶成千上万士兵呢！你还是老老实实地在这儿待着吧！"回国无望，童诗白只得在纽约布鲁克林理工学院任教。1951年春天，郑敏突然接到了童诗白的求爱信。该年冬天，郑敏与童诗白在伊利诺伊州立大学的礼堂举行了简朴而圣洁的婚礼。婚后，郑敏来到纽约与丈夫居住。她继续撰写自己的硕士学位论文并利用业余时间学习声乐，一小时要交纳学费十美金。郑敏还经常与丈夫光顾大大小小的画廊、美术馆以及音乐会。郑敏的硕士学位论文答辩顺利通过，还获得了导师威伯斯特的极力称赞。1952年一个清风习习的晚上，郑敏和丈夫在路易斯的一个露天体育场现场聆听了世界四大小提琴家之一的犹太血统的俄裔美国小提琴家米斯卡·艾尔曼（1891—1967）演奏的贝多芬 D 大调小提琴协奏曲第三乐章。郑敏夫妇完全被天籁一样的音乐折服了，甚至郑敏觉得这些乐句好像是从自己的灵魂深处抽取出来的。

1954 年，日内瓦会议后经过中美双方多次谈判，留学人员终于可以回国了。

1955 年 6 月，郑敏夫妇从旧金山乘船离美，经香港到达深圳。此后，童诗白到清华大学电机系任教，郑敏到中国科学院文学研究所西方组（现为中国社会科学院外国文学研究所）工作。1956 年，全国大力实行"双百"方针。在早春一样的时代天气里，郑敏的女儿童蔚出生。随着 1957 年反右运动热潮的到来，郑敏也开始到革命大学学习马列主义著作和毛泽东思想。郑敏和同时代人一样不断参加思想改造运动和政治会议，进行"精神洗澡"。1958 年"大跃进"期间，郑敏被下放到山西临汾农村。由于体力严重超支以及长时间饥饿，郑敏浑身浮肿，身上按下去就是一个深窝，甚至整个人都变了形，虚脱得卧床不起。随着 1960 年阶级斗争的扩大化与激化，知识分子面临的形势更为严峻。一次郑敏无意间问了一个人一句"好久没有看见苏联的专家了"而受到单位领导的严厉批评。经过党组讨论，领导认为郑敏不适合在研究所继续工作。1960 年，郑敏被调到北京师范大学外语系任教。在1961年的"四清"运动中,郑敏到山西农村插队一年。她和当地农民同住在一个冰冷的土炕上。这也使得她对中国乡村的生活有了真切感受和深入了解。1962年,三年困难时期过后,儿子童朗出生。

郑敏回国后主要从事英美文学的研究和教学工作。然而,郑敏带有现代主义色彩的诗歌写作在政治化热潮中遭到了集体噤声的命运。郑敏从20世纪50年代开始一直到1978年,停止了20多年的诗歌写作。按照她自己的说法,她觉得当时的环境已经不可能再进行现代主义诗歌的写作和实验了。有意思的是在"文革"期间,一群红卫兵冲进她的住处进行"破四旧"的革命。其中一个红卫兵看到郑敏的《诗集 一九四二——一九四七》时竟然偷偷告诉她非常喜欢这本诗集。甚至当时的工宣队和军宣队的头头也来问郑敏:"你真的下决心以后不再写诗了吗?"当时的郑敏"脑子还停留在很僵化的'左'倾的激进的思维状态",她甚至幻想如果可以牺牲自己的诗歌生命而换得中国的乌托邦式的共产主义那也是可以的。所以郑敏对红卫兵们说:"可以不写。"

残酷的诗歌冬眠期到来了!

郑敏对汉语诗歌受到的伤害感到无比悲痛,"如果二十世纪中国诗坛上有什么纯种中华诗歌的话,那就是这一批'文化大革命'诗歌及此前在'大跃进'年代的全民撰写的'大跃进'民歌,一时间这两种纯种国产诗歌真是铺天盖地的红海洋……它们都是一个苦难的民族在一场乌托邦之梦中的呓语,当时人们是如何充满了天真的自欺的热望,向往一个地上的天国,纯洁无瑕。……天国之梦中的豪言壮语与事后跌得遍体鳞伤的真实情况之间是多么奇异的联系!又是何等无情的讽刺!'大跃进'也好,'文化大革命'也好,纷纷落在大地上的并非事先允诺的果实,而是死亡,梦幻者的尸体"。

"文革"中郑敏夫妇并没有受到太大冲击,而大哥王勉则因为曾经在国民政府远征军中任职以及"因言获罪"被定性为极右派分子。他被下放到农场劳动改造达十七年之久。在红色运动的潮流里郑敏在一个个压抑的暗夜里不断反思自己以及知识分子的命运。

那一只只红色火焰上空的火烈鸟正是这一代知识分子灵魂的恰切象征:

我们都是火烈鸟
终生踩着赤色的火焰
穿过地狱,烧断了天桥
没有发出失去身份的呻吟

"诗啊,我又找到了你!"

1979年春天,一支搁放许久的蒙尘的诗笔才重又焕发了生机,郑敏又重新找回了失踪已久的诗神。

北岛和芒克等人创办的《今天》杂志以及新诗潮的

崛起在国内产生巨大影响,而郑敏、艾青、牛汉等老诗人也再次焕发了诗歌的青春,这也就是所谓的"归来者诗群"。

1979年早春,除了已经逝世的穆旦,郑敏、袁可嘉、辛笛、陈敬容、曹辛之、杜运燮、唐祈、唐湜这其他"八叶"终于历经坎坷在北京曹辛之的家里相聚。这一相聚的动议来自唐祈,"九叶"的名字也是这次聚会上辛笛提出来的。这是"九叶诗人"平生的第一次集体聚会,也是郑敏第一次见到唐祈、陈敬容和曹辛之。这距离他们40年代的书信和诗歌交往已经过去了三十多年——沉默而无情的三十多年。当夜晚从曹辛之家里出来后,坐在公交车上的郑敏心情如潮汐般起伏不定。此次受到各位诗友的鼓励,郑敏感觉又回到了缪斯的怀抱,"幸亏我的诗神能走出朱丽叶的尸棺"。在颠簸的汽车上郑敏开始酝酿"复出"后的第一首诗——

绿了,绿了,柳丝在颤抖,
是早春透明的薄翅,掠过枝头。
为什么人们看不见她,
这轻盈的精灵,你在哪儿?哪儿?
"在这儿,就在你心头!"她轻声回答。
…………
让我的心变绿吧,我又找到了你,
哪里有绿色的春天,

哪儿就有你,

就在我的心里,你永远在我的心里。

"如有你在我身边,我将幸福地前去……"

——《诗啊,我又找到了你!》

郑敏认为这首诗是自己的"再生之诗",这实际上也是当时所有重新开始写作的诗人集体的"再生之诗","我的所有的诗都记载着我在两种教育、两种制度下生活的几十年中的内心情况,我的心态中的阴晴喜怒。也许在将来有人为了了解20世纪一个中国知识分子所经历的精神旅行,会有兴趣挖掘一下埋在那表面平易的诗行深处的那些曲折复杂的情思吧"(郑敏《闷葫芦之旅》)。

1981年7月,由曹辛之设计封面的《九叶集》由江苏人民出版社出版。显然,这是一次迟到的结集。自此,"九叶诗派"作为一个文学史概念进入了新诗史。九人诗选出版后影响甚大,尤其是受到了青年诗人的青睐。时年三十二岁的青年诗人林莽在王府井书店看到《九叶集》时无比激动,一下子买了好几本,回头送给诗人和朋友。远在兰州的唐祈不仅在课堂上给学生教授包括"九叶"在内的新诗流派,而且将郑敏等人的诗作介绍给当时的一个青年诗人。他看过这些诗后震惊不已,"我们想做的事,40年代的诗人已经开始在做了"。1981年的春天,郑敏家的园子里开满了二月兰。一天清晨,北岛、芒克、江河、多多、顾城、杨炼、林莽、严力、一平和田小青等一行十几人骑着自行车浩浩荡荡前往郑敏先生的寓所。这些满怀理想主义和英雄主义的年轻诗人简直是行进在朝圣的路上。到了郑敏家后，年轻诗人们热烈地与她谈论现代诗歌流派以及当下诗歌的现象、发展前景。

回国近三十年之后，郑敏才第二次走出国门。在 20 世纪八九十年代到美国、瑞典、挪威、丹麦等地讲学过程中郑敏对西方的结构主义诗学有了深入的认识。她这一时期对汉语诗歌的语言、新诗传统以及西方和本土化解构文化思潮的研究具有相当重要的诗学意义。晚年的郑敏每次与青年诗人聊天时都对汉语诗歌的命运充满了忧虑。她的语言良知在当下中国诗坛具有启示录般的意义，"最近当我合上又一本铅印的诗选集时，我默想：不能再这样写下去了。我们已经走进一条窄胡同，我们需要退出来，重新打开诗的视野"。

儿子童朗在美国教书，只有女儿童蔚陪伴在她身边。每当想起远隔重洋的儿子，看似平静的郑敏实则内心波涛涌动。在一个秋雨飘洒的夜晚，郑敏遥想远方的儿子写下这样的诗句："外面秋雨下湿了黑夜／你不再听见落叶叩阶／雨，天上的，人间的，一样压抑／悲痛只能小声低语。" 1989 年的冬天空前寒冷，是外孙子林轩（小名豆豆）的出生给郑敏夫妇带来了欣喜和天伦之乐。然而，紧接着到来的则是一个又一个噩耗。

1989 年 11 月 8 日，陈敬容辞世。悲伤不已的郑敏只能通过诗歌来追念这位一生命运多舛的好友:"秋天的林径是透明的／金黄的叶子织成阳光的惆怅／你已经走完秋天的林径／穿过阳光的惆怅,等在那一头／你穿着落叶斑斓的衣裳／／爱是不会死亡的。"

1990年1月20日,唐祈突然去世,"九叶"又一片凋零。闻此噩耗,郑敏难以置信且情难自抑。唐祈是因为医疗事故导致非正常死亡,这引发了郑敏的一系列思考和疑问。接连数日,她彻夜难眠,此时只有诗歌能够表达极其复杂而莫名的心情。郑敏一口气写了十九首诗,这组十四行诗名为《诗人与死》(最初名为《诗人之死》,发表在《人民文学》)。这也是郑敏新时期诗歌写作的一个重大收获。郑敏这组诗既表达了对好友唐祈以及同是右派的莫桂新之死的深沉追念,对当代中国知识分子的命运予以反思,与此同时又在生命哲学的高度追问生与死的终极命题。

水仙(那喀索斯)本是自恋诗人的原型隐喻,在郑敏这里水仙则与具体的诗人命运深沉地联系在一起。

> 是谁,是谁
> 是谁的有力的手指
> 折断这冬日的水仙
> 让白色的汁液溢出
>
> 翠绿的,葱白的茎条?

是谁,是谁
是谁的有力的拳头
把这典雅的古瓶砸碎

让生命的汁液
喷出他的胸膛
水仙枯萎

新娘幻灭
是那创造生命的手掌
又将没有喝完的歌索回。

1995年6月17日,林莽、刘福春、王家新、沈奇、臧棣、李华、林祁来到郑敏家中讨论《诗人与死》(后刊发于《诗探索》1996年第三辑)。

"你的最后沉寂像无声的极光"

1998年《诗探索》编辑部与北京文联联合召开"当代诗歌的现状与展望"研讨会,郑敏、吴思敬以及陈超、李劼、欧阳江河、张清华等参会。当时郑敏第一个发言,对新诗道路以及存在的一些问题进行了反思。没想到,郑敏发言之后,李劼对她的观点进行了批评,甚至非常尖锐地认为郑敏根本不懂诗,"会间休息的时候,陈超起

90 岁的郑敏在大觉寺

身对李劼说,李劼啊,你刚才可有点过分了,你说别人不懂诗也就算了,说郑敏先生不懂诗,可是有点儿大逆不道。李劼笑笑,完全不当回事,他也不去向老太太道声抱歉,而是径直出门,吸烟上厕所去了。这时还沉浸于疑惑中的老太太,叫住了从她身边走过的欧阳江河,说:'江河,石油也是虚构的吗?'江河说,石油本身不是虚构,但它的价值是被虚构出来的"(张清华《郑敏先生二三事》)。

2003年11月的冬天,北京刚刚下了一场大雪,路面光可鉴人。这天早上,按照约定好的时间我们到清荷园拜望郑敏先生。她一再抱怨这几年交流诗歌的机会越来越少了。透过郑敏先生寓所明亮的落地窗,窗外的白雪下面是冬青树。也许,在这个世界上只有诗歌和雪能够给人间带来纯净,而诗人就像冬雪中的这棵冬青树仍然在岁月的寒冷中郁郁葱葱。显然郑敏就是那棵常青的树,诗坛的常青树……

2004年5月15日,中国当代文学研究会、北京师范大学外国语学院和首都师范大学中国诗歌研究中心联合主办的"郑敏诗歌创作与诗歌理论研讨会"在首都师范大学举行,与会者高度评价和总结了郑敏先生在长达半个多世纪的艰难不懈的跋涉中在诗歌创作和诗歌理论上取得的巨大成就。我当时正在读博士,为这次会议作了一个综述,名为《朝圣者的灵魂:诗歌与诗论涉险的双重光辉》。

郑敏先生在清华大学清荷园的寓所里摆放着一架白色的钢琴。很多个安静的清晨，她弹奏舒缓的钢琴曲，丈夫童诗白则在旁边拉小提琴。我曾经在翻看郑敏先生的相册时目睹了这一诗意的美妙场景。美好的日子总会结束！2005年7月24日7点40分，童诗白因胆总管疾病导致心肺功能衰竭在北京协和医院去世，享年85年。两人一起携手走过了54个春秋，耄耋情深非常人能够想象。童诗白辞世给郑敏的打击是无法想象的。她长时间精神抑郁、神情恍惚。生命的肉身最终会凋落的，正如郑敏的诗句"玫瑰告别了晚秋的花枝"。

童诗白去世一个月后，也就是8月24日黎明时刻，郑敏在梦中与丈夫相遇。从梦中醒来的郑敏已经泪水浸湿了枕头，此时倍感痛楚凄凉，而梦中的情景还历历在目。梦里梦外已是永远的阴阳两隔了，在凄然莫名中郑敏写下：

> 黎明前我忽然被歌声唤醒，
> 是你，亲爱的
> 穿过黑暗来寻找我
> 你还没有走远
> 飘过树梢
> 顺着小溪
> 你的手指轻弹我的窗门

当两个灵魂相抱时

天地为之融化

你回来了,短短的离别

…………

　　这不能不让人想起当年苏轼挽悼亡妻王弗的《江城子·乙卯正月二十日夜记梦》:"十年生死两茫茫,不思量,自难忘。千里孤坟,无处话凄凉。纵使相逢应不识,尘满面,鬓如霜。　夜来幽梦忽还乡,小轩窗,正梳妆。相顾无言,惟有泪千行。料得年年肠断处,明月夜,短松冈。"生离死别以及梦中重逢使得郑敏想起徐志摩的诗歌《偶然》:"你我相逢在暗夜的海上,/你有你的,我有我的,方向;/你记得也好,/最好你忘掉,/在这交会时互访的光亮。"丈夫的死使郑敏真正觉悟了存在的意义和难题。尽管两个人半个多世纪风风雨雨相濡以沫,但人生的相聚是偶然的,只有分离才是永久的。

　　2012年,北京师范大学出版社推出了《郑敏文集》,这是对郑敏先生写作和研究的一个总结。2016年6月,北京师范大学出版社推出《郑敏的诗》("北师大诗群书系"),扉页上是郑敏的诗句:

诗人的命运是预言家,是先知者,

他永远远眺,永远思考人类的命运,

因此永远是人类历史的哨兵。

2013 年霍俊明与郑敏先生合影

101 岁的郑敏很喜欢猫咪

在去世前几年,郑敏已经消瘦得厉害,甚至有点儿变形。有一次,我和李青淞、彭明榜一起去郑敏先生家里,本来是想就我写的"九叶诗人"传记让她题写书名。结果又谈起诗歌问题来,反倒是最终把题名的事情给搁置了。

2022年1月3日,郑敏先生辞世,"九叶"最后一片凋零,但诗歌之树将永远年轻,"1月3日清晨,当郑敏先生的女弟子章燕,通知我郑敏先生仙逝的消息,我瞬时惊呆了。郑敏尽管已是百岁老人,但我印象中她只是年老,而没有大病,以她的身体状态,肯定还能再挺几年。但不幸的消息还是传来了,我陷入了深深的哀思之中。郑敏是中国当代诗坛的一个奇迹。从 1939 年进入西南联大，在冯至先生引领下写出第一首诗，直到 21 世纪初，她从事诗歌写作 70 余年，真可谓是中国诗坛的一株历经风霜雨雪依然丰茂挺立的世纪之树"（吴思敬《怀念诗坛的世纪之树——郑敏》）。让我们来到郑敏先生去世的这一刻："我打车到 5.2 公里外的医院。冲进病房时看到一个轮廓，然后见到的是灰色，这是一种颜色，清晰可见。之前父亲去世的颜色好像不是这样，但这时也顾不得多想，就和护工小新一起给母亲穿衣服。我记得那双红色的鞋，是棉布制作的，中间敞开，没有鞋带方便套上，鞋底是粗麻纳上的。完全乡村审美。这一身红色棉衣上有红绣球图案，外面是同款的红色大氅，都是头一天医生发布病重通知后送进去的，102 岁了，老太太配得上这朱砂红色的寿衣。"（童蔚《死亡是最后的艺术——忆郑敏晚年生活片段》）

  对于郑敏而言，这是一个一生承受了无限寂寞在诗路上朝圣和跋涉的诗人。她的诗歌不仅呈现了叶芝和里尔克式样的随时间而到来的智慧，而且对诗歌和社会的双重良知使得她成为中国诗坛不多见的"有机知识分子"以及开放型的"人"。

  深秋犹如初春，这是一朵宁静的时光里寂然开放的绚烂的花朵，它正在倾听诗神的美妙召唤。诗神犹如云南高原上穿透云层的丁达尔，垂直洞彻的光柱打开永生之门！这使我想到郑敏晚期的一首诗《最后的诞生》，人在诗中得以重生。

　　　许久，许久以前
　　　正是这双有力的手
　　　将我送入母亲的湖水中
　　　现在还是这双手引导我——
　　　一个脆弱的身躯走向
　　　最后的诞生